百部红色经典

新生代

齐同 著

北京联合出版公司
Beijing United Publishing Co.,Ltd.

图书在版编目（CIP）数据

新生代 / 齐同著. -- 北京：北京联合出版公司，
2021.7（2022.9重印）

（百部红色经典）

ISBN 978-7-5596-5093-1

Ⅰ.①新… Ⅱ.①齐… Ⅲ.①长篇小说—中国—现代
Ⅳ.①I246.5

中国版本图书馆CIP数据核字(2021)第030773号

新生代

作　　者：齐　同
出 品 人：赵红仕
责任编辑：管　文
封面设计：赵银翠

北京联合出版公司出版
（北京市西城区德外大街83号楼9层 100088）
北京新华先锋出版科技有限公司发行
北京市松源印刷有限公司印刷印刷　新华书店经销
字数240千字　787毫米×1092毫米　1/16　16印张
2021年7月第1版　2022年9月第2次印刷
ISBN 978-7-5596-5093-1
定价：49.00元

出版前言

　　为庆祝中国共产党成立 100 周年，全面展现中国共产党成立以来中华民族辉煌的发展历程、取得的伟大成就和宝贵经验，集中体现中华民族的文化创造力和生命力，北京联合出版公司策划了"百部红色经典"系列丛书，希望以文学的形式唱响礼赞新中国、奋斗新时代的昂扬旋律。

　　本套丛书收录了近一百年来，描绘我国人民在中国共产党的领导下艰苦奋斗、开拓创新、改革开放的壮美画卷，充分展现我国社会全方位变革、反映社会现实和人民主体地位、弘扬社会主义核心价值观、讴歌中华民族伟大复兴中国梦的 100 部文学经典力作。

　　本套丛书汇集了知侠、梁晓声、老舍、李心田、李广田、王愿坚、马烽、赵树理、孙犁、冯志、杨朔、刘白羽、浩然、李劼人、高云览、邱勋、靳以、韩少功、周梅森、石钟山等近百位具有代表性的中国现当代著名作家。入选作品中，有国民革命时期探索革命道路的《革命的信仰》《中国向何处去》，有描写抗日战争的《铁道游击队》《敌后武工队》《风云初记》《苦菜花》，有描绘解放战争历史画卷的《红嫂》《走向胜利》《新儿女英雄续传》，有展现新中国建设历程的《三里湾》《沸腾的群山》《激情燃烧的岁月》，有寻找和重建民族文化自信的《四面八方》，也有改革开放后反映中国社会现状、探索中国道路的《中国制造》，同时还收录了展现革命英雄人物光辉事迹的《刘胡兰传》《焦裕禄》《雷锋日记》等。

本套丛书讲述了丰富多样的中国故事，塑造了一大批深入人心的中国形象，奏响了昂扬奋进的中国旋律。这些经历了时间检验的文学作品，在艺术表现形式、文学叙述方式和创作技巧等方面都具有开拓性和创造性，作品的质量、品位、风格、内涵等方面都具有很高的水准，都是有筋骨、有道德、有温度的优秀作品，很多作家的作品都曾荣获"五个一工程奖""茅盾文学奖""鲁迅文学奖""国家图书奖"等奖项。

为将该套丛书打造成为集思想性、艺术性、时代性为一体，展现新时代文学艺术发展新风貌的精品图书，北京联合出版公司成立了由出版界、文学艺术界的资深专家和学者组成的编辑委员会。他们从文学作品的历史价值、文学价值、学术价值、现实意义等维度对作品进行了深入细致的研读和筛选，吸收并借鉴了广大读者的意见与建议，对入选作品进行深入细致的分析与综合评定，努力将"百部红色经典"系列丛书打造成为政治性、思想性和艺术性和谐统一的优秀读物，向伟大的中国共产党成立100周年这一光荣的日子献礼！

/ 目 录 /

新生代第一部"一二·九"发刊小引^[1]

我想，我还是在写历史。

人间最值得记忆的，也只有历史；它不但能告诉我们路是怎样走出来的，也能给我们以壮烈与迫害的教训。假若我们没有历史，便不能进步。虽然老早就有人喊过不要历史，但我想，那是近乎野蛮人的主张，我们不要学他。所以，还是和从前一样，我仍然在写历史。

想起"一二·九"，令人战栗，这真是值得纪念的日子！但是这个战栗渐渐被民族战争的狂喜所掩盖了！甚至可以说已经被忘却了！这是冤枉的事情！这个运动虽然还未成僵尸，却已经有人把它当做化石看了，这是错误！假若你在炮火停息的瞬间，平下心去仔细思索一下，便会晓得"一二·九"对于今日民族战争的赠与是何等伟大，而且它对于最近四五年来中国青年思想变动曾经做过怎样的桥梁！

于是将从"一二·九"到"七·七"北方青年的思想变动忠诚地告诉读者，便成了笔者的任务。

---

[1] 《新生代》是齐同的代表作。其作品在字词使用和语言表达等方面均具有鲜明的时代特色。此次出版，根据作者早期版本进行编校，文字尽量保留原貌，编者基本不做更动。——编者注

这个阶段虽然不过是短短的十九个月；但它的内容却是博大，多变，而且渊深。像海潮一样，像旋风一样，像暴风雨之前的阴云一样，在这样的瞬间，真会使你想到奇迹了！

但，造成这奇迹的，却不是神，而是有血有肉的人类！

这期间，青年思想之所以如此动荡，也正是因为他们都是平常的人类。他们有人类的优点，有人类的缺点，也有人类所应有的进步。因此，从"一二·九"到"七·七"便织成了思想变化的重要连索。

写出来这个重要连索，便是"新生代"全部的企图。

完成这个企图，我知道，是一件烦难的事情。但是在"轻易"早已被人家抢走了的时候，我宁爱这烦难。

现在，这部书得到了它的付印的机会，在读者还未开始揭翻第一页的时候，我愿意有几点声明：——

一，我既然想着写出战前思想变动的连索，可见着重的应该是现实；但却又不是琐碎的事实，而是当时所应有的实情。因此，假若读者有着过分的要求，例如想把它当做风景照片之类，那结果将很容易失望。在三部[1]完成的时候，是否能达到完全透视的目的，还无把握。为了补足这个缺陷，有些话，我想留到总序里去说。

二，这三部里所要写出的人物，几乎都是属于第四代的。笔者自己并不属于这一代，虽然常常和它们发生着并不疏远的关系，自信未必有十分把握，所以只好说还是一种尝试，至于是否失之于想像的造作，或过火的夸张，只好留待读者去鉴别。好在这些英雄们现在多半还活着，而且正在英勇地执行着他们的斗争任务。

三，关于思想的变化，是有着定命的过程的。人总是人，有优点，也有缺点，所以这里面不会有一个完全无缺的人物。但进步却是有的，而且是不断的。在这一点上，笔者愿意尽最大的力量把"一二·九"运动和"七·七"烽火的衔接告诉读者，把人民与政府的由离心到向心的意见的发展告诉

---

[1] 作者本预定写三部《新生代》，但最终仅完成第一部，并留下第二部未完手稿。——编者注

读者。那，就要请读者耐下心去一直看到第三部。

四，在第一部里，我并不想写出一个令读者一见就会满意的英雄，而是一些带有缺点的平常的人，因为这件事情就是这样平常的做出来的。但是他们都会进步或者落伍，那是因为他们都站在时代筛子上面的原故。所以，读者若能常常把故事里英雄们的开头和结末比较一下，能够多看出一点血肉的性格来，笔者便十分满意了。

1939 年 5 月 30 日，齐同记。

第一部

一

深冬的早晨，两个朋友沿着郊外的公路向城中走去。

偏左的是一个中等身材的健壮家伙，看他脸上和手上的皮肤——其余的都藏在抽口鹿皮短衣和灯笼裤里——便会知道已在海水和阳光中浸炙得很久了；表面是黑黝黝的，底下却又透着红。他有两只亮亮的眼睛，深埋在前额下面，因此鼻子和嘴巴就有些向前伸突，特别在他吃饭的时候，或打喷嚏的时候。张开嘴，颧骨距离下巴更远了；牙齿也更要比别人的白些，这是没有理由去嫉妒的，谁要你没有那样健康颜色的面皮呢？头发是一九三五式的，两面平分得很光滑，远远看去，像涂着两片黑漆。

右边的那个，好像是专为陪衬这位健康朋友才生下来的，瘦弱极了。个子是硕长的；长头发乱蓬蓬的，常常掩住他那双黯然的眼睛，所以在没有风的路上，或在屋里，他便难免要用手向后面拢也拢了。当他把头发拢起的时候，可以看见他那张不大好看的脸，——像一颗马铃薯，没有清俊豪爽的风骨，有的却只是坑坎；颜色也和马铃薯差不多，很灰败，除了颊上还留着两块微红，几乎是没有丝毫血色了。这两块微红，并不是好征兆，好似纸里包着的两团火，什么时候要烧出来，这人就算交待了。据医学家说这是肺病的象征，应该休养；他自己却不相信，他认定倔强的精神是可以支持这快要崩溃的身体的。他虽然没有那位健康朋友的乐观，却也并不悲观；所以他常常好笑，却又是冷酷的笑。笑起来，嘴巴便扩张了，又像一个骷髅。为了支持这个马铃薯似的脑袋，两肩常常上耸，前胸便深陷下去，因此人们便叫他做"水蛇腰"。最可注意的，要算他那双黯然的眼睛，神秘而且慈爱，当他向你看过来的时候，你也许以为他要向你乞求什么；但再仔细看看，便证明你是想错了，那原来是要征服你的，——黯淡之中其实是藏着针也似的威棱的。他的穿着也决比不上那位健康朋友的爽利和洒脱，很不讲究，而且多少有点儿褴褛。身上只有一件薄棉袍，是灰黑色的；虽然也还是流行的样式，——那是说：长袖，窄腰，后襟直到脚跟的，——但确是有些破旧；前襟斑驳着牙粉沫的痕迹，后襟则溅满了许多泥点；在北方那样干燥天气里，没有雨，衣服是很难溅上泥污的；他竟会弄成这样，不仅表示着生活的随便，却也是一个忙碌的人。总之，除了他那双动人的眼睛之外，这个人和他的同伴比起来是很寒伧的。这样瘦削，蓬发而且褴褛的人，是常会被印象派画家认为是一只破敝了的鸡毛帚的。

两个朋友都是 FS 学院经济系二年级的学生，因为昨天到 H 大来开会，所以今天清早便要赶回城里去。

时间也不过是刚交七点，两个朋友想着绕过 H 大的南墙，转过 Y 大的西北角，便可以望见海淀了，所以走得特别快。夜里落过一场大雪，给清晨的大地披上了一层白绒似的外衣，朝雾尚未退去，四周的天际是紫灰色的，太阳好像还在浓雾后面挣扎，地面上却比平常有太阳的时候还要亮得多。冻鸟一个也不见了，许是到深山里去赏雪景吧，没人知道。路上没有行人，只有两旁的一些秃树，好像巨人的手臂，从夜里就伸出来向天空抓也抓的；但，除了枝桠上浮着的一些白雪之外，却没有抓到什么，于是只好赌气静立在那里了。隔着 Y 大的校墙看见了未名湖上的塔，像一个伟大庄严的圣诞老人，偷偷地在那里清算每所房里有多少等待饼果的孩子。往前看，还是笼着烟雾，他们想，那里应该是万寿山了。

半尺深的雪路，使这两个青年的脚步多少感到了困难。凝涩还要带着滑，结果使你迈出二尺多的步子总要退回几寸来；走不上几步，脚背便透着湿冷，低下头去看，已经满脚是雪了。

两个朋友同时感到了不耐烦。

"丢那妈！这辈子，这样路顶好只走一次吧！"健康的朋友终于打破了沉默；他搓着手，颊上微微有些发热。

"这算什么！"褴褛青年的手在头上拢了一下。"这不过是一场小雪，还抵不上我们那里的五分之一呢！那大雪，啊，没裤脚，没膝盖，啊，没膝盖！"他的左腿故意抬了一下，右手又跑到头上去了。

"那大雪，什么东西都该冻死了！有什么好？"穿皮短衣的人反驳了。"我们的家乡有海，有河，有四时开不尽的花树，有青翠的叶子，有淡黄色的橙橘，有那样便宜的龙眼果。……雨，是可爱的：爽利，润泽，不粘脚！雪呢，仿佛是干净的；但是也要融化呀！一融化，就不过是泥浆。……我们那里是一年到头看不见雪的。"

"这是偏见，老陆。"蓬发人仿佛不高兴了。"南方我没有到过，所以我没法批评；但是我的主观却没有你的那么重。各地方的生活，不能一样，我是知道的。譬如雪吧，不到北方，你一辈子也不会知道它的美丽！这样的还算不得什么，也许正如你所说的：粘鞋，讨厌。我们那里就不然了，落雪的时候，简直有你想像不到的美丽！啊，落雪的时候！……"

蓬发人仿佛是动了乡思，一面不住拢着他的头发，黯淡的眼睛看向远方，好像在搜寻什么有力的证据来驳倒他的同伴。他的同伴却看见他双颊里面的火焰烧得更加厉害了，于是他只好暂时沉默着。

"啊，落雪的时候，……"蓬发人收回他的眼光来。怅惘地说了。"落雪的时候，龙潭山像一匹古代传说里面的神马，全身是白色的，脊背上的一列绵长的马鬃，也涂着一层薄薄的白粉，好像是奔驰久了，歇卧在那里，动也不动，听凭那雪花替它织着白衣。……但，它那饮水的池子却被坚冰遮盖了，那就是松花江。落雪时候的松花江，你简直找不到它的轮廓；它完全被二三尺厚的坚冰盖上了，不管冰底下的水是怎样奔腾，冰面上便驰驱着马车，雪橇，甚至可以铺上小铁轨的。木厂也在坚冰上架起棚子来了，整天是拉锯的声音。……落雪的时候，山野里的猎夫也出现了，带着他们的猎犬；满山都是松脂香和雪香。人在雪上走，雪没到膝头，冻枝沙沙地响，人们的脚下沙沙地响。……"

"夏天呢，山野都苏醒了，抖下了身上的白絮；"他想了想又说，"江水也把坚硬的冰盖吞没了。恐怕和南海边差不多，也是满山青翠，可惜没有龙眼果，却有樱桃，杏梅，山葡萄，元枣，还有沙楞楞的甜瓜。……但，可惜呀！四年……四年前……"他的声音有些发颤，头下垂几乎贴到胸口。穿皮短衣的家伙隔着那分披的长发依稀看到朋友的眼中有泪光了。他突然喊道：

"喂，老刘，看那不是万寿山！"他显然是不愿老刘继续说下去，老刘的心事他是知道的。"啊，你看，万寿山真像一个白衣的美女呀！"他虽然觉得有点比拟不伦，但，为了某种原故，他是急切搜索不出其他字眼来的。

老刘的脑袋抬起来了，眼睛并不见怎样湿渌，向他的朋友投了一个感谢的眼波，随着便沉默了。

这时，天边的晓雾不知什么时候已被阳光扫尽，太阳已从东方升起来了。万寿山上的排云殿、佛香阁闪出来水晶一样的光辉。两个朋友渐渐转过Y大的西北角，远远望见海淀了。

两个朋友除了都是光头未戴帽子之外，毫无一处是相同的；生像，穿着，……甚至意见也不相同。而且一个是南方人，一个是北方人。虽然如此，两人却是好朋友，好同志。

"这不是偶然的。"皮短衣青年注视着漫无边际的雪海，往事像浪潮一般在他的心里翻起来了。那是一九三四年，距现在不过一年半，他在中学毕业了。中学毕了业，真像打开了鸽室一般，每一个鸽子都怀着飞上天去的热望；虽然飞得疲倦了还要回来，但当时，却没有一个想着这件事情。他也是一样，他也想要飞。但，飞到哪里去呢？他爱海，想到南洋去，新加坡，爪哇，……他好像要去追求金羊毛。父亲却不答应，他说，"孩子，你是中国人，不要去当洋奴，洋奴的滋味难尝得很呀！"那些地方，父亲都去过，而且是发过财的；但，他似乎受过了教训，不愿意儿子为了钱很早的便弄白了头发。终于他说，"哪，你到北平去读书吧，那是中国文化最高的地方。我们的钱已经够用了，缺少的是学士帽子！"真的，就把父亲的金钱堆起来，也可以堆成一座洋楼；这情形，他自己也明白。于是他就这样离开了广东，坐着火车，向大陆里穿去，海离开他渐渐的远了。

到了北平，便考进了 FS 学院经济系；为什么要学经济，他不十分知道，是父亲要他学的，想来该是让他学成回去经理钱财吗？他自己也很模糊。但，他自己却也高兴这经济系，不知在哪里听人讲过：马克思也是学经济的；至于这位马先生是个什么人，他有些漠然，——大概是个俄国人吧！……

一入学，功课对于他几乎都是生疏的：社会科学方法论，帝国主义史，土地问题，……对于这些，他几乎连基础知识都没有；只有英文，他最熟习，甚至于开课很久，他连预备一下也用不着。他是生在海边的人，比别人活泼，比别人知道娱乐。可惜北方没有多少水，三海是不许人下去游泳的，只有唯一的一个游泳池，他不想下去，"那不过是一个污秽的水塘罢了。"他时常这样说，他想起了海，感到寂寞。这寂寞到哪里去排遣呢？他只好去看电影，平安，真光，也还有点洋气，闲着的时候，他一直都往那里跑，他有钱！他有钱，却不想讲恋爱；虽然女同学们常常用眼睛瞟他，他却不动心。他想，这还早，而且内地女子那张平平的面孔，也不大有趣味。他喜欢音乐，墙上永远挂着一只"尤可梨梨"[1]。

他住宿，是两人一屋的。开始自然很陌生，所以和他的同伴没有什么话讲；但，他却常是用窥视的眼光向对方不断地搜索，同时对方自然也免不掉依样搜索他。最初，他很看不起这位同伴，——他很寒伧。他不仅没有"尤可梨梨"，甚至连一条完整的被子也没有。晚上他几乎像叫化子一样，钻进被底去，早晨起来，两脚一踢，被子便算叠好，到晚上，再一拉，又钻进去

---

[1] 尤可梨梨：英文"Ukulele"的音译，现多称"尤克里里"，一种四弦的拨弦乐器，又名"夏威夷小吉他"。——编者注

了。这位陌生朋友在屋的时候很少；在屋的时候，也不过频频用手拢着长发，或者在白报纸上写着什么，好像是写信，但又不像情书，——那样的纸张是不配献给爱人的。这人很沉默，写完之后，便无言地走出去了，腋下还夹着一本破书；到晚上，再夹着破书回来，钻到被底去，看到半夜。他究竟看些什么书？做些什么事？到哪里去？是无从知道的。在课堂，也很少遇见他，遇见的时候，点点头，他就坐到后面去了；点名之后，再想看他便找不见了。

这位神出鬼没的朋友在他的心里简直是一个谜，使他常常为这个人苦闷着。"这是怎样一个人呢？是书呆吗？是流氓吗？"结果两者都不像，他的苦闷更加深了，甚至为了这个人，他每天竟要费去几点钟的思索工夫。

不久，他晓得了这位同屋的名字叫刘时，是一个同班叫做郭家本的在电影院里告诉了他，并且劝他不要理那个"可疑的人物"。"是的，那个人当真可疑，若在乡下，我真要说他是'山贼'了！"郭家本是他们班里的"贾宝玉"，他的全家是被"山贼"从江西赶出来的，所以他常常害怕。但，这位广东佬却不大相信"贾宝玉"的话，他觉得这个人并没有什么不好，也并不像"山贼"，不过是有点儿神秘而已。他屡次想和刘时交谈，却又不好开口。

终于他实在忍不住了。一天夜里，当刘时钻进被底照例捧起那本书来的时候，他开口道：

"同学，我们可以谈谈吗？"他的声音很不自然。

"当然可以，同学，真的。我们还没有谈过话，抱歉！……"刘时说着坐起来，长袍随着飞到背上去了。他丢下了那本书。

"不要动，不要客气。"广东佬拦住刘时不要他下来，"这样谈谈不是很随便吗？您的称呼大概是刘时先生？"

"不错，还没领教？"

"陆飞。"他说了自己的名字。

"啊，陆同学。"刘时好像很顽强，不管对方怎样拦阻，终于走下床来和陆飞对坐在桌案边了。"府上是广东吗？"

"是，中山县人。"

"北平话讲得很不坏了！我真羡慕你们南方人，北平话对于你们简直是一种外国语；但，只几个月，都能讲得通了。我就不行，三年了，还是弄不正确。"

陆飞觉得这话讲得有点过火，他的北平话也不过是将将对付；但是他觉得刘时的口语又像北平话，又不像北平话。

"你的话，我觉得和北平话没有多少差别呀！"他漠然地说。

"哪里！齿音到底是多些，越接近了越难改；但是还不致像奉天人那样吧。"

"府上是……"

"吉林省城，松花江边，……"刘时仿佛在想什么；忽然又问道，"陆同学是今年来的吗？"但他不等陆飞回答，又接着说，"我，三年多了，一九三一年的暑假，……大概是七月末吧。……"

谈话继续到夜里两点钟，各人述说着各人的来历，所以多半是独白；然后，两个人都有些感动，渐渐彼此了解了，发生了友情。

在刘时的谈话里，陆飞晓得他是生平所遇见的第一个苦命的人。他生在一个没落的小地主的家里，父亲读了一辈子书，没有做过事情，终于在饥寒负债中间死去了。不久母亲也死掉，他便被寄养在亲戚家里，那时他才十岁。起初是替亲戚家看瓜田，凄凉，寂寞，不是一个孩子能够受得了的，所以在小时便养成了一个孤僻沉默的性格。十二岁那年，在别处经商的外祖父回来了，便把他收养在家里，然后又送到学校里去读书。刘时很聪明，读书也很起劲，先生爱他，外祖父也爱他。他的舅父是一向在外省做官的，他没有见过。二十岁那年他刚在初中毕业，他的舅父知道了，答应出钱送他到北平来读书。他来了不久，"九·一八"发生了，使他丧失了家乡。那时他最苦，外祖父和舅父都没有消息，当然也没有钱寄来，他只好在两个并不富有的朋友家里混饭吃。救济会成立了，他可以领到每月五元的伙食费；他便尽量节省，每天跑到宣武门大街旁食摊上吃"窝头"，"贴饼子"，"豆儿粥"，……他没法子讲卫生，但是也没遇见传染病，落得省下钱买些社会科学书籍来看。就这样过了一年，他觉得很有味；但身体却渐渐弱下来了，夜里常常失眠，出汗，两颊渐渐有些红，其他的地方也渐渐苍白起来。忽然，舅父来信了，说，还是照旧做官，不久就要辞官不做了，也许还要到关内来，学费还要照寄的。同时也有一个不幸的消息，外祖父死了！是"九·一八"那年冬天，惊吓结果转成中风死的。他很悲恸，因为这是世界上最爱他的一个老人。悲恸了一阵之后，他的心更冷酷了，同时身体也更弱下去了。

"那时不是又有钱了吗？"陆飞忍不住问了，"为什么不好生养养身体呢？这里养病的地方多得很，我听说。不好早些到西山去吗？到温泉去吗？……"

"当时好些人也是这样劝我，"刘时惨然地笑了笑，"他们说，'老刘，到协和去吧，检查检查，你不觉得身体不大好吗？'这是好意，我知道；他们劝我是对的，而且我也知道病势不算轻。但是有什么法子呢？养病不是穷人和忙人的事情呀！一辈子有很好的身体自然是好事，但这不是可以勉强得来的。你勉强你的身体说，'好吧，强壮吧，强壮起来好做事情呀！'但它偏不听你的话，偏要弱下去；那末，你这一生便看着这衰弱的身体走进坟墓，任事不做吗？不，不可能，至少在我是不可能的！时间是有限的，事情却永远是多得很。等你把身体养好，时间早已挟着事情飞驰地过去了；你或者怀着失望的心情追上去，或者怯懦地保持着安静，闲逸地死去，结果都是徒然的，反落得白吃了世界上的鱼肝油和牛乳！当许多人常常饿到必需要吃草根和树皮的时候，那样好的鱼肝油和牛乳给这样懦夫吃下去有什么用处呢？我决不这样干！时间是可惜的，我宁愿忙着走完我的路，也不能消极地等着，把前途在脑子里织成美丽的幻想！比如赛跑，就说百米吧！大家都准备好了，发令员要放枪了；你却忽然头晕，说，等一下吧，我休息休息再来。那是不行的，没有人等你。我宁可跑出三十米，五十米，然后栽倒了也不肯退下来的；因为那样是一米也没有跑，要比跑到三十米或五十米然后栽倒还要失败得多。自然，永远不跑，也许是永远有希望的；但这个希望除了是幻梦之外还有什么呢？没有事实，希望是不存在的。……"

陆飞注视着桌上的墨水壶，静静地听着对手的议论，疑问像雨前乌黑的云团在心中翻起来。"这样的读书人是没有见过的。他虽然爱惜光阴，但是没有陶侃那样的闲逸呀！事情，……事情，大概是读书之外的事情吧？……"终于他惶惑地说：

"到底……所以有人说你是可疑的，……"

"可疑吗？这话是谁讲的？我想，也许是你心里这样想，也许是别人对你讲的，……这不必问吧！也许说我可疑是该当的。但，一个人怎样便会可疑了呢？那是说，别人不能了解他。一个人的生活和别人不同，他不能每天坐在讲堂上；在电影院，公园，小食堂，甚至他自己的床上，都很难找到他的影子；于是这个人便可疑了。为什么大家都要一样呢？猪一样的，每天都在一个圈里，吃秕糠，滚乱泥，没有什么其他的地方可去，结果被人一刀一刀地切了摆在桌子上下酒，这是毫无可疑的；但，这样就算对了吗？我们是猪吗？……不，我们是人呵！……大家每天被弄得倦昏昏的，其中有一个想要跳出去，就被认为可疑了！从古到今，被火烧，被杀戮，被钉在十字架，被推上断头台，……老实讲，这些罪案都是从可疑出发的！……朋友，我太鲁莽，请你原谅我，……我却没有那样伟大呀！……"

陆飞瞪眼听着，心里有点冒火。他感到对方有点骄傲，把自己比做超人，把别人比做猪！他尽力去搜寻有力的反驳，但是他的能力限制了他。他觉得除了自夸之外，在刘时的话里找不到什么缺点，就是自夸吧，这自夸也很可爱。在桌前，灯光照耀着刘时的半吉诃德式的脑袋，一双暗淡的眼睛，不住地向他投来乞求和抚爱的光辉，他几乎想把所有的都交出在这双眼睛之前了，……他屈服了。但是，好像忽然握到了一个珍贵的论据，有如落水的人抓到一块木板一样，他开口了：

"同学，你的话是有真理的；但，你是一个学生呀！我在课堂里很少看到你的影子。你是一个用功的人，一个忠于事情的人，但，你却不上课。也许你到别处去读书的，我想，但结果这里怎样办呢？没有不及格的危险吗？……也许你不喜欢这个学校，为什么你又考到这里来呢？……"他不再窘促了，仿佛是占了上风一样。

"你的话，一部分是对的，"刘时笑了笑说；还是很和善，毫无剑拔弩张的神气，"做了学生，就应该上课。但是若把'学生'的意义一扩大，就不能这样讲了。我虽然在 FS 学院做学生，但 FS 学院给我的不过是一个学籍，并没有给我一个读书的范围。我的读书范围大得很，只要我有那种能力，世界上的书籍都该让我读，但可惜我的能力还是差得远呵！"

刘时仿佛有点颓丧了；但他马上又恢复了勇气，说："但我还是不服气，还是要在读书之中增加我的能力；所以当你们在上课的时候，我一个人便跑到图书馆，就是北海旁边的那一个。啊，面前的书籍是多末广浩呵，简直像沧海一样！虽然我知道这些书和全世界的比起来不过是海之与洋；但这个海如果通不过去，是没有到洋里去的希望的。所以，我自然拼命的读起来，像小孩子在海边拾贝壳一样，拾起一个又一个。朋友，这样的孩子多得很呵！每天常川在图书馆的总有百多人，不知是从哪里来的，彼此也不讲话，只是忙着拾取他们的珍宝。……"

"其实，我的事情还不只这一套，"刘时想了想，好像修正了他所说的话；"啊，……还有别的，还有别的，……"

最后这句话，陆飞仿佛没有听见，也许认为并不重要；他仍然固执地问下去：

"学校里的课程当真没有可听的价值吗？比如凌教授的帝国主义史，魏教授的社会科学方法论，是不值一听的吗？假若这些都是垃圾，我们还在这里读什么鬼书呢？同学，我不能完全谅解你对于功课这样的轻视，虽然我是佩服你的能力的！"

"有些教授很不错，我们应该知道；但是要迷信上唯教授主义，也是不对的。教授们的讲义好，道理好，越不喜欢读书的人是越要奉承他们的。学生们除了讲义之外不知道还有别的，把几种讲义合起来一比较，自然有好有坏，信心就从这里生出来。……但，教授们的讲义从哪里来的？还不是来自图书馆？随便一个教授，一本书也不给他，他是无法授课的。好的教授应该像和学生竞赛一样，他每天也得用功，也得蹲图书馆，……但是这种教授少得很哪！每年连讲义也不修改的教授不知有多少，有的一年还讲不完一篇古文，真是失望得很！这是什么缘故呢？我想不出十分具体的缘故来。也许是学生太不齐了，他们不能鞭策着教授们把治学弄得严重起来，结果成了二混主义：先生混，学生混，可不是么！有人说，教授是读书人的坟墓，也许是对的；因为到了这时候，生活舒服，有几本讲义可以一直用下去，还能再想些什么呢？……至于我入学吗？鬼知道是为什么！也许是混张文凭吧。……但，我却有我的主意，做学生是有些方便的，读书也方便，做事也方便，在这个社会里好像没有比学生再自由的了。然而，现在……"

刘时没有讲出最后一句话，好像很用力似的又吞下去了。陆飞的心里乱得很，好像落在水里，没有任何东西可以把握一般。刘时的话并不能完全令他满意，而且其中好像有些漏洞，并且最后还有未完的话。他心里的怀疑并未退去，甚至好像更增加了。他努力地想提出问题来，一时却又不可能。

"你也喜欢政治吗？"终于还是刘时开口了，投过乞求的眼光来。

这句话好似陆飞的救星，要把他从沉默中拉出来；但，偏偏又是半懂不懂的，所以他还是怔怔地望着。

"你喜欢社会运动吗，我说？"刘时又带着讲解的口气说。

"无所谓，"他吃力地说，"我一向是无所谓的。……那不就是说罢课，游行一类事情吗？"他忽然想起很早的时候听人讲过，沙面闹过这样一次，英国兵舰开炮了，轰死千把人，自然，上海也闹过。"那是有点危险性的，不是吗？"

"你所知道的就是这样一点点吗？"刘时愕然了，他没想到这位朋友竟是知道的这样少。"不是这样简单的，同学，大概你没有参加过，所以弄不清楚。但是，这个潮流已经有十几年的历史了，因为你一向过的是安乐生活，也许，……你看过罢课游行吗？那不过是表面，那是不得已，没有武力的群众到了要表现他们的意志的时候，便不能不示威，或者请愿，自然也要游行了。这是不得已的，同学，当人们没有言论，出版，或集会，结社的自由的时候，他们不能不结成队伍，到大庭广众中间，用他们的呼喊，行动，和力量去煽动，去号召，……"

"那不是危险的吗？"陆飞忍不住问了。

"自然很危险，同学，比如'三·一八'，便枪杀了很多人；但是为了自由，能怕危险吗？统治者是有枪的，这最可怕；但是历代也都发生过革命。革命队伍是没有良好武器的，有的是木棒，铁锹，……结果却还是革命队伍打了胜仗。这是什么原故呢？老实讲，这是群众的力量啊！明白吗，同学？统治者虽然有枪，使用的人却不是他们自己。那都是被他们用钱买去的被统治者，他们起先是为了吃饭，后来有些也就连着灵魂一起出卖了。革命的主要工作，也就是争取这些胡里胡涂出卖了精神和肉体的人。这个争取工作很艰难，正和你所讲的一样，同学，是危险的，因为这个争取是需要牺牲，流血的！"

刘时嗽了几声，接着稍微沉默了一下；陆飞用右手的食指画着桌子。

"但是，示威的群众不是一喊就可以来的，"刘时继续道，"同学，比如你吧，我现在一喊，你就能跟着我走吗？不可能，我敢担保是不可能的！这样有危险性的事情，——至少也有相当危险性的事情，是随便就能干起来的吗？最要紧的是首先有了解！首先了解大家的自由比自己的性命还要紧，才能来参加这个正义的行动，不是吗？所以说，你看的是表面，同学，这个表面是不能独立存在的。所以平时的工作最重要！……"

"是宣传吗？"陆飞仿佛发现了秘密，不禁喊了出来。

"不错，是宣传。但最要紧而且最艰难的还是组织。宣传，是要让人们了解一件事情或道理，或者煽动他们的热情。假若没有组织，还不过是一盘散沙。所以说，组织最要紧：这是进一步告诉群众，应该怎样干。"

刘时的眼光瞟过来，慈爱里面藏着威棱。陆飞浑身抖了一下，心里想道："这家伙还算学生吗？丢那妈，我实在没有见过这种学生呵！"

"你的心里有很多疑问，不是吗？你或者觉得我这人很奇怪，简直不像学生，不是吗？"

刘时微笑了，陆飞的心里好像挨了一针，又听他说道：

"你想，学生是应该老老实实读书的，不该谈政治，不该做些乱七八糟的事情。但是，假若你不把学生看做常人以外的特种人，你便能知道，你的意见是错了。国事危急，不晓得你知道不知道，请原谅我，陆同学，也许你从富有的家庭里出来，对于这一层，是不大关心的。但，国事到底真是危急了！你看，帝国主义者老早就把中国弄成一块半殖民地，你在广东的时候，若是留心，就能看得见；一方面，国内的封建势力还在盘据着，蔓延着，——我们的身上捆着两道绳索！……这绳索要谁来解掉呢？没有一个慈善家会替我们解掉的！想解掉，只好大家一齐来！不是别人的事情呵！"刘时喘息了一下，仿佛很费力，但是他又接着说下去了。"我们做学生，好像是另一种人，好像是与利害无关的。但是我们读完了书到哪里去呢？不用说，你知道，是到社会里去。但，你看这样腐败的社会呀！腐败得像一片臭泥塘了！我们自然看不惯，但是，一进去岂不也就化成臭泥了吗？所以，我们首先应该改造它，涤清它。什么时候去改造呢？是等到学成的时候吗？那是胡涂想法；我们所受的就是臭泥教育呀！你觉得惊讶吗？你想，社会是什么呢？它能和学校分开吗？学校其实就是恶浊社会的烟幕，烟幕一散，仍然把你扔到臭泥塘里。所以，我们虽然住学校，还得另外想法教育自己。怎样教育呢？那就是练习脑力，眼力，和战斗的能力！"

"刘同学，"陆飞感动地叫了，"我很惭愧，我什么知识也没有，听了你的话，我觉得已往的教育都算白受了；没有人对我讲过一次这样的话，我只晓得应该读书，应该用钱，应该享乐。呵，这第一次谈话，你已经给我很多了。……但，我想，你也亲自参加这种行动吗？"

"这也就是你所感到的可疑之点了。"刘时笑了笑说。

"有很多开会的事情吗？我想你也许是指导着很多人的；但是，有那样多能干的人吗？恐怕多半都是我这种愚蠢的人吧，我想？"他觉得话里好像有着矛盾，黑面孔上微微泛起一阵红潮。

"开会吗？自然是极平常的事情。"刘时的语气很平淡，仿佛在尽力平息对方的激动，"在北平，开会是极平常的事情；但有时却比吃饭还要紧。老实讲，北平的学生几乎多半都是开会的，开会已经成为一种流行病了。"

"讨论些什么呢？……真的，北平近来好像没有什么游行的事情了。"

"同学，你错了，开会并不一定都是讨论游行的，我说过，游行是不得已的办法。开会，像做功课一样，极平常，极根本，……好像生活中所不可缺的水一样。……自然，主要的还是读书，却不像课堂上那样灌输式的：——一个人尽管讲，不管对不对，别人是没有权利来发言的；这里却要讨论，要在讨论里求结果，大家都是学生，同时也都是先生。"

"也读政治吗？"

"自然娄！人类生活离不开政治，政治是必需知道的。在开会的时候，国内国外政局的分析和讨论是要占主要部分的。"

"也彼此批评吗？"

"自然也批评，而且批评得很厉害。不过有一点要注意，在会场上虽然为真理彼此可以胀红了脸；但是散了之后，大家还是好同学，好朋友。自私，自骄，在这里是绝对要扫除的，犯了这，也要遭受批评的。"

"没有人干涉吗，比如，学校，警察？"

"这种会本来没有秘密性，是可以随地公开的。但是一般人都把它看做秘密，又有什么法子呢？只好由他去。干涉随时会有的，有时他们却也装做不见，落得大家相安。但是严重的压迫也不少咧！压迫，在这里是家常便饭；不过，虽然压迫人的人渐渐聪明了，被压迫的人也是一样地更聪明，结果，还是'野火烧不尽'的。"

深夜的电灯格外地发亮，刘时的面色更苍白，颊上两块红色更清晰了。陆飞好像过着一种新的生活，时而扭捏，时而兴奋，脸上的表情像孩子一样了。终于还是刘时开口道：

"深夜了，我们明天再谈好吗？"

于是两人都默然，息了灯，卧到床上去。这一夜，陆飞简直没有合上眼。

当窗色发白的时候，刘时醒来，看见陆飞坐在床沿上发呆，眼眶上蒙眬地好像挂了黑圈圈。他问道：

"没睡吗？"

"没有。"陆飞急急走到刘时的跟前，紧紧握住他的手说，"我们做个朋友吧，同学，从此以后，你要常常教育我，我是可怜的人呵！"他好像呜咽了。"我也有资格参加你们的集会吗？……"

刘时很感动，高兴地答应了他。

从那时起，他完全被刘时征服了。渐渐地随着刘时去参加座谈会，读书会，……他替刘时做了许多技术工作，他成了刘时的膀臂；同时他自己也知道了许多，而且认识了许多朋友。

他很聪朗，了解迅速，办事也敏捷。但是他自觉决断力量和刘时相差太远，万不及刘时应付事情那样的冷静。他的身体却比刘时好得多，简直像一块铁，所以他又时常用这个来骄傲。他常对刘时说，"休息一下吧，我来替你做。"虽然他也知道，他是没有替代的能力的。

为了弥补这个缺陷，他便向父亲骗钱交把刘时去用，他说，"老刘，用吧，把商人的钱拿来使用，是不算不义的，虽然他是我的父亲。"但，刘时却不肯，他说，"我不需要钱。"后来，经过很久的推让，刘时只得收了，说，"把去做点有益的事情吧。"于是不再讲什么，便把钱带走了，结果是空着手回来。这样过了几次，陆飞明白了，原来刘时很有几个没饭吃的朋友。

陆飞几乎不大爱电影了。虽然有时也到平安走走，但，一个月也不过一两次，——工作和读书缠住了他。墙上的"尤可梨梨"也渐渐蒙上灰尘了。有一天，他索性摘下来放在箱子里；除了当两个人在疲倦中需要娱乐的时候，才拿出来弹上十几分钟，然后又放进去了。

他几乎完全成了一个新人。

一年以后的今天，因为走雪路，挑动了刘时的乡思，他心里觉得很后悔。刘时的身体眼见是一天天地衰弱，工作一天天地加重；在这样严重的时候，刘时是病不得的。他不觉想到刘时的身世，于是一年前的往事在脑海里翻腾起来，他久久地陷在回忆之中了。

就这样沉默着，走了很多雪路，已经穿过海淀大街了。他才由回忆中挣扎出来。因为要急于搜寻另一个谈话题目，他搓着两只手，问道：

"老刘，昨晚上那个老憨样子的是谁呀？"

"哪个？"

"穿着灰布制服，坐在小倩旁的那一个。"

"是那个留平头的 T 大学生吗？"

陆飞点点头。

"那个人的名字叫陈学海，T 大化学系的，我还是第一次遇见，是魏玲介绍来的。魏玲就是 T 大自治会的那个代表。"

"呵——那个剪短发的呀！好像你对我讲过，她很不错咧。但，那个老憨是怎样一个人呢？他也能革命吗？"

"老陆，你又来了。怎能以貌取人呢？无论什么人，当你没有仔细观察过他的时候，是不能随便加评的。"刘时对陆飞常常是用着教训的语气。"世界上许多革命家，像貌和常人一样，甚至还不及常人漂亮。但，他们却做出大事来。成了名，人们才晓得他们的像貌奇异，伟大；其实，他们的像貌并没有改变，那是人们的心理作用呵！……至于陈学海，我本来不认识，我不能说出什么来；不过听说这人原来是一个书呆子，丝毫不问外事的。这次来，不过是一个自治会纠察队的代表。但，我看这人很朴厚，有傻气，兴趣很高；这样的人是不会没有前途的，关于这，我有过好些经验了。"

"小倩怎样呢？我看她没有从前那样忧郁了，不是吗？"

"这次你算看得准。她好多了，虚无气息去了一多半，那都是从前她的一位杨教授害了她。现在，她渐渐积极了；但是，还差得远，她还需要克服，需要进步！"

陆飞默着不讲话，似乎还在想着陈学海；刘时拢拢头发，打了一个呵欠，显然是因为隔夜睡眠不足，疲倦泛上来了。太阳上升两丈高的样子，瞰视着雪海，雪海上便闪烁着无数的金色火花。脚底下有些滑腻腻的，显然是积雪已经开始消溶了。

"丢那妈！这个路！"陆飞心里想，却不敢讲出来。

身后忽然赶来了一辆由香山开出的第一班汽车。陆飞赶紧回身招了招手，然后叫道，

"老刘，坐车吧！"

汽车停下了，两个朋友先后钻了进去。

"呵，陈学海到底是怎样一个人呢？呵呵，是怎样一个人呢？……"但不久，这声音便淹没在车轮轧轧的噪响中了。

二

"陈学海是怎样一个人呢？是怎样一个人呢？……"

陈学海是 T 大化学系一年级的学生，是一个哈尔滨人。一九三一年，他还在哈尔滨一个中学里读书，他家里在哈尔滨附近的乡下拥有一些田产和森林，不用说，他自然是一个地主的儿子了。哈尔滨是东北的一个最繁华的商埠，被叫做"小上海"的，所以风气非常奢靡，也曾不断地出过一些运动员和花王的；但是提到读书就很差，因为那里不是文化区。

虽然这样，在哈尔滨，陈学海还不失为一个用功的学生。他虽然在哈尔滨住过很久，但，他是一个乡下的孩子，难免有些土气。父亲是一个机器师，虽然自己也曾发过财，到底是勤劳出身，很本分的，鸦片烟一类的嗜好也没有。母亲是乡下女人，更怕奢华，根本不晓得怎样用钱。所以，看外表，这一家是不像富有的，虽然他们却拥有几十万的家私；在哈尔滨，这种人家是不很多见的。陈学海在这样家庭环境中长大，对于社会生活自然是茫无所知，甚至到十四岁的时候，都不懂怎样去花一文钱。平时只听父亲说，"安分守己。"母亲说，"省俭莫求人。"这种话给青年人的脑袋里多少注入一点怕事和吝啬的毒素。因此他在学校里，课外的活动概不参加，而且也没有朋友。人家渐渐把他看做一个固执的书呆，甚至背地骂他"啬鬼"，"冷血动物"。……有时他虽然间接听见了，也不大生气，他认为这些人都是"纨绔"和"洋场恶少"，随他们去乱讲；但同时自己却变得更孤僻，更偏执了。外界的力量不能吸引他，他的精神便完全集中在功课上。学校的功课，除了音乐之外——那是因为他的喉音不大好——他都喜欢，下课回家，便在屋子里坐下，一直读到睡觉的时候为止。这是难怪的，他没有别的事情可做么！有时，同学们打趣他说，"喂，陈，到江边看游泳去吧！看赛马去吧！"他只好把头来摇，甚至红了脸。他另有他自己的世界。问他的人也很了解他，根本也不希望他慨然应允，笑一笑就走开了。他在班里永远考第一，这仿佛是当然的事情，没人觉得奇怪。他比其余的人都用功，又不和别人在一起，到了考试的时候，他好像从另外地方走来的一个高材生，抢了第一便走；考过之后，他又好像和别人无关了。同时其余的同班同学也以为这第一应该是他的，虽然嫉妒，却也不怎样恨他，因为他们还要忙着做些别的事情。

这书呆子虽然用功，却是读死书的。文章可以写得通，却无思想；历史地理上的人名和地名，他记得烂熟，却不知道历代变迁的原因；至于国家现状和世界大势，他更茫然了。总之，一切都是死读，机械而呆板。据说这要怪他的教师，因为教师所要的也只有这一套。

就这样，他在中学里读了四年，生活平静得像一面古潭，没有丝毫动荡，甚至他那身灰布制服，也像粘在身上一样，除了到冬天，再罩上一件青呢外套之外，是毫未换过的。就这样，在生活中他成了沉淀。

但，古潭也会生波的呵！就在这第四年秋天，"九·一八"事件发生了。几乎早已成了殖民地的东三省，对于这空前的事变，除了惊惶之外，是没有多大激动的；所以当年十月末，日本军队便太太平平地开进哈尔滨来了。陈学海那年是十七岁，他看见学校里取下了青天白日旗，烧毁了"总理遗像"，他想，"将要换上来的是什么东西呢？是'天皇'像吗？是太阳旗吗？……"他心里漠然地感到微痛了。结果他所猜想的全不对，没有"天皇"像，也没有太阳旗，直到第二年春天，礼堂上面还是空空的，什么都没有；同时，上课也是奄奄一息的。陈学海虽然没有换掉他那身固有的制服；对于考第一却已感不到什么兴趣了。回到家里，父亲还是在说，"安分守己"；他用力地想，"替谁安分呢？"没有结论，他苦闷了。

课程也改变了！历史，地理，删去了中国部分，只读满洲部分；太少呢，怎么办？便加添一些捏造的"传说"进去。国文里的新材料也被删去，改读经书，一面又尊起孔来。最新颖的课程便是一门日文必修科。

陈学海的心底像沉下了一块铅，连他那简单的幻想都成泡影了！他原来想，大学毕业之后，父亲一定要送他到美国去的；但是在这样的中学里能读些什么呢？将来去留日吗？他不愿意。想对父亲讲，又不敢。

终于一天父亲开口了，"学海，这里不能读书了，无论如何，你将来是要出洋的，这里的功课怎会够用？你到北平去吧，住在曹家，你的表叔那里，然后再托人替你去找个学校住吧。"

于是，一九三二年秋天，陈学海便来到北平，住在表叔家里了。

他的功课虽然好，这里的程度却高得很，他只好从高中一年级读起了。环境一入常态，他的老脾气又发作了，还是死抱着书本不放手。类似这种学生，在北平，几乎是百无一二的。

在这个最陈腐也最摩登的都市里，谁肯抑止自己的香、音、色的官能享乐呢？另一面，在这已经成了国防前线的平津地区里，谁肯放弃政治运动呢？北平的学生就在这生活的两极中间跳荡着，他们的人生第一义已经不是读书，而是享乐，革命，和恋爱！看那剧场和影院，整天整晚地吞进去上千上万的红男绿女，在里面至少要给他们几个钟头的麻醉！吃着茶，嗅着纸烟气和汗臭，悲叹着古人往事甚至落着泪！或者瞻仰着金圆王国的奢丽，里面有漂亮的男人，有美丽的女人，有堆得成山的金钱，有极其幸运的机遇。……这里可以挑拨你无限的幻想，给与你无限的希望，你陶醉了，陶醉得甚至忘记了还有明天！在黑暗中兴奋到过火的时候，爱人马上化为天使，互相紧紧地握着手，拥抱着，甚至接吻。……月夜里，在公园，在三海，许多青年伴侣在吃着茶，谈笑，在林木里唱着情歌，在水上也有六弦琴或"尤可梨梨"伴着女人的低唱。一切都在甜蜜中间溜过去，像无边的春梦。

但是另一面却也有人极严肃地活着！这都是些可敬的人，或者说是呆子。他们的生活常在黑暗中，风雨中，密探的监视中，警察的追捕中，……但是他们干得更高兴，仿佛在故意欣赏趣味一般；在这里却没有金钱和幸运，有的是战斗和冒险！

在古城中，生活的两极搅成了强暴的旋风，这旋风是扫不着陈学海的。他的生活仍然是一片死水。他有另外的梦想，便是到外国去，他常常幻想从外国回来的情景；那时大概应该是博士了，穿的是西服，再不是灰布制服了。坐着头等火车，大家都欢迎他。他不久便会是一个化学工厂的主人，发明并且制造些新东西，帮助政府建设新中国。"现在管不了许多呵，读书要紧。"虽然他有时也看报，国家大事却不大关心；因为他晓得纵是关心，也不免白费力气，学生怎能管得了政府呢？所以，国联调查团怎样？山海关怎样？冀东怎样？……他都不过问，他觉得将来中国强了，这些都不成问题。但，什么时候才能强起来呢？他说不出来。也许他等着学成回来的时候再说吧。总之，现在，学问之外，他对于一切都冷淡。

他这样平静地过了三年，他的课业大大进步了。所以他也难免时常沾沾自喜，虽然别人却觉得他真是难得胡涂。

这之间，和他相熟的有三个人：一个是在 K 中学比他低两级的小朋友谷静，是一个山西商人的儿子；一个是他的同乡郭用；还有一个是郭用的爱人魏玲。

郭用是一个青年大学生，好出风头，革命不离口，辩证法不离手。"今天好吗，同志？有什么消息吗？"他常是这样向人说，一面装出一种关心国事的样子；假若和别人意见不和呢，他便说："同志，这很不好，意识不正确，要受批判的！"因此魏玲爱他。魏玲爱他，不是因为他有一头卷发，不是因为他的鼻子上有一副克鲁克斯眼镜，更不是因为他常常带着白手套；是因为他懂得革命。

魏玲自己也是革命的，但没有多少经验。她很勇敢，看她那一张苹果脸和两只黑炯炯的眼睛就会知道。她机灵得像一只松鼠，活泼得像一匹猫，却可没有蛇一样的圆滑。可惜她读书较少，热心超越了她的能力；因此她常喜欢向别人讨学问。她吃了虚心的亏了，所以容易受骗。她爱郭用，就因为他满嘴都是革命。

郭用常常笑着人家"吃革命饭"，自己的恋爱却靠着革命论。他常在革命的女青年中间受着热烈的欢迎，好些女人追过他，终于魏玲得到暂时的胜利了，他说，魏玲的胜利是由于她的真挚和虚心。

陈学海时常到郭用的公寓里去坐，书架上立着许多书，陈学海简直不懂它们的名字，好在他也不需要去懂。

郭用的革命理论吹不进陈学海的耳朵，谈锋只好改变方向了。

"老弟，还不讲恋爱吗？"郭用的谈锋并没有滑出多少远。"让玲替你介绍一个，好吗？"

　　"不，我不懂。"陈学海一开口就是冰冷的钉子。

　　"我还说你不懂革命呢！老弟，不懂恋爱，当然对于革命要茫然了。"郭用把眼镜摘下来，揩了揩，又戴上去。"住在北平的青年，是不该不懂恋爱的。恋爱可以使人变成革命家，不，也可以使人变成学者。是的，那是给你一杯精神上的白兰地！……"

　　"北平的青年人有几个不讲恋爱呢？你瞧，"停了一下，他又讲下去了，"北海，公园，……甚至马路上，到处都是他们的踪迹！革命家也不能例外呀！恋爱对于革命好像疲倦之后的一种最卫生的补品。……不，老弟，你不想革命也得恋爱的，书本是不能替代爱人的。……"

　　"我现在什么都不成，不想讨太太。"陈学海好容易哼出一句来，脖筋胀起了多高。

　　"不是的，这话不正确，要受批判的！你以为恋爱就是结婚吗？这是乡下人的思想呵！恋爱就是恋爱，老弟，离着结婚远得很呢！恋爱是青年人的事，结婚是中年人的事！"郭用好似抓住了论点，兴奋得口里直喷白沫子。"何况，你想结婚，密斯们也不肯哪！她们肯丢开幸福的时光永远倒在一个人的怀里吗？老实讲，她们趁着好时光要尽量享受一下，等到兴致阑珊了的时候，大概三十岁已经过去了，再挑一个有钱的人，嫁去做个太太，便把已往的风头和光荣一起埋葬在闺房里了。……呵呵，不会错的，老弟，不会错的！"

　　陈学海虽然觉得郭用的谈话是不对的，但在北平，却也是实情；比如谷静才十五岁，听说他就有一个爱人，……陈学海对于这种事情无论如何是持着一种否定的成见的，他却又不肯反驳；所以遇到这种场合，当郭用兴高采烈的时候，他总要用"今天天气好……"之类的话做为收场，然后便溜之大吉了。但是，过几天他还是到郭用那里去，什么原故呢？他自己也不晓得。这种谈话虽然不能说服他，却使他感到一种听故事的兴趣，算学演得腻烦了的时候，僵板了的神经仿佛也需要这样抓搔一下才好。魏玲若在场，郭用的

"恋爱讲座"便收起来了，只谈革命，只谈马克思，恩格斯；陈学海被丢在一边，结果只好扫兴归来了。

"为什么魏玲在场他就不谈恋爱呢？"陈学海苦思很久，还是不能明白。

终于他在中学毕了业，考入T大化学系，同时魏玲也考入T大边政系。因为同年的关系，他俩渐渐混得熟了，他开始觉得她是一个很可爱的人；她不但有一双动人的黑眼睛，也有热诚，而且不像郭用那样惯爱说大话。魏玲在学校里常常参加开会，许多旧学生好像早已和她厮熟了。入学这一年，她已被选为自治会的常务干事，工作似乎很多，也很勤。许多男同学都捧她，她却常常谦逊，甚至回避，陈学海心里想，她早已属于郭用了。至于他自己呢，大家还是不睬，把他看做一个书呆。

感到学校的功课太重，他和表婶商量好了搬到宿舍里去住，一面写信报告他的父亲。这一来，他觉得很清静，而且魏玲也常来坐坐，虽然没有什么高谈阔论，却也可以破除寂寞。

光阴像电般的飞速，转眼已是秋末了。从塞外扫来的寒风，不经意地摇落庭前的枣树叶，冷气向着人体袭来。陈学海虽然固执，也不能不在灰布制服里面加上一层毛衣了。

有一天，正是重阳节。大清早，城墙上便跑满了人，街上的人也很拥挤，争着去登高。羊肉铺子老早就把肥羊宰了，倒悬在架子上，好些人呆子一样立在门前，张开嘴，看着剥羊皮。看着，看着，走散了，又争着往城墙上跑。有钱的人却不上城墙，他们上景山，上小白塔，或者坐着汽车到香山去看初红的枫叶。

陈学海这一天很苦闷，蒙起被子睡觉，却又睡不着。宿舍里的人都走光了，甚至工友的影子也不见。静寂腐蚀着他，使他想起了家乡。

是什么人迫着他离开了家乡呢？他想，这当然是日本人。但是，不会把日本人赶走吗？他将终生都不能回乡了吗？……他有些痛恨政府了！但这痛恨是茫然的，他没有充分的言语讲出痛恨的原因。赌气闭上眼，许多金圈蓝圈在眼前晃动，每一个圈圈里面有一个日本人的脑袋，龇着牙，向他狞笑！

睁开眼，一切幻像都消失，屋子里还是寂寞得像墓穴。他要哭，但是向谁去哭呢？他笑着自己的愚蠢，走下床来，顺手抄起一本大代数，坐在案前翻着；但是过了半点钟，还是什么都装不进脑子去。他长叹一声，丢开书，闷倒在藤椅里去了。……

太阳溜到西屋脊上的时候，魏玲闪进来了。她说，郭用要她来邀他到公寓里去吃烤羊肉。她好像知道陈学海的心事一般，狡猾地说：

"不要闷坏了身子呵！到郭用那里去，有得吃，有得说笑！……还有明天呢，化学家呀！"她最后带着巧笑这样说了，陈学海也笑了。

十分钟以后，他俩走到马路边，电车很拥挤，魏玲觉得讨厌。好在天气很晴朗，没有一丝风，于是她提议说：

"我们走着去吧，好在不算太远，从沟沿壁直地就到了，……电车里挤死人！"

"也好。"他虽然晓得从西直门大街到象坊桥足有七八里路，但是不好逆着魏玲的话，同时他自己也不肯示弱，便点点头跟着她走下去了。

两个同伴走路，想要保持沉默是很困难的，于是魏玲首先开口了：

"小陈，你也有些想家吗？"

"不觉怎样。"

"不觉怎样？"魏玲笑了笑。"今天你的面色很难看，我想，你一定想家了。"

"不过，我倒是想：为什么我偏是这样孤单？人家都能去享乐，我却不能！"他有些郁然了。

"那是你念念不忘化学呀！"她的眼睛睖了一下。

"不要开玩笑。这问题到底不是化学能够解决的。"

"那，为什么你还是死读化学呢？"

"那是为将来。"

"将来你一定到外国去了？"

"希望这样。"

"回来以后呢？"

"这……"他有些惶惑了。"说不定，大概要替国家服务吧。"

"服务？怎样服务呢？也许去当一个技术士，也许开一个化学工厂，是吗？"

"也许。"

"就是制造花露水和雪花膏吗？"

"哪里！"陈学海勉强笑了笑，"我想学点国防化学工业。"

"国防吗？替谁去防呢？"

"自然是替中国人，还消说！中国太弱了，我想，国防不好，所以土地主权常常丧失，我是一个国民，应该尽点责任的。"

"你真是傻子！"她看了看陈学海，接着说下去，"你想替政府服务，是不是？你能给这样政府什么帮助呢？除了帮助它去杀自己人？这话，也许你现在还不相信，但是可以想想的。你说中国弱，好像说中国人是弱的，所以要来帮助他们。这话太空洞了！中国人本身并不弱，你看他们能做到比主子多到九百倍的事情；但是他们没有自由，不弱又怎样呢？他们有力量无处去用呵！比如前几年，东北白白送掉了！是老百姓的意思吗？不是，是当局的意思！当局宁可失掉土地，也不肯把老百姓武装起来！老百姓一觉醒来，就变成了亡国奴，这能怪他们吗？国土一年一年地削减下去，华北都成问题了！但是政府呢，却还是赶着自己人去杀自己人！你学化学工业，或者在外国得了博士回来，也许不会被人看得一钱不值，也许政府要用你，但是制造出来的东西做什么用呢？是用来打日本吗？不是的，还是打自己人！"

"那，你的意思是不要我读化学吗？"

"我是劝你把眼光放远一点；等到你学成的时候，中国的领土还有多末大！"

"你说来不及了？"

"希望还来得及吧！"

"那，难道现在连书也不必读了？"

"却用不着读死书？"

"你这话是什么意思呢，密斯魏？"他愤然叫道，"不读书做什么呢？

你说读死书，我真不懂怎样才算读活书！……"

"读书之外，也应该留心国事呵！"当他们走过了喧嚣的白塔寺门口，魏玲缓缓地说了，她的声音很委婉，怕伤了陈学海的感情。"比如现在日本的势力已经快要压倒北平城了，你还能埋头读下书去，真希奇！"

"但是，做什么呢？我没有力量，我有力量反抗政府吗？我想，政府也是没有办法的。"

"你就肯信赖这样不负责任的政府！"

"那么，反对政府吗？"

"不能代表民意的政府当然要反对！我们要把民意组织起来，大家不能一起等着死！"

魏玲的情感又激荡起来了，她的脸快由苹果色变成石榴色了。两人都沉默起来，脚步加快了。

"那恐怕又要开会。"停了停陈学海漠然地说，"开会，在我看真是北平人讲话——'汤儿事'！"

"不开会又怎样呢？我们自己还结合不起来，能够唤醒人家吗？在北平的人都怕开会，但结果会还是要开的。"

"那不会浪费时间吗？"

"浪费时间，不开会就不会浪费时间吗？比如，今天，你蒙起被子睡觉，或坐在椅子上发呆，这不是浪费时间吗？人们真正浪费时间的时候，自己反而不觉得！"

"我说，开会也常常没有结果。"

"常常没有结果并不是绝对没有结果呀！有什么法子呢？我从前何尝不是这样想，'用点功，多少弄个甲等，……'但是后来便弄不下去了！我的家乡在通州，东四省失陷之后，日本人的脚也渐渐伸进那块土地去了。——现在虽然母亲已经搬到北平来住，但那里到底是我的家乡呵！你想，我还能安心读下书去吗？大难就要临头了！靠谁呢？靠别人吗？靠政府吗？都不行！我不肯等到毕业以后变成高等亡国奴！所以……"

"所以你才要革命，是不是？"他拦住了她的话，"这情形我是明白的，而且我是亡了家乡的人；但是我到底不相信这些徒手的人会做出什么来！做不成，功课也弄坏了。"

"那是你自己不相信自己！"

"不错，这倒差不多。我正在对自己怀疑着呢。"

"我希望你仔细想想吧，对自己都要怀疑是不能生活下去的。我劝你赶紧丢开那错误的路线，改变一下生活吧！"

"让我想想看。"

…………

陈学海从郭用那里回来，已是初夜时分了。他在西单牌楼和魏玲分手，眼见她上了电车而且被拖向东城去了，他自己不想搭车，踽踽地向北走去。晚风扬起清飔，令人感到水一样的凉意。街灯依然灿烂，铺子门前飘动着秋季大减价的彩饰，无线电播音机放出"京调"，大玻璃窗子前面挤满了人。大街仿佛比日里更喧嚣了；爱人成对地走出来，彼此送着笑眼，低声谈着情话，步子是那样缓慢悠闲，好像给肠胃一个舒爽的机会，去消化傍晚时吞进去的脂油。他没有心情理睬这些，急急地脱身走去。

终于他由脂粉香气的旋风中逃出来了，笑声渐渐远隐，他轻松得透出一口气来。等到他走过西四牌楼的时候，大街渐渐黑寂了，只有晨星一般的街灯，闪闪地，仿佛在窥探行人心里的秘密。远处传来叮当的电车铃声，奏出单调的夜曲。深巷里的犬吠也收起了，使人更加感到了夜的凄清。

陈学海虽然缓步走着，却不能保持精神的宁静；思虑像激流，不时湍成浪花，起伏着，鼓荡着，一个压着一个。——日里魏玲的谈话绞扰着他，直到这时仍然是把他沉在疑虑的浓雾里。他没有拨开这浓雾的能力，好像大洋里一只失掉罗盘的船。魏玲的话是无法驳倒的，何况他是一个丧掉家乡的人！他没有勇气，不，正如魏玲所说——他没有自信心。但，这有什么法子呢？只好借着"让我想想看"逃开了。

但，想想又怎样呢？他早已晓得这好似一个算学上的难题，因为他还不能了解那个定理的真义。他仍然是站在杠杆的支点上，不晓得往哪一面沉下才算正确。魏玲的话何尝不对？他的家乡失掉了，自己已经逃开，偏又想着回去；但是怎么回去呢？等着别人，靠着政府，都不像话。"不劳而获"，他认为是不可能的，这教训，在读书的时候便会常常遇到。"好，抛开书本吧！"想到这里，父亲的一张"安分守己"的面孔出现了，这面孔对他是很亲切的，好像有一种潜在的力量早已埋在他的心底，使他不能不对这张面孔表示屈服。于是，他疑惧起来；——这能是单纯的救国运动吗？也许是别有野心吧？无原无故，他们的勇气是从哪里来的？……他渐渐想到那些人都很可疑，……不读书，整天在外面跑，……神秘的人们！……魏玲的力量渐渐退却了，他几乎又要恢复本来了。忽然念头一转，他自言自语说，"不，他们是纯洁的人！呵呵，无论如何，他们是纯洁的人呵！"

他在这矛盾的思想中间冲突着，搏击着，闪避着，终于感到了异常的疲惫和痛苦，他不能彻底征服旧日的潜力，也不能斩绝地排除这突然而来的新的力量，……他想着逃了，结果还是用"让我想想看"做为烟幕，救脱了自己。

深思虽然不过如一瞬，路却已走得很远，他猛然发现已经转过新街口了。远远地，西直门城楼像一个黝黑的巨人，蹲踞着，在骄傲它的雄姿，在微弱的月光下，它的轮廓更见清晰了。还是上弦的时候，月亮是半圆的，像一张残缺了的苦脸，似乎在告诉人说它本来是圆的，它永远不会忘记恢复本来的形像的。从那残缺的月盘里射出来悠久而且痴呆的惨笑，他觉得这是在挪揄他，甚至旁边的小星也在挪揄他，挪揄他在欺骗自己！忽然他又发现天上还有数不清的挪揄的眼睛！他慌张地向前疾走，身后像有潮涌似的一群追着他；——"安分守己"的面孔，和革命的黑炯炯的眸子。……

从这一天起，陈学海陷于陌生的烦闷中了。除了睡眠之外，两种力量永远在他的心里搏击着，而睡眠偏偏又是那样少！但是他却留心看报了，常常在那向例不去的阅报室里久久地逗留着，也时常向人询问时局的消息，然后很费力地辩论着；虽然他的意见有时浅薄得可笑，却能表示他对于政治已经感到兴趣了。当他辩论的时候，有些人甚至感到一种欣悦，互相传说道：

"呵呵，看呵，这书呆有些改变了！"

是的，陈学海确是有些改变了；虽然他并未向谁表白过，虽然他近来遇到魏玲常常是躲避，他的心确是一天天变下去了。魏玲也好似看出他内心的秘密，心里想，"听他吧，这书呆！"她忍不住把这话讲给郭用听，郭用说，这是"过程"。

冬天来了，收去了树上的绿叶，山边的野草；同时却带来了冷风，带来了雪，也带来了日本的飞机！

十一月五日，七架银灰色飞机出现在古城的上空了！列着队，像南归的寒雁！但啼声却不嘹亮，只是轰轰的，像沉雷。市民惊慌地避到屋子里去了，似乎在躲避死亡，又似乎在准备死亡！第二天，陈学海在英文报纸上见到了消息，原来是逼迫中国成立"新边政委会"！他苦着脸向人发表意见说，——又要来一个"九•一八"了！

但是中国负责方面一直没有正式发表"新边政委会"的消息，报纸上也没有说明政府有什么指示，大家都闷着，好像生活在暴风雨之前的天气里一样；有时交头接耳，但也讨论不出什么结果来。还是闷着，闷着！

银灰色的飞机仍是接着来，也许中间隔上一天，但是架数却逐渐加多了，九架，十一架，十三架，……银灰色的飞机飞得很低，站在大街上可以看见机身下面累累的悬着什么东西，有的像茄子，有的像柚子。人们说，这是炸弹，你一喊，它马上会落下来的。小孩子们哼起歌谣来：

"天不怕，地不怕，就怕飞机屙巴巴！"

但是尽管喊，"巴巴"始终没有"屙"下来；所以又有人说，这是日本人在过年。

常常看报的陈学海却晓得这绝不是"日本人在过年"；时局确是很严重了！渐渐地，在报纸上也见到天津的汉奸发动了"华北自治运动"大请愿的消息；就在那一天，通州的冀东伪政府也成立了。同时半明半暗地透露了一部分政府方面的消息，不久打算批准组织"新边政委会"。这个担子就交给地方的军政首领孙之明。孙之明本来是昏头昏脑没有成见的人，对于这件事情的态度是畏首畏尾的。孙之明的幕下有一个足智多谋的政客极力撺掇他担承下来，并且负责担保日本方面有他去对付。陈学海看这人的名字叫做曹兆东，正和他那向未见过的表叔的名字一模一样。表叔一向是在西北作官的，他近来没有到表叔家里去，想不到他忽然间回到了北平。

"这个人恐怕是汉奸，怪不得在天津日租界里还有他的房子呢！"想到这里，他便痛恨着他的表叔，不想去见他；而且认为中国所以坏到这样地步，都是因为这种汉奸太多了的原故。

没有过上两天，魏玲又遇他，仿佛怕他逃走似的，迎面问道：

"今天消息怎样？"她好像故意开玩笑，因为近来他常好把这句话去问人的。

"还没有多大变化，"陈学海诚实得像一头鱼，"不过，日本的压迫来得更凶些，大概政府已在计划人选了。"

"还不是地方上这些人！他们本是借着日本势力来做官的，现在就得替日本人效力！"

"其实，不过为了升官发财吧！他们是分不开中国和日本的。"

"听说那个曹兆东最坏，他借着日本人的势力压迫孙之明，同时又让他去要胁政府。"

"唔……"陈学海的脸红了一下，又急急镇定了，幸而魏玲没留心。

"老实讲，这地方，政府早已打算放弃了。"她缓缓说道。"它没有那样长的鞭子！现在，不论怎样，只要说这还是中国地方，它都肯。没看见，不久以前，赶中央军，赶宪兵团，赶党部吗？政府在这里早已没有力量了。现在，学校里也只有一张总理像和七天一次的纪念周，还有什么呢？只要还说这里是中国的土地，政府便心满意足了。"

"但是，假若将来连中国土地的名义也没有了呢？"

"哪……先不要讲将来的事情；你想好了没有呢？"

这句话像锥子一样刺着他的心！他微微震动了一下，他觉得魏玲是他最大的债主，而且这笔债是不易还的。

"想好了没有？我说，……那天讲的事情。"她不容他沉默了。

"还没有确定。"他挣扎着说。

"也许这辈子都不会确定吧！"她发气了，一双黑眼睛钉住陈学海的脸，"现在到了什么时候？而且你完全晓得，你不做！"

"做什么呢？"

"不要装傻了！……参加救国运动呵！"

"我能够这样徒手去救国吗？你们的情形我丝毫不清楚，我能做什么呢？……我想，先要仔细研究一下；近来我渐渐地明白多了。"

"现在不是研究的时候了，学者！是行动的时候了！"

"行动……"惊疑的眼光扫了魏玲一下，"我又不是什么党，能参加吗？"

"胡说。"魏玲的声音像警钟，"这专门是什么党的事情吗？这是每一个中国人的事情！你不是什么党，谁是什么党？我们都是中国人！不是吗？"

五秒钟的沉默过去，她又接着说：

"现在是这样，北平有许多青年觉得应该是表示民意的时候了，要找很多人来计划，组织，然后再商量是否应该要求一次行动。……假若有些人在那里号召说，'爱国的人起来，用呐喊和力量和血表示不甘屈服的民意吧！'你去不去呢？"

"去，一定去！"这激昂的谈话感动了他，同时又让他想起了他的表叔，想起了"大义灭亲"。他的感情冲动了。"你就领我去吧！"

"不要忙。"魏玲像得到了一笔财产似地笑了。"事情还在酝酿，各学校还没有接洽好，还得预先布置妥当，免得被人破坏。"

"那，现在我应该做什么呢？"

"我想，首先应请参加学生自治会的工作。现在，别的职务都有人了，纠察队还没人负责。我想，推荐你吧。你是很可靠的。"

"我能做得了吗？"

"那容易，在开会和游行的时候要忙些。……呵，就这样吧，我还有事，明后天你就可以到自治会去办公了。再见。"魏玲说完，转身走去，好像连头发也喜欢得跳起来——飘也飘的。

"看看再说吧。"陈学海心里想。"事情是应该做的；但是这种人真奇怪！究竟葫芦里面还有什么药没有，谁晓得？不错，还是看看再说吧。"

终于，谈话以后的第三天，他便做了纠察队的主任。

天气一天比一天冷，风声一天比一天紧急，时局一天比一天险恶。曹兆东的策略逐渐胜利了，"新边政委会"已经决定成立，人选虽然还没有斟酌停当，为期却不远了。

由于这种紧张局面，北平的青年们飞速地团结起来，虽然在侦探的监视下，在学校当局的监视下，活动很困难；但，人们还是秘密地活动着，组织着。除了几十个大中学校——包括城里的和城外的——之外，还联合了一些文化团体；许多大学教授，也成了他们的赞助人和同情者。当时，谣传背后有某某在操纵，就是这个原故。各学校，虽然奉到了命令要干涉学生活动的自由，但是多数的贤明学校当局的心里是雪亮的，他们晓得应该怎样做，他们静观着事情的发展。

终于"新边政委会"的成立就在目前了！大家都觉得应该提前开一个联席会议，讨论是否应该要求一次行动。聚会的地点在城外 H 大，时间是一个星期二的夜里。

这天早晨，天上是阴沉沉的，人们觉着有点儿湿冷，显然是快要降雪了。果然，中午一过，东南风微微吹起，鹅毛似的雪片落下来了。

"这样大雪，今晚怎样开会呢？"陈学海有些焦躁了。不久，魏玲跑来，劈头就喊道：

"小陈，不要忘记出城开会呀！"

"看，这样大雪，开得成吗？"

"这算什么？这不是大人先生们开会！下了雪不能不吃饭，也不能不开会！记着，不再来催请了！"

魏玲笑着走了；陈学海心里犹疑着；但是无论如何也得去看看，"面子事儿！"

傍晚的时候，他从汽车上跳下来，走进了 H 大的第一宿舍，出乎意外的是屋子里早已黑压压地挤满了人！男的，女的，高的，矮的，胖的，瘦的，长头发的，短头发的，……但是都很年青，都很精神。他竭力地搜寻，却没有魏玲的影子。"这狐狸！恐怕躲到郭用那里去了！"他正在想着，忽然进来了一个人，是 T 大自治会主席任可中。

"陈同学来了，早得很！"任可中仿佛很客气。

"密斯魏呢？"

"就要来的，就要来的。"

"不见得吧，鬼知道她来不来。……"陈学海心里盘算着。这时又有很多人走进来了，脱着外套，道着寒暄；随着便是起坐的声音。但，魏玲还是毫无影子。

由于任可中的介绍，他知道了几个人的名字：董小倩，冯健行，袁为恕，周茂，刘时……其余二十几个人的名字是记不清楚了。给他印象最深的，要算刘时，冷眼看去，像一个高等叫化子。他在人群里显得很特别，大家的眼睛常常围着他的身子转，他的事情也仿佛特别多，这个人来和他说几句，那个人也来和他说几句。当任可中替他向刘时介绍的时候，刘时和他握了握手说：

"很好，很好，陈同学多帮忙，多努力！"随着用慈爱而且威严的眼睛向他注视一下，又转身和别人谈话去了。

陈学海只好找到一个靠近角落的位子坐下来，一声不响，心里疑虑着：——魏玲为什么还不来？刘时到底是怎样一个人？他仔细地数着屋子里的人，一共是三十一个，男的比女的多九个，都是很活泼的，彼此谈论着，间或有一阵笑声。他想，这些人该是各校自治会里的主脑人物，至少也该有着像他一样的地位。他想得无聊，便开始去数这屋子里一共有多少架眼镜，……有多少烫发的女学生。他已经数得腻烦了，还不见魏玲的影子。一个穿漂亮西服的男学生掏出表来看了，说："现在还有四分钟了，大家就座吧。"于是人们像一群乌鸦似的，向着长桌边拥去。陈学海忙着抢到一把椅子坐下了，恰好挨近一个穿青色旗袍的女子，他还记得，这人叫做董小倩。渐渐地有一阵暗香从她的身上传出来，陈学海心里感到一种说不出来的滋味。就在这刹那间，屋门一响，像飘进来一只白鸽，魏玲在门口出现了。

假若是和魏玲不很熟识的人，这时候一定不会认识她了。她完全变了样子。她的全身复着一层白雪；头发上，并没有罩着大衣的旗袍上，……而且由于腿上湿渌的程度看来，怕积雪早已没过她的踝骨了。但是陈学海认识她，因为她那双眼睛依旧发着光，两颊上的苹果色更鲜艳了。

魏玲用力地搓了搓手，抖落下头上身上的积雪，两只脚又交换着跺了一阵，大家这才完全相信真是魏玲了。她没戴帽子，没穿大衣，也没有手套和皮鞋上的"护背"，她完全像在屋子里起坐的时候一样，但却是从大雪中来。

"诸位久等了，还不算晚吗？"魏玲终于搓了搓手，走近了桌子，抱歉似地说：

"离着开会还有两分钟呢。"西服男子看看表，微笑地说；然后他又把那块金表在大家的面前晃了晃，才装进口袋去。

"密斯魏是守时的，我相信她一定会到的。"刘时庄肃地说。

"请原谅，因为有一件紧急的事情，让我来晚了。雪太大，汽车也没有了，我是六点钟出城的，一路走来，虽然路坏，也还有味。……大家明天回城以后，请把东西仔细检一下，风声紧得很！……"

魏玲不再说下去，给大家的心里抛进了一个谜，于是人群里起了一阵乱烘烘的声音。这时，刘时走上主席的位子，宣告说："现在开会了。"屋子里马上又肃静起来。

参加这种聚会，在陈学海还是生来的第一次。他的好奇胜过他的热心。在开始的时候，他还在注意着会议的进行，听着刘时的最近政治报告，心里在佩服他的精神和口才！那样叫化子一般的人物竟有一种想不到的力量使他折服了。这个政治报告，把陈学海近来从报纸上见到的消息归纳起来，把他漏掉的补充起来，而且加以犀利的批评。他心里说，这种讲话是他从来没有听到过的，就是魏玲也不曾对他这样讲过。

想到魏玲，他的眼光向旁一转，看见她正坐在刘时的肩下，他的思想又溜到别处去了。他忘记了这是在开会，他忘记了刘时的报告已经终止，议案已经开始进行了，他的眼前浮出来许多幻想，看不见会场里的人，听不到他们的讲话，他完全沉入另一境界里去了。

他想，魏玲这个女孩子真是怪人！这样冷的天气，帽子，大衣，高腰棉鞋……什么都没有，甚至连手套也没有，在黑夜里，她竟能跋涉十几里的雪野来开会，像一只熊！这是何等的力量呵！

"这应该是奇迹了！"他心里赞叹着，"但，什么人给她这种力量呢？她这是为什么？这样稚弱的女子！为国家，为民族，……这样的男子也是没有见过的！"

会场里起了一阵乱纷纷的声音。在这声音里，他听到一个人很清楚地喊道，"我们应该要求一次行动！……提到学联去决定！……"

"今天，她把女人的习气完全扫尽了！"他又恢复了他的思索。"来开会的女人们也都是带着些淑女性格的。进来的时候必是很轻盈地脱去她们的大衣，有男人们接过去挂在衣架上，然后互相道着寒暄。……就在开会的时候，她们也是温淑地坐着，不肯多讲一句话。……"

"我们是不是要通知他们呢？"对面有人打着比较生硬的北平腔讲道。他没有看准是谁，大概是那个穿皮短衣的黑小子。接着又是一阵杂乱的语音："是呵。""不通知的好！""他们是汉奸！""鬼……"最后还是刘时说："我们不必太分门户，应当通知他们，他们不来，没法子，若是来，我们要领导他们，监视他们。"以后，大家的声音又停歇了，仿佛又在进行另一个议案了。……

"一定是有一种力量在支持着她的！"陈学海的思想又回到魏玲的身上来了。"'我们''他们'，这是什么意思呢？这里面一定还有派别！今天到会的人自然都是属于'我们'的，魏玲也一样。但，'他们'又是什么人呢？……"

魏玲今天没讲多少话，只听见她几次都是讲着这一句："大家回城时要当心！"没有长篇大论地发表意见过。

"这是什么意思呢？"他又陷于深思了。"她是可疑的，她那玲珑的身体简直是一个颇为不小的问号！她是那样的勇敢，那样的认真，那样的细心！……但是，无论如何，她是可佩服的！这样的天气，这样稚弱的身子，这样严重的事情！"

"纠察队应该特别注意'破坏分子'，各校的纠察队彼此应该常常取得联络，……"他忽然听到这样的话，便会意地向着主席那一面点了点头，同时看见魏玲向他笑了笑。

"大家回去等着通知吧。"主席这样结束了会议，全体都站起来。会议的结论到底是什么，陈学海是茫然的。

三

第二天早晨，当这一群青年乘着 H 大汽车进城时，刘时和陆飞早已去得久了。车已到了西直门，陈学海对魏玲说：

"我要下车了；你不来坐坐吗？"

"我还有点要紧事。你休息一下，不要出去，我两点钟来。"

他点点头，下车去了。

他踏着雪走进了学校，课堂里传出来朗朗的读书声。想着进去听听吧，但是太疲倦了，昨夜也几乎不曾合过眼。想了想，只好踏着倦怠的步子，走入宿舍，蒙上被子睡了。

这一觉睡得很甜适，没有呓语，也没有噩梦。中午时候，他醒来了，头还有点儿昏倦；匆匆吃了午饭，坐在宿舍里，闷着。这时，正是学生们饭后运动，或者打电话会朋友的时候，所以很清静。他渐渐想起昨晚的事情来了；那样活泼的集会，那样勇敢的人！他又想到了魏玲。

"无论如何，她是值得敬爱的！在大风雪中奔走，那样勇敢和从容，那样热心！……就是造反，也需要那种勇气的，何况还是为国家，为民族！……我应该惭愧！我是男子，而且是失掉了家乡的！……我应该惭愧！"他的眼睛有些湿润了，希望她快些来，他要完全向她投降的。但是想起自己这种可怜的样子，又觉得害羞了。他掏出手巾来揩了揩眼睛，然后立起身来，随便拿了一本什么书，却又不去看，只管捧着它在屋子里乱走。

"我要完全听她的命令！完全的，绝对的！"他好像在宣誓。"但，她为什么连手套也不戴呢？……她是有手套的，我相信，有手套的！……"他又陷于惑乱的沉思中了。

他不自觉地走出了宿舍，到了校园。因为阳光的照晒，积雪已经渐渐融化了，深厚的地方，从下面潺潺地流出了小水道。柏树墙子上也是白一块绿一块的。枣树向天伸着，像一束干柴，枝桠上斑驳的留着白色雪痕。麻雀在树上发着饥饿的呼噪，见了人，又飞开了。

"小陈，发神经病了？这么早就去上课？"迎面走来的是同班小许，陈学海笑了笑，忽然又好像想起一件事情来，对小许说：

"小许，点名的时候替我应一下，我今天有点不舒服。"

小许点头去了。陈学海心里想，"这真是破题儿第一遭呵。"

两点过十分的时候，魏玲果然来了，装束还和昨夜一样，好像一直都未休息过，眼皮底下微微地透着发青。

"小陈，你没睡觉吗？"她走进来喊道。她那双黑眼睛依然是眨也眨的。

"睡过了。看你仿佛倒是很疲倦的。"

"这……没法子！"魏玲坐在椅子上，长吁了一口气，好像一匹奔驰久了的马，忽然得到了马棚一样。"从昨天下午到现在，一口饭还没吃呢。"

"那，现在就吃点什么吧？"陈学海说着要去喊工友。

"不用，其实是不想吃的。休息一下，晚上再说吧。……呵，这一天真是抵得过两天！没法子！"她掏出手巾来擦了擦眼睛。

"没到郭用那里去吗？"

"哪有工夫！人要忙起来，什么都会忘掉的。好在他也不要紧，可以坐在家里看书的。"

"他真有些理论呵！"陈学海笑着说，仿佛在替魏玲骄傲。

"理论还好，就是不能做事！我劝他多少次都不行！呵，从前我很佩服他，现在虽然也还佩服他，却是佩服他能读书。呵呵，现在我的确也有些变了！"

"我实在佩服你！"陈学海严肃地说。

"什么意思呢？"魏玲有点惊讶了。

"昨天晚上，……你那样勇敢！"

“有什么勇敢呢？”她更茫然了。

“昨天晚上，那样风雪的晚上，”他带着演说家的风度说，“那样冷，那样可怕的黑夜！为了开会，你独自跋涉风雪的路，一个人都没有……”

“那不过是为了公事。”她谦逊地插了一句。

“你不穿大衣，没有帽子，没有合用的鞋子，甚至手套都没有，……在雪地上跑了十几里。这并不是为你自己呵！假若你是去找郭用，我不奇怪，也不会敬佩你。因为那是常情呵！现在，并不是为你自己，都是为了国家和民族！你太勇敢，太伟大了！假若是我，昨天晚上是不会去的了，有理由，也有情可原，而且一个人缺席也算不了什么！……但是你却那样不怕艰险地去了！我真佩服你的勇敢和伟大！”

陈学海仿佛动了感情，一面说，一面挥着手，满脸是兴奋的表情。

“谢谢你的恭维，”魏玲好像用微笑掩住了心头的跳动，“但是不敢当呵！那不是因为勇敢，那是因为临时发生了紧急的事情。那事情是严重的，使我奔忙了整整半天，又必须把这消息带到昨夜的会里去，因为和昨夜的会有着很大的关系。……”

“什么事情？”他惶急地问道。“咋晚你并没有报告呀！”

“不要急。”她平静地说。“当时这事情不能立刻让大家都知道，假若报告出来，昨天的会就开不成了。为什么要搅散这个会呢？所以我不说，我只劝大家今天进城要谨慎一点。在你发怔的时候，我已经写一个条子通知刘时了；你自然没有看见，而且看见的人也不多。昨天的最后议决，不是等候通知吗？那便是说，我们暂时还不能要求一次行动，至少最近一两天是不行的。今天早上，刘时来不及等候 H 大的车子，和陆飞匆匆走了，就是为的这件事情。……”

“到底是什么事情呵？”陈学海仿佛越来越糊涂了。“我听不懂你的话，有什么危险事情发生了吗？”

“不要急，这件事情算是过去了，”她好像在安慰一个幼儿，“不过，昨天确是怕人得很！……好在到今天，我们一切都安排好了，暂时绝无问题了。我们可以舒散一两天，今天我想回去好好睡一睡。……但是，这件事情我要对你讲的，其实也费不了多少时间呵。"

于是，魏玲开始讲起昨天的事情；陈学海出神地听下去。

"事情是这样的，"魏玲缓缓地说道，"昨天我通知你开会以后，便想回到家里，休息一下，多加一件衣服，赶到城外去。谁想刚刚走出校门，便遇到了小谷。……"

"是 K 中学那个谷静吗？"

"谁说不是！小谷跑得气急败坏的，仿佛认不得人了。我拦住他说：'谷先生，你这是怎么了？'于是他对我说，方才从公安局得到一个秘密消息，今天夜里要搜抄华北学联会的机关，并且知道这机关就在二龙坑。你知道，谷静有一个同乡是在公安局里做小职员的，这消息大概还可靠。他听到这消息便到处跑着找人，但是一个也找不到，这机关究竟在哪里，他不晓得，所以他急得满头大汗。我当时安慰他说，'不要紧，找到我就行了。'并且劝他回去休息，一切事情都由我去办，最后我又一直地道谢他的热心。……"

"那，你为什么不回来找我去帮忙呢？"陈学海焦急地说。

"你不是也和他差不多吗？找你有什么用？"魏玲反驳道。"于是，我忙着跳上电车到 FS 学院去找刘时，但是他不在；再折到 M 学院去找冯健行，他也出城去了。我真无法了，只好亲自到二龙坑复兴小学去找尚志了。我们的一箱重要文件存在他那里，还有一架油印机，是刘时和冯健行存在那里的。假若不赶紧去通知，尚志当然不会知道；但可惜我和尚志又不很熟，怕他不肯相信我。但是没有法子，事情要紧哪！我得去冒险呀！我来不及回去穿衣服，围巾手套都没有，虽然多少有点儿冷，也无法；于是我便冒着雪大踏步地走向二龙坑去。一路盘算着见了尚志的时候怎样讲话；他虽然不深知道我，却晓得我和刘时他们常在一起，我想，打着刘时的旗号也可以把东西取走的。走了一阵，到了复兴小学，天色快黑了，虽然地皮上还是那末白！工友说，尚志出去了！天呀！这是多末不凑巧，这是多末糟糕的事情呵！假若这件事情办不了，到今天，真是不能想象了！"

魏玲讲到这里，神情是恐怖的，仿佛昨天的事情就在面前一样。陈学海的脸色也有些灰败了。

"幸而还有救。"魏玲松了一口气,好像恢复了她的安静。"当时我略为踌躇一下,没有主意;'无论如何也得进去呀!'我心里这样想着。……幸而想起了尚志的爱人陈梅仙来,她是常到这里来的。我虽然也来过,工友也许认不出来我是否和她一路。但是也难,若是尚志和陈梅仙一路出去的,便有些糟了。我仔细想了一会儿,便问工友说,'陈小姐来过吗?''没有来,天气不好,尚先生也许等得不耐烦,自己走了。陈小姐倒是天天来的。……'这尽够了,我用不着再听他说下去,便急急地说,我是和陈梅仙约定到这里会面的,现在她既没来,尚志又不在,可否请他开开门让我进去候他们?工友果然信了我的话,又因为这样大的雪,看我冻得也很可怜,便去开了门,请我进去坐了。我说,'你去休息吧,他们来时通知我一声就行了。'工友好像很信任我的,回到他的屋子里烤火去了。"

"这回该我做事了,"她停了一回继续说,"屋子里的炉火还红着,很暖和,我双手在炉筒上拢着,一面想,把那些东西一下拿走吧,刘时说过,是放在尚志的床下的。于是我便向床下搜去,首先拉出来的是油印机,打开看,里面什么也没有,废蜡纸也没有,我便把它放进去,然后再拉出小箱子来。小箱子上着锁,我却没有钥匙。我想就这样提着走吧;但是怎能通过工友的那一关呢?我急得要命!天色渐渐黑下来了,我不能等着,那要与大家都没益处的。我看了看火炉,决定在屋子里销毁这些文件。箱子上的'荷叶'是不大坚固的,所以用桌上的一把小刀慢慢地挖开了,也无暇细看,只用二十分钟的工夫,我便把那些纸张都葬埋在煤炉里了。"

"我算松了一口气!"她说着,好像当真又松了一口气似的。"然后把桌上的书装几本在小箱里,照样送进床底下。还是没人回来。我想,无论如何,我该走了。但是就这样走是不行的,也许今天深夜里,这屋子便成了陷阱!我找了一张纸,写道,'尚先生,刘时嘱奉告,今晚须回家,令堂有要事面商!'我晓得刘时和他相交很厚,所以就这样干了。又把屋子里仔细检查一下,看看没有破绽,我便走出去,故意装做焦急的样子,喊起工友,对他说,我不等了,尚志回来,请他把这条子交给他。工友仿佛半醒半睡地应了一声，接过纸条；我便出去了。

"天上还是飘着鹅毛雪，路上静荡荡的，眼前一片白色。远远的路灯发着莹莹的微光，已是入夜了。

"'到哪里去呢？'当时我这样想了。回家吗？出城去吗？时间这样晚，天气这样坏！但是，我能回家吗？这样严重的时候！你们若不晓得，万一出了事，你们那样糊里糊涂地回来不是很危险吗？……想了想，我还是决定赶出城去。……我打了一个寒噤，忽然感到雪片打在脸上，凉刷刷的。"

"呵，事情就在这时候发生了！"魏玲的面色忽然变了，陈学海的面色也跟着变了。"就是这时候，我听见后面远远有声音说，'跟着她！跟着她！'我一回头，看见四五十步之外有两个黑忽忽的人影，向着我这方面移动，面孔是看不清的。我心里想，'来了！'我的脚步同时也便加快了。也许因为风雪的关系，他们走得也不很快，这便使我得到机会，钻进一个小胡同里去。他们看不见我了！但我觉得这不行，他们狡猾得很，他们会在巷口上拦住我的。我想化装；但是我有什么呢？假若我有一顶帽子也好办，可是这时什么都没有！我深悔自己的荒唐了！先回家一次就好了！但……忽然我在口袋里摸出一条大手巾！我欢喜极了，这是前天用来包书的！于是我赶紧掏出来，包在头上，在后面系成朝山香客那样的扣子。我不晓得那时我像什么，没有镜子可照，……我心里一面好笑，一面害怕。我急急转了几条小胡同，后面的脚步声早已没有了，我转出了大街。幸而这时大街上没有人影，只有远处电车发着当当的声音，整个马路几乎像一道白色的荒堤。我仔细看看，没有人跟着我，便慢慢取下头上的手巾，弄了一手雪。电车来到了，我跳上去，脚下湿冷得厉害，袜子上也满是雪了。到了西直门，我看看表，知道出城的汽车是没有了。'怎么办呢？'我想。'无论如何我也要出城去的！'当时我也不觉害怕，那样远的路，大风雪，没有一个人，……'但是我害怕吗？人都没有追到我，难道鬼能够吗？'于是一猛劲就走出城去了。"

"呵呵，晚间走雪路真是妙事呀！"她的神态又活泼起来了。"任那风雪扑着我的脸，打着我的衣襟。……你看吧，那茫无边际的雪海，满是纯洁的，有时雪花被旋风吹起，搅成一条玉柱！人在里面是自由的，愿意怎样就怎样，愿意喊什么就喊什么，愿意骂谁就骂谁！我当时高声喊，'打倒日本帝国主义！'没人应声，也没有人来捉我，这真是世界以外的世界了！……"

"那么，昨晚到底搜查了没有呢？"陈学海兴奋得不耐烦了，焦急地拦住了她的话，"我说，二龙坑那地方！"

"怎么没有！今天我进了城，就听说，昨夜九点钟起尚志的屋子搜得乱七八糟，尚志是不在里面的。……"

"其余的人没有危险吗？"

"我跑到另一个地方去打听，据说，我们的人都躲起来了，刘时也暂时躲到朋友家里去。这事情和传染病一样，你总得想法躲过它的风头，否则遇上便是不得了！"

"这里不要紧吗？"陈学海的眼光四周扫了一下。

"不要怕，"魏玲笑着说，"现在还不致于来捉你的，干得久了也就说不定；现在他们还不知道你。"

"那末，我们的行动呢？"陈学海仿佛感到了一点羞愧，要用另一个题目岔开。

"行动，暂时要缓一缓了，"魏玲道，"避避锋芒再说。好在'政委会'还没有正式宣布咧。今天的通知已经发出来了！"

陈学海呆了一阵，说："无论如何，我也敬佩你！那样的大胆！那样的细心！……这样重要的事情！亏得你有勇气，大家都应该感谢你！……我么，更要佩服得五体投地了！"

"这算什么，"魏玲谦虚地说，"比我强的人多着呢！那时要是你，也得那样做。"

"不见得，也许老早自己藏起来了！"陈学海的话并没有冲出口来，他有些害羞。但是他忽然又想起一件事情来，问道：

"刘时是怎样一个人呢？"

“你看呢？”

“我看他是一个怪人。那个怪样儿，却没有一个人不尊敬他。”

“不见得，谁都尊敬他。”

“他是首领吗？”

“我们没有什么首领。不过，他的经验多些，见解高些，大家都尊重他的意见。”

“那个人很厉害吧？”

“相处久了，觉不出厉害来。不过他有点小毛病，嫉恶如仇，所以有时不让人，显得有点偏；但他对自己人，是再好也没有的了！他很镇静，特别在遇到大事的时候；你看昨天晚上我把消息报告给他了之后，他只讲一句，‘不要紧！’就完了。今天他一进城，一切都安排好了，侦探连一个缝子也找不出来。”

“那个穿皮短衣的广东人呢？”

“他叫陆飞。他很热诚，出力的事情常常要他去做，他帮过刘时很多忙。”

“我能和刘时谈谈吗？”

“可以的。”魏玲点头答应了。“过几天，我领你去会他。”

仿佛是谈话已经太多了，都有些倦意，魏玲站起来说：

“改日再谈吧！我要回去休息一下，吃点饭。”她说完，点头去了。

陈学海心里想：

“她真是一个勇敢的家伙！我真惭愧，我一定要向她学习的！”

一连就是两天，一切都在沉闷着。虽然有太阳，有爽落的风；但一切还在沉闷着。地面的积雪渐渐融化了，会合着檐头的滴水，做成无数脉络一般的小溪，流到没人晓得的地方去。地面似乎是洗刷干净了；却洗不净青年人心里的忧郁！陈学海好像抱着重病一样，随着同学们上课下课，除了钟声之外，似乎什么也没听见，他的心里好像藏着一个忧郁的摆，整天只是它在里面滴答，滴答。……休息的时候，大家谈着“政委会”，吃饭的时候，大家也谈着“政委会”，……但是“政委会”究竟怎样？没人晓得。终于大家只好互相做着苦脸，咀嚼着内心的忧郁了。

魏玲有时来，坐坐就去了；问她时，她也没有消息，只是摇着头说："很坏，很坏！"究竟怎样坏？也说不出所以然来。问到刘时，她说忙得很。郭用那里她去过，但是很少，而且她说，郭用怕得很，理论家到这时也没有主意了。

他费了整天的工夫，也得不到一个像样的结论。

重忧的结果给他带来了焦躁！他焦躁得像一只关在木笼里的猫，想着到处找东西爬搔，但又没有，他只好急得大叫起来。真的，有时他的叫声像野兽一样。

"有勇气！有勇气，什么时候才能使用呢？"他似乎是给这叫声下注解了。

第三天，当报纸来到号房的时候，陈学海一把便抓过来。近来他虽然每天都是等在这里，"看最早的报纸"；但是今天更显得急迫了。

这可咒诅的报纸劈头便告诉他说，"新边政委会"不日就要成立了，虽然大家早已认为这是既成事实，但这不幸的消息终于伤了他的心！在三号字的小标题里写着"秘书长内定曹兆东"，他揉了揉眼睛仔细看，明明写着的不是他表叔的名字还是谁呢？他的心里感到创痛，这个被人认为汉奸的人却正是他的亲属！他想诉苦；但是向谁去诉呢？这苦楚是不能向别人的！他怕换来的将只有讥笑。

"尽力忘记这件事情吧！"他痛苦地想，"忘记这倒楣的魔鬼吧！……我想，也许快要有一次行动了！"

在下了第三堂课的时候，他的表弟来了，——是一个十三四岁的初中学生——请他到家里去吃午饭。这孩子说，母亲要他来喊表哥去一趟，因为父亲回来几天了，一直没有工夫。今天稍微清闲些，可以在家吃午饭了，就便要看看表哥。

"见鬼！"陈学海几乎骂出来。"我能到汉奸家里去吃饭吗？不能，不能去！"他仿佛很决断。"但……"他又一转念，"究竟我在他家里住过很久呵！而且还有父亲的面子！……"

表弟用乞求的眼光望着他，他模糊地应了一句，"我就去。"

表弟先走了。陈学海怅惘了四五分钟，懒洋洋地想，"我总得去一趟，我总得去一趟，……"

半点钟以后，他走在街上了。他暂不上电车，缓缓地往前走。东风轻轻吹着，灰云从四方集合，太阳在薄云的背后吐出微弱的光，天气又要变了。

在新街口的路边上，他遇见了谷静。

"哪里去？"

"东城。"

"怎么不坐电车？"

"还没想起来，……"

"是到铁狮子胡同去吗？"

"是表叔家。"

"就是那汉奸曹兆东家！"小谷仿佛故意加重一句。"那个胡同真该死！从前住杀人凶犯，现在又住汉奸！"

"关我什么事？"陈学海有些发气了。

"那是你的表叔呵！"小谷嘻皮笑脸地说。

"敢保你的亲戚朋友里面一个汉奸也没有吗？"他瞪起眼睛来。

"不，……今天的消息倒是不大好呵！"小谷有些气馁，故意讲到别处去。

"随他！"

小谷看看话不投机，向北走去了。陈学海忽然觉得对不起他，"小谷是对的，表叔果然是汉奸！但是有什么办法呢？还得去。"

他惝恍地上了电车，电车拖着他绕了半个多皇城墙。在电车里，他想，"到那里应该持着什么态度呢？表叔那样的陌生，表姊那样的慈爱！……我能强横地提出政治问题来谈吗？……"终于他得到了结论："不能够，什么都不理好了。"

下了电车，走进铁狮子胡同口，他忽然起了一种滑稽念头：表叔到底是怎样一个人呢？是和普通人的面孔一样吗？汉奸的面孔也许多少有点不同，正和英雄的面孔不同于凡人一样。于是他断定表叔是一个尖嘴瘦腮的人。

但是，当他在后上房看见表叔的时候，马上证明他的臆想是完全错误了！表叔不仅不是尖嘴瘦腮，反而是一个团团厚福的人。他的脑袋像似一个倒长着的萝卜，颜色却是黄白的。头顶四周生着一些萝卜须，中间秃了一块，好像用刀子削去的一样，放着光。两腮下垂，下颏是双叠着的。因此眼睛便显得小了。眼睛虽小，却是有威棱的。他也好笑，笑起来，脑袋又有些像东北出产的那种扁扁的"大萝卜"。眼睛呢，几乎使你疑惑是掩藏在"寿纹"里面了！他常常用手捧着突出的肚子，你可以想到他是很爱护这肚子的，因为里面藏着的是无限的智谋，——但是你却难以测透是好的，或是坏的。总之，表叔是一个有福相的人。

表叔仔细看了看陈学海，问了问家里的情形，又问了问他近来读书的状况，夸奖了一回"好孩子"之后，大家便走进饭厅吃饭了，一路走着，表叔说：

"呵呵，自从我回来，这是第一次在家里吃午饭，一天到晚是饭局。"

"是日本饭局吧？"陈学海心里想，却没敢说出来。

没有外客，除了多添一个表叔之外，一切都和往日一样。桌面却改大了，而且铺上了白布，匙箸之类也换了新的。此外，还多了两个奔走的勤务兵。当大家团团围住了桌子的时候，表叔要让他上座，还笑着说，"你是客。"他抵死不肯，只好由他在旁边坐了。

表叔在上面坐下，像一个胖方丈。这时让他想起了刘时，假若他这时站在表叔旁边，便正好像方丈手里的锡杖了。

一道一道的菜开上来，比平时丰富着几倍。表叔说，"你不吃酒吧？"还没等陈学海回答，他又说，"青年是不该吃酒的。我从前就不吃酒，现在虽然多少吃点，也是在有饭局的时候。"终于陈学海说，"是不会吃酒的。"一面心里想，"他'一天到晚都是饭局'！"

弟妹们也不像往日那样活泼了，好像上面坐的不是自己的父亲，而是一个陌生的客人一样；因而他想起近年来表叔是不常在家的，他的身边另有一个姨太太，对于这一边只是给钱用而已。方才表姊偷偷对他讲，姨太太是住在天津的。他想，孩子们自小便等于没有父亲了，对于弱小的心灵，这是何等残酷的事情呀！于是他又想起了自己的父亲。

表叔好像不是孔子之徒，在吃饭的时候还是很健谈，虽然在谈话中常常恭维着孔子。他开始从西北谈起，带着几分高兴的颜色，谈着西北的天气，吃喝，风俗……和北平有什么不同；然后谈到他在嘉峪关打土匪，在华山登高，在华清池洗澡，随着就作结论说：

"总之，也还不过如此，不过如此。你们想，当时杨贵妃算是阔到极点了，其实现在的女人还要比她阔得多，阔得多。……"他纵声笑了，像夜里的鸮叫，几颗饭粒喷在桌子上。

"现在的人只知道和古人竞赛豪华，所以忘记了孔子之道，……世风不古，廉耻丧亡，……呵呵，圣贤的往迹不能重见于今日了！"他有些感慨了，那萝卜样的脑袋不断地摇动着。弟妹们在旁边用着带懂不懂的惊奇眼光看着他，好像在听神话；他只把头来摇，大家吃饭的速度渐渐地慢下来了。

"你们不要呆头呆脑的，"他忽然教训孩子们说，"要照表哥那样学，用心读书，将来我也会送你们留洋的。"他特别在"留洋"两字上用了很大的力气，孩子们又都低头吃饭了，眼睛连成了一条线。

吃完了饭，表叔漱过口，把陈学海喊到后上房去，坐下来，低声问道：

"学生们怎么样？"

陈学海心里想："这回该入本题了。"他故意装作不懂的样子问道：

"怎么？……"

"我听说他们最近要暴动？"

"没听说。"

"听说他们反对我？近来也有些异样吗？"

"还是照常上课。"陈学海故意装傻说。

"傻子，你不晓得。"表叔说。"现在像你这样老实学生真算是凤毛麟角了！……"

"他们都是共产党！"稍停，表叔决然说，"他们领俄国津贴，他们要暴动！"

"为什么呢？"

"他们反对我！"

"反对表叔做什么？"

"做什么？还不是为了'新边政委会'！"

"是因为表叔要在里面做委员？"

"岂止！……他们为什么不反对别的委员呢？他们反对我，因为我是这个委员会的主动人！"

"这个委员会为什么要成立呢？"陈学海还是装做不懂的样子说。

"这是没有法子的事情！日本人不答应呵，政府又顾不了我们。"

"是要脱离中央政府么？"

"倒也不尽然。……老实讲，还是为的孙先生。"

"这个内幕你哪里晓得！"表叔捧了捧肚子，接着说，"孙先生在前线打了胜仗回来，受了人家的冷落，弟兄们没有一个站脚的地方。他满肚子是气，却又没有主意，结果只好打电报喊我来了；他说：'兆老兄，怎样办？我们打了胜仗没人理，弟兄们没有站脚的地方，连军装都不能换一换！你看怎么好？'我说，'等我想想吧。'想了好久，我想出一条路来，想起来几个日本朋友。于是我对他说，'试试吧，唯一的方法，近是靠赖日本人才能站住脚步。''那怎能够呢？我们刚刚打死了他们那么多人。'我说，'他们要的不是人，而是权利。''那么，政府方面怎样交待呢？'我说，'政府要的不是权利，而是太平。'于是他便请我去全权处理了。结果正和我所想的一样，很顺利的，双方都答应了。于是就成了现在的局面。"他又大笑了，四壁都震动。陈学海也觉得有些悚然了。

"所以说，做事要有头脑；"表叔笑完了又说，"看得准，拿得稳，包你不会失败的！"

这原来叫做"不会失败"！陈学海的心里说不出应该哭还是应该笑；但是他又一想，在表叔的面前，这些都是来不得的。他觉得应该骂他一顿，或者打他一顿，也都没有必要；何况他也没有那样胆量。

"那，政府算是答应了。……"

“当然，不但答应，而且就要明令成立了！”

“我们将来就要受日本支配了！”

“你还以为将来，不，从前不也是受日本支配吗？”表叔的头皮往上挤了挤，眼睛显得大些了。“傻孩子，欧战以来，中国政府多半是受着日本人的操纵的！你看看，东三省不算吧，就说华北，哪里不是日本人的势力？人们都喜欢掩丑，不喜欢讲事实，惯会说假话；我就不那样，我敢做敢当！”

表叔说着把左臂一抡，桌子上的茶碗几乎跌到地下去。他好像并未看见，捧了捧肚子，接着又说道：

“老实讲，日本人比中国人还要说理些，还要实际些，所以好办事；假若日本人像中国人一样，华北早就没有了。我们打得过人家吗？我们是从人家那里买军火自己相打的。所以，我们不必唱高调，讲空话，应该看事实。”

“这话你不以为然吗？你也许以为我整天在谄媚日本人吧？”表叔仿佛看出陈学海的脸色来了。“绝对不是！我想要在日本人的威胁之下，保全我们的土地；若不这样做，日本人也会自己动手的！……现在，日本人要权利，政府要太平，孙先生要地位；我呢，来满足他们。所以我就存在了。”

“人民要是反对呢？”陈学海仿佛发了书呆气。

“胡涂孩子！”表叔叹息了。“人民是谁呢？不就是几个青年学生吗？他们口口喊着‘人民’，其实多数的人民知道他们吗？像农人，像商人，他们只知道谁当皇帝便给谁纳税，谁给钱就卖给谁东西。他们知道国家吗？没人去告诉他们，他们也不需要听这一套。”

勤务兵换上来一杯热茶，表叔呷了一口，然后说：

“譬如这一次，北平的学生便反对我，我知道，也许里面没有你，我相信你是一个不问外事的好人。那些流氓发传单攻击我，或是乘着黑夜用粉笔在墙上乱写些什么‘打倒’之类的话；那有什么用呢？也不过像小孩子用石灰涂几个‘王八’或‘小三是二子’一样的没人理会。我怕他们反对吗？我不怕！他们现在反对我，有警察就够了！等他们毕了业，就不会反对我，而且还会来求我的。"

表叔又笑了，是自满的笑。

陈学海当真有些愕然了！他想不到表叔竟能这样见得到，认得准！"假若他能和我们一起，也许是一个很有经验的革命家了！"他这样呆想着。

但是表叔绝不会像他所想的那样做；而且是永远和他处在敌对地位的。

"这几天我已经撒下天罗地网了。"表叔愤然地说，"不怕他们跑到哪里去！看他们怎样反对我！公安局长对我说，禁止集会的命令已经送到各学校了。但是我说：'这不行，还得多派侦探，警察，到处监视他们，遇到行迹可疑的，就给抓来关起！……用钱，我这里有。'我想，公安局长是不敢得罪我的，为了他的官；干上一年就是十几万哪！……孙先生那边也准备了，若是他们敢出来，请他们尝尝大刀背的滋味吧！"

表叔又笑了，又是夜猫一样的声音。陈学海几乎遏制不住内心的忿怒；但又不敢辩论，而且辩论也是无用的。

终于他坐不下去了！表叔的言语像锥子，表叔的笑声像毒针！他忍住气，迷惘地说：

"改天再来看表叔吧。"

"你要走了？"

"是。"

"好吧，时间不早，你们也该上课了。但是你要小心些，和那些流氓远着点；假若被他们一口咬上，我是不好去讲话的。"

陈学海忍着侮辱和谩骂走出了曹家的大门，身上微微地感到了轻松。表叔当着他的面痛骂北平学生，而且句句又要抛开他。究竟是有意呢？是无意呢？他一时还不能断定。但是，以表叔那样的聪明和奸狡，而且很清楚地做着错事，当真能够相信他吗？他感到表叔的话里满藏着尖刺了！

"他真是一个了不起的人！"

想起表叔最后的话，他替这一群朋友担忧了；替魏玲担忧，替刘时担忧，……甚至替自己担忧！

"行动恐怕是不能成功了！"他心里想。但是事情就能这样停住吗？——这么紧急的局面，这么炽热的情绪！

"也许刘时有办法呢？"他又陷于沉思了。"呵呵，刘时还不晓得藏到哪里去了呢！"忧愁又渐渐压上他的心头了。

一两颗雪花扫着了他的脸，他忽然清醒过来，大踏步走出胡同口，跳上了电车。

他回到学校，已是下午三点钟，最末一课也快要收场了，有些课堂里的秩序已经紊乱起来。他决计不到课堂去，一直跑回了宿舍。

魏玲在屋里候着他。

他高兴极了，好像有许多话要向她倾吐一样。但是魏玲很忙，急急地告诉他准备明天请愿示威，并且要他今晚八点钟到 P 大一楼去开会，话一讲完，便掉头不顾地去了。

他马上忙乱起来。……但是傍晚的时候，魏玲又来告诉他，风声太紧，今晚的会停开；请愿大概改在星期一，十二月九日，——"政委员"宣布成立的那一天。

四

雪，雪，雪，……

从陈学海去曹家那天起，连着三天都是大雪。很少有人到城外去，整个的西山田野，敢怕都已经成了雪海。汽车是走不通了；看那运煤进城的骆驼，身上，腿上，驼峰上，……挂着很多的雪补钉！在城里，是多少有些不同的。初落的时候，满街的行人都张起雨伞来，远看像一片片的冻菌，他们都是奔忙的人，一天的生活常常要靠赖这雨伞下面的辛劳；比如，小书记，小贩，……上帝是向来不曾赋与他们在家里休息的权利的。有钱有闲的人是例外，他们也许老早躲在温暖的屋子里，在品评完了哪家羊肉好，哪个姑娘最爱他之后，若是四个人呢，便打起麻将来，若是三缺一，就到馆子里去，——他们说，这样天气，客又少，戏又好！

雪积得越来越深了，掩盖了古城的红墙黄瓦，也掩盖了贫家的破草房。大街上确是有些难走了，一层雪，一层水，一层泥。这种路，是有人喊它做"酥皮糖烧饼"的，——吃过的人会晓得，一口咬得不留神，就会溅你一脸红黑色的糖浆。到晚上，糖浆渐渐冻起来了，于是就变成冰糖了，行人便会在上面摔倒，人力车的前把也常常会摔断的。这时候，出门的人更少了，小贩之类则是例外；但，他们没有顾客，却是最可悲的事情！遇到这样天气，他们整天的跑腿姑且不论，常常还要把本钱吃光！

但是，雪也给了人们方便。公子哥儿们想，晴了天，可以去溜冰了！却也有阴谋家，利用这雪多客少的时光，坐在家里秘密地考量他的狡计。

除了这些人之外，在路上，假若肯留心，一定会看到些终日奔走的青年人，他们不是为了自己的生活，也不是为了恋爱；然而他们永远忙着，西服裤脚和长袍后襟常常是沾满了泥污。他们好像没有工夫去分辨糖浆或冰糖，却觉得这个雪在某种意义上是掩护着他们的。

他们就是这样不停地走着，在雪的酝酿中，酝酿着他们的事情。……

他们的事情，有人说，是要在白雪上面去铺红血！

天时好像故意要做成人事，十二月八日的夜风尽量地扫！扫到屋顶，扫到马路，扫到马路旁边的电杆，……一天的乌云也打扫干净了。

九日清早，——呵，这伟大的历史的日子的开端！——雪后的冷风从塞外吹来，像奔马；扫在人们的脸上，像剪刀！太阳老早从东方推出来，像有意似的，打算越过城楼上的女墙，用血一般的光辉扫荡城中残余的积雪。但，它似乎并未想到，在这洁白的雪上，散布着苍蝇脚上细菌一样的恶毒的东西呵！它们仿佛要借着太阳的光辉，显一显它们的丑相；不久，在朗然的阳光之下，它们会告诉人们什么是正义，什么是无耻！

深冬时候，天明很晚，陈学海带着半肿的眼睛起床的时候，屋子里还没有大亮。显然他昨夜几乎是通宵未睡，满脸都是倦容。他的心里有事！他不洗脸，好像没有那样工夫似的，首先跑到阅报室，开了锁，然后走进去，按着昨夜的编队，分理着旗子。弄好之后，任可中和几个 T 大负责人都来了；魏玲是负着使命到北城去的，也许还要赶回来参加，这时却来不了。参加游行的人也渐渐集合了，于是互相询问着，争论着……陈学海把东西分配好了，先由任可中，徐星海，吴智，零散地带着队伍到南城去集合，随后是蒋达骑车带着传单也去了；最后，陈学海和两个纠察队员，叫做刘天鹗，廖希威的，搜索还未走出去的人，等候还未来到的人。这些事情都办完，已是七点多钟了，他们三个便按照预定计划，沿着大街走去和大队会合。

三个人溜出了校门，街上的情形大变了！每天熙熙攘攘拥挤着人群的西直门大街，现在几乎连鬼影也没有一个。只是积雪还未曾完全清除，远远有五七个清道夫朗朗地在讲话，铁锹底下发出来艰涩的沙声。第一班电车还没有开出厂子来，轨道上没有新磨的车痕。大街是死去了！也许是人们忘记了夜已醒来，还在床上温习着残梦。间或有一个影子从巷口吐出来，但一闪，两闪，又不见了；好像寒气真如利刃，人一遇见就会粉碎在里面似的。

三个人的心里都觉得今天的兆头很不好。

寒风吹打着衣裳，脚步有些歪斜，短小的廖希威，缩得更像一个侏儒了。刘天鹗是一个中型的胖子，半长不短的头发四面蓬着，颈子上是一条大狐狸皮领子，若是再一缩脖，真像花盆里养着的一颗仙人球！陈学海把青呢大衣的领子紧了紧，说：

"冷吗？今天的情形真有点不对！"

"哼。"廖希威似乎说不出话来，不知是冻的，还是吓的。

"我心里真没底。"是刘天鹗的男子高音，像鹅叫。"小王不晓得出来了没有，当真我的小王要……"

"你不会做一个中古骑士吗？胖猪！"廖希威好像在哼着低音小调。

"这小鬼！"刘天鹗在反攻。

"不要乱喊！"陈学海警戒说。

"毫无心肝吗！这时还不谈正经的事情。"廖希威仿佛得了理。

"救国不忘恋爱，人到底还是人呀！"刘天鹗的颈子往外伸了伸，又急急地缩了回去。

他们走到了新街口。

街上依然静荡荡，要路口上站着一些大刀队，正在交通警的脚下支起来一架机关枪。马路的每一边都有一条蜿蜒的水龙带，陈学海稍一留神，便看见那龙屁股已经接到自来水门上了，也许水门还未开，所以水龙带还是瘪着的。

"他们在救火！"刘天鹗说。

"怎么不见冒烟呢？"是廖希威的低音。

但是，三个人心里都明白，这是防御工事。

他们转过街角向南走，北风好像同情他们，从后面尽力地往前推，要他们赶快去迎上大队。每一推，他们的脊梁上起了一阵寒颤，脚步更加快了。

"险得很！他们竟会没瞧见，我的怀里满是传单！"走过防御线，刘天鹗轻声说。

"我说你今天显得特别发福呢！"廖希威笑着说道。

陈学海手里挂着一根粗竹杖，旗子却藏在袖子里，这时候，假若再把头上包了黄巾，便像庙峰山朝顶的香客了。

在路上，他们看见每个巷口都有两个背大刀的保安警察，眼睛来回地转，好像在搜索行人。渐渐有些小学生背着书包在巷口出入，有时还发生断续的嘹亮的声音，一阵风吹来，又听不见了，只留下头上电线发出来的胡哨。渐渐地，胡哨也消逝到远方去了，剩下了警察嚓嚓的皮鞋声。

"大队怎么还不来呢？"廖希威焦急地说。

"也许都被关到监狱里去了，鬼才知道！"刘天鹗喃喃着。

他们向前走，走过荡子胡同，市虎胡同，蜈蚣巷，眼看要到二条口上了。忽然街上混乱起来，行人从南往北跑，警察从北往南跑，口里喊着"站开！站开！"随着是一队自动车，每部上面坐着两个大刀队，手里提着"盒子炮"，口里齐声唤，"解散！解散！"就在这时候，巷口上挤翻了一辆人力车。

陈学海来不及去看那辆挤翻了的人力车，拉一拉刘天鹗和廖希威，迎着人群向前跑，口里低声说，"大队来了！"

大队果然来了！远看像一只奇形的黑白颜色的大禽，只见脑袋，尾巴远着呢，是无法看见的。想像家也许会说，"它的尾巴还留在城外呢！"大禽御风，发着惊人而且难听的怪响！这声音除非在风雹之前才能听到。风雹来时，雷声隆隆地响，夹杂着万颗冰块撞击的声音，——伟大，喧嚣，像崩碎了一座山！人们晓得，应该赶紧躲到家里去了！这时候，也一样，但行人却没有完全躲到家里去，反而在巷口上拥塞起来，虽然一面也是看好退路的。陈学海一边跑，听到马路上站着一位"伏地圣人"说，"又闹学生了！"

三个人离着大禽近了，大禽的形像也就显得更清楚。这是一只没有羽毛的大禽，是用看不见边际的青年队伍组成的。这都是中华民族的英勇儿女，是不愿做亡国奴的人！他们为了中华民族的永远生存，才肯牺牲时间和血，换取自由！

大禽的声音也清楚了，就是这群看不见边际的青年用所有的喉咙拼凑而成的！分不清字音，没有节拍，不是什么整齐的口号，也不用什么人领导；……是咆哮声音的海！是集体的人类疯狂的吼叫！听见的人们，头发根难免要一竖一竖的，脊梁上也好像擦过一块冰！

陈学海是没有见过这样场面的，甚至昨夜他都没有梦到过。他没有想到这个号召竟能唤起这样多的人，而且都是这样的勇敢！他有些骇然了！虽是这样大冷天，竟闹得他浑身是汗了。

他稍微清醒一下，看见刘廖两个还在前后张望。跑上去的警察和大刀队布好了阵势，准备在冲击，水龙头也都拉起架子来了。但一眼望见队伍中当前第一个人，是骑着脚踏车的，于是忽然想起来这个人就是冯健行。身后是一面大横旗，在白底上写着两个大黑字，是——

"示威"

这旗子是由两个人撑着的，一边的不认识，一边是叫做陆飞的那个广东佬。大旗的后面是旗帜的海，又好似大禽背上的羽毛，展到茫漠的远方，上面的字迹一时是看不清楚的。陈学海尽力搜寻任可中和魏玲，结果是没有法子看见的。肩下的廖希威，好似看见了爱人一样，一头就扎进大队里去了，转眼便没了影子。刘天鹗也跑进去了，陈学海仔细看去，才知道他已找着了小王。陈学海僵立在路边上；他忘记了自己的任务，望着大队发怔。耳边是一切声音的海，但仿佛哑子一样，被淹没了！

大队逼近了！伟大的奇观呵！男的女的，高的矮的，胖的瘦的，肩靠着肩，臂挽着臂，亲切得像兄弟姊妹一般；没有私人的恩怨，没有男女的隔膜，……万众只有一个意志，一条心，结成一个巨人的力量，来抵抗当头的风浪！他们不能分开，扭结得越紧越好，他们晓得一分开，马上会被风浪扫了去的。

不停脚地向前走，他们的身手有千万，行动是一个！……

风浪就要来了，大队里响起了歌声。陈学海听不懂是什么歌，只好算它是一片连续的狂啸！

大队和防御线逼近了！这样坚固的防御线，在游行者的眼里，不过和空气一样！

"解散！解散！"砰砰就是两枪！枪弹是打向空中去的，大队好像没听见，还是往前走。

"他们不敢打！喂，冲上去呵！"耳边仿佛有什么人哑着喉咙在喊。随着口号也起来了。

"反对华北自治！"

"停止内战！"

"打倒孙之明！"

"枪毙曹兆东！"

有人在陈学海的身旁喊了一句什么口号；但是这声音像滴入大海的水珠，转瞬就消失了。忽然又听到一些杂乱的声音：

"妈的！他们要用水龙！"

"还有大刀呢！"

"你的胆子小，为什么不回到床上蒙起被子来？"

"你真混蛋！"

"向前冲呵！"许多声音都被这集体的声潮吞没了。

"噗噗……噗……噗……噗噗"水箭像一条白练，眼看擦着冯健行的身边打过来了，洒在地上就是一层冰。

"妈呀！"好像是女人的声音。

"这个打不死人的！"有人在喊。"还是冲上去呀！"

口号没有以前喊得起劲了，杂乱的脚步声却洪大起来，——往前冲！

陈学海在惊怖和迷惘中，忘记了应该做什么，尽力寻找他们学校的旗子；但旗子是不易找到的，因为大队已经遭过一两次狙击，有些旗子很可能是丢掉了。

水箭来回地扫射，前面的人都打湿了；但是人们并不散开，仍然支持着冲击和吼叫。

陈学海心里想，"这可怕的很！"他不知道应该站在这里，还是逃走。

忽然，身后有人拍着他的肩膀喊：

"你还在这里发呆吗？"

他回头看时，原来是任可中。他有些羞惭了。

"我正在寻找我们的队伍呢。一个熟人也寻不见。"他在支吾了。

"哪里不是我们的队伍？哪里都是我们的队伍！看见大队还不加入冲锋么？你这呆子！"任可中气起来了；陈学海看见他的头上在冒热气。

陈学海哑然站在那里，真像一尊石菩萨！

"还要呆下去么？小陈！"任可中喘息地说。"走！我们去夺水龙！"

任可中一拉陈学海的臂，他机械地跟着走了，心里想，"今天，我的命交给你了！"

他们绕过防御线，看见水龙依然施展着它的威风。队伍里的人禁不住击打，已经有些混乱了；许多人已经闪避到路旁去，再也不是手挽着手了。冯健行像一串冰糖葫芦，早已跳下了脚踏车，还在那里招呼人们往前冲。陈学海的心理忽然变了，他想，"这算什么！死就死了！"他一拉任可中的手，说，"走！我把他们打散，你夺水龙头！"于是他几步窜上去，抢起手里的棍子，从看守水龙的警察的身后一路打上去，转眼间，三个警察倒下去了，其余三个跑开了。任可中顺手抢下水龙，丢在地上，它还是在喷水。水喷在大刀队的腿上，脚上，他们也尝不惯这滋味，随着打，随着向两边散开了。陈学海清楚地看见一个水鸡样的大刀队，一刀背砍翻了一个也是水鸡样的十六七岁的男学生，拔脚跑开了。那孩子是被谁扶起走去，他却没看见。幸而不知是谁把水龙带从水门上摘下来了，于是这条龙便死去了。就在这瞬间，大队拥上来了！虽然有些人挨了刀背，但是防御线算是冲破了，警察和大刀队便像河流中的泡沫一样，渐渐被打到两岸去。

这一场，陈学海不知被什么东西划了一下，左手背上流出血来，发现的时候，已经凝成冰块了。他揭下冰块来，用右手按了按伤口，心里想，"真便宜！"回头再找任可中，哪里还有他的影子。他觉得很疲惫，神经的一阵紧张已经过去了。他想找地方休息一下；四面看水龙的人们又在挤着他。

大队汹涌地冲过来了，好像更雄厚，更有声势。狼狈的样子不见了，又是钢铁的队伍了！

"欢迎市民参加！"

"欢迎军警参加！"

路旁有很多人在鼓掌了！溜走了的警察又在用皮带赶打群众。好像有一道疾速的电流，从陈学海的头顶心一直麻到耳根，脊背也觉得一阵冰冷。这新的激动似乎掩盖了他的疲惫；他的脚却又动不得。

大禽冲过了防御线，便旋风般地向右转弯了；一路走，舒展着翼翅，碰到的人便被卷进去。陈学海晓得这是要到新华门会合北城队伍去请愿了。

队伍渐渐过完了，好像前面没有防御线，走得很快。忽然陈学海看见了 T 大的旗子。

"魏玲也许在里面的。"他想。"但……为什么 H 大的队伍始终不见呢？" Y 大的人是昨晚睡在城内的，他晓得，也许 H 大队伍被截在什么地方了。

"我还得追上去！"他自言自语道。"还是不服气！"但是又一想，似乎感到了害怕，"那家伙多危险呀！"……终于热情战胜了一切，他分开渐渐稀疏了的人群，向着大队追上去。

沿路没有多少行人，积雪多已除去，却留下一层泥土色的薄冰，没有冰的地方，四条电车铁轨发着闪闪的冷光。大队过去，冰上显得光滑一片，并没有留下什么痕迹，没有撕破的旗子，也没有血。远远地还听到，一阵阵模糊而又雄壮的喊声。他渐渐地更清醒些，北风依然在吹打着他；虽然是太阳天，却有些灰沉沉的，他算不出来现在应该是什么时候，大概还不到十点钟呢。他赶着走，赶上了一群小学生，有男的，有女的，他也似乎很疲倦，拖着懒笨的步子，陈学海走过来的时候，大家都歪头看着他。

"哪里去的，小朋友？"陈学海走上前去，打算和他们谈闲天。

"我们是参加游行的，现在落了队。"一个较大的女孩子用铃子一样的声音答道。

"从西单过来的吗？"陈学海问。

"当然喽！"女孩子骄傲地瞟了他一眼。

"水龙大刀厉害得很，你们不怕么？"他佯装正经地问道。

"怕，我们还来吗？"女孩子反驳道。"这总比死在鬼子的手里强得多。"

"我们不像你们大朋友，净爱瞎跑！"另一个男孩子说。

"水龙厉害，我们会夺过来！"大女孩子又说。

"你们晓得是谁夺的水龙吗？"陈学海高兴地问。

"怎么不晓得！"男孩子像煞有介事地答道，"那是我们的敢死队，都是很好的大朋友，机关枪也夺得过来！"

"不要乱说！"大女孩子推了那个男孩子一把。"那是我们最勇敢的同志干的！"

"你们见过那个同志吗？"陈学海的心里有些跃跃然了。

"没有。有一位大朋友讲过，从前这样的同志也是多得很，但是没有一个人愿意让别人知道他。这话对么？"女孩子抬头望着陈学海，好像在等待他的回答。

陈学海的热情上面仿佛挨了一瓢冷水！他感到担架不起内心的羞惭。他红着脸，沮丧地垂下头去。

孩子们看看他，在发怔。

远远的口号声又起来了，还杂着乱纷纷的叫嚣。但，一阵风过去，声音又消逝了。他猛然想起，也许大队已经到了新华门！这个念头救了他，他向孩子们点点头说：

"我先走了！"

"好，"女孩子点头道，然后又对其余的孩子说，"让他先走吧，看，他的腿长得很。"

陈学海无心留意孩子们的谈话，加紧脚步向前跑。一阵阵的风吹过来，远方的喊声一起一伏的，但是却渐渐近了。他的心好像也随着这些声音跳也跳的。

他的脚步更加快了，路上也不再遇到什么。

走到六部口，很清楚地看见牌楼门一带已经挤得水泄不通了，有些坐着包车逛公园的小姐太太们，都被挡回去了。他晓得大队已经停住了。他看见人群的外面布满了大刀队，于是不敢再走正路，顺着南墙根，溜过去了。

他绕到了人群的后面。看哪！人群好似黑色的海，翻腾着数不清的黑色波浪；它们仿佛没有去路，滚滚地在冲击着新华门和城墙，一阵阵听到每一个波浪都在吼叫：

"打倒日本帝国主义！"

"反对'新边政委会'！"

"枪毙亲日汉奸！"

"…………"

"…………"

陈学海整理整理衣服，抖下去沾在衣服上的泥屑和冰片，再退后几步，仔细看去，人群比原来几乎增大了一倍，从东方还有零星的向这一面走来的学生，他想：

"他们也到了，一定是！他们的运气要好些吗？……"结果还是自己解答了，"不会好的！没有错，不会好的！"

前面还是很骚动，一阵阵起来宏壮的口号声。新华门好似一座堡垒，紧紧地关闭起来，两边看得见的还有大刀队的用蓝布缠好了的大刀把子。几个代表堆在那关闭了的门前向卫兵交涉，听不见讲些什么，却总是不开门。陈学海晓得他们这是要向华北军政大员递请愿书，要请他出来答复。

但是大员也许昨晚喝多了酒，总是不出来！陈学海有些急了，他想往前挤。

　　忽然，旁边有人拉了他一把，回头看，原来是郭用。

　　"少见得很！"郭用的长鼻子好像尽力往上挤着他的眼镜，他笑了。

　　"可不是！天气不好，我也忙。"陈学海伸出手去和他握了握。

　　"从西路来吗？"

　　"是。你从哪里绕过来的？"

　　"东路，他妈的！"郭用似乎不大耐烦。"还不是为了玲！我原是不想出来的，这不是用我的时候，我另外还有工作。这一定要你们这一群小伙子出来才行！"

　　"东路来得还顺利吗？"

　　"顺利？呸，见鬼！马莱松街口打得才狠呢！你看！"他说着转过身去，他的背上都被水打湿了，现在有些地方已经僵硬了，黄驼绒外套的后襟还划了一个二寸多长的口子。

　　"人家都是水打在胸前的。"陈学海心里想。

　　"到了马莱松，保安队排起来，活像一群黑乌鸦，因为那里靠近使馆区，戒备更加严些。你知道，我们本来应和你们在一起的，偏偏玲有事要到北城去，她拉了我，就便到 F 大参加东路，她说，'是一样的。'但是等我们到了马莱松，马上便遭到水龙的扫射，我赶快退出马路中心，结果还淋得这样！"

　　"魏玲呢？"

　　"她冲上去，我看不见她了。后来大队散了，我看见她好像一串冰糖葫芦。"

　　"没有人去夺水龙吗？"

　　"怎能夺得了！大刀背，木棒，雨点一般的打来。好多女学生，小孩子，都被打伤了，有的简直爬不起来。现在大概都送到医院去了。真是可怕得很！"

　　"结果是散了？"

"散了。不散又有什么法子呢？大家散开，沿着边道逃走，幸而还逃到了这里，落后的没有几个。"

"魏玲跑过来了么？"

"她还在前面。我溜到后面来，是准备走。"

"走到哪里去呢？"

"回公寓。"郭用说。"方才听总指挥讲，请过愿，还要到马莱松口上去示威。我不去了，那是好不了的。"

"好不了？"

"自然。我跑过来以后，听到说，那里已经布置得水泄不通了。"

"方才受伤的有多少？"

"三二十个吧，我亲眼看见一个女学生的肩胛骨下面挨了一刺刀！"郭用说着，举起拳头在左肩上打了一下，"最奇怪是 F 大的一个美国人也受伤了。他也来参加游行！……可是，你们那路没有打起来吗？我看见旗帜倒还整齐。"

"当然也差不多。大刀，水龙，……不过好像没有你说的那样凶。"

"你们就没有散？"

"水龙给夺过来了！"陈学海的眼睛放着光。

"夺过来？"郭用有些惊讶了。"谁给夺过来的？"

陈学海的"我"字还没有出口，忽然想起路上女孩子的讲话，觉得有些羞惭，马上又咽下去了。

"到底是谁呢？——这位英雄！"

陈学海急切答不出话来，头上跳起青筋；很久，才吃吃地说："那个人我不认识。"

"我到底不信！那到底是不可能的！那是超人的事情！"

头前的群众忽然向后拥来，两人站不住脚，退后了好几步。前面的人远远嘈嚷起来了，陈学海翘起脚来看，新华门前又开来了的约莫二百多全部武装的兵。

乱了一阵，人群还是稳下来了，口号一声声地喊着，却还不见有人出来。

"这是不可能的！"郭用说。"这样乌合之众，怎能办事呢？马克思和列宁的书里是没有讲过这样革命的，就因为这样的革命太幼稚！"

"那，你为什么参加呢？"陈学海问道。

"就是因为玲那个毛丫头。否则她会生气了。"

"从前你也劝过我！"

"啊，劝你，呵，那是……那……那和这个是不同的。"郭用有些张口结舌了。

"怎样不同呢？"

"我说是要做彻底革命，要做'地下工作'，就是这个意思。……这个行动，今天聚会，明天散了，有什么意思呢？没有用！这是小资产阶级的意得沃洛奇[1]在作祟，革不成功的。"

"依你说，是要和政府完全离心吗？"

"是。"

"我觉得在对付日本这一点上看，我们应该和政府携手。"

"政府是不会和你携手的。"

"那么你现在正做着更秘密的工作吗？"

"不，没有！我敢担保说绝对没有。"

郭用的眼睛四外扫了一下，仿佛当真有什么秘密似的。陈学海好像坠入云雾一样，他为郭用的莫名其妙的谈话所混乱了。郭用的话里，除了意得沃洛奇一类字眼，陈学海不能了解之外，其余，他认为是混乱的。他觉得郭用太过激，而且认为在抗日的立场上，无论谁也要拥护政府的。他只知道这么多；他想要驳倒郭用，又不能把他心里的意思组成一个完密的句子。

"而且他自己并没有如他所说去做'地下工作'，他自己也是明明这样说。他也许完全是一个说者，怕行动的。"陈学海这样想着，陷于沉默了。时而想到郭用的书架上立着的许多崭新的书，时而替魏玲担忧，渐渐他自己

---

[1]　意得沃洛奇：英文"ideology"的音译，意为"意识形态、思想意识"。——编者注

也混乱起来了。

郭用瞪大了眼睛望着他。陈学海仿佛惧怕着什么，老早就把左手藏在外套的口袋里了。

靠近新华门的地方又骚动了，两人都吃一惊。

"我要走了，"郭用说，"更坏的事情就要来了！"

"这样怕吗？"

"怕吗？不是的。不值得！而且我不是干这样事情的人。"

"那么……不管魏玲了吗？"

"我管不了她。"

郭用耸了耸肩，去了。陈学海瞪眼看着他背后的一层冰，心里想，"这懦怯的家伙！不然，是不会被打在背上的。"

嚣嚷的声音又起来了，接着是几声口号，新华门开了半扇。陈学海听见有一个人说，"混蛋吗！为什么不冲进去，无用的家伙！"他转过身去看时，好像一个人影，向旁边溜过去了，仿佛害怕被人抓住一样。陈学海心里想，"我是应该冲上去的！"

"打倒日本帝国主义！"

"请求政府出兵抗日！"

"反对汉奸组织！"

前面的大声又起来了。陈学海紧了紧裤带，向前挤去。人很多，挤得透不出气来，这样冷天，他还闹得满头是汗。他喘息了一下，压不住心头的烦躁；他想退出来，后路又断了。忽然听到有人用播音筒大声报告说："代表已经答应替我们转达了！现在我们的请愿胜利了！"接着是一阵鼓掌声。陈学海觉得手背还在隐隐作痛。……那个大声又接着喊："现在我们要示威！到马莱松去！要让日本帝国主义者看看中国人民的力量！"

"走呵！"前面吼起来。

"走老鼠！这还不够面子吗？"不远的地方仿佛有一个人打着河南腔。

"他奶奶！俺的肚子饿啦！"又是一个山东人的声音。

人群动了。陈学海借着这个机会，用足了力气往东挤。在别人略略迟疑的时候，他很快地挤过去了。二十分钟以后，他竟来到离着大旗三四十码的地方了。

大队风涌地向前走，带着呼号；两旁的大刀队跟着走，且不动手。

"这次倒文明了！"陈学海的心里渐渐平静下来。

他们走到了御河桥。呵，不好！前面早已筑起来一道防御工事了！保安队把脚踏车一架一架地排列起来，像电网，电网的后面，有一条水龙喷出水箭来。大队叫啸着，不能通过，跟来的大刀队，把大刀亮出来，口里又喊着：

"解散！解散！"

陈学海急得心里说："我们需要一辆坦克车呵！"

坦克车果然来了！就在他这样想着的时候，从大队旁边飞出去一辆脚踏车，快得像射箭一般，上面的人，只看到背影，是穿着皮短衣和灯笼裤的，陈学海猛然想不出他的名字来。十几秒钟的工夫，车子冲到了电网前面，"嚓！"就撞上了。他想：

"这回完了！撞不动的！"

但是就在这一撞的时候，车上的人像撑竿跳高一般一个跟头就翻到电网后面去了。接着就是一阵大乱，水龙里的水喷得更有劲，却不向着大队，而是向着保安警察。陈学海仔细看时，水龙已拿在翻跟头那个家伙的手里了，他欢喜得叫了出来。

"呵，陆飞！呵呵！那是陆飞！"

大队冲过了防御线，陆飞不知到哪里去了，水龙丢在地下，被千万只脚践踏着，一面还在冒水。

但是，冲到马莱松，无论如何今天也是梦想了！那里是国际观瞻的地方，中国人向例是不高兴把民意让外国人看见的。于是，陈学海好像听到一声胡哨，两边的大刀在斜射着的日光之下闪动起来！他又听到远远有人喊：

"中国人不杀中国人！"

"唉唷！……我的膀子！"

"妈呀！……"是一个女孩子的哭声。

"…………"

"妈妈的！谁叫你们爱国！让老子喝西北风！"

"中国亡了，都是你们闹的！这些孙子！"又是一些粗暴的骂人声。

这时，天上好似早已失去了太阳，陈学海的眼前是一片漆黑，只听见，铁器碰到木棍上的铮铮声，碰到人身上的暗钝声，叫号声，咒骂声，……陈学海整个身子失去平衡了。他转过身去，摸索着方向，拔脚就跑！

他不敢去过问这丑恶的惨剧了！恨不能一步就逃开才好。早上的勇气完全失掉了，他觉得目前这个惨剧是怕人的。于是闭着气，一直跑到了南池子。

找到了一个墙角，他蹲下来，左手痛得很厉害，身上一阵阵起着痉挛，他喘息着。渐渐的他觉得全身发松，像害过了一场大病。他看见路旁还拥挤着一些不怕冷风的观众，恰好做了他的屏风。假若路上有熟人走过，他都能看见，人家却不能看见他。

"这时若有一面镜子，我的脸不定怎样难看呢！"他无力地想。

他耐心地等候着，像好奇一样；虽然还是觉得可怕，却又不愿意走开。

"他们都被杀在那里了么？"他喃喃地说。

前面的人群里仿佛有人听到了他的半句话，撇着京腔向另一个人问道：

"二哥，你瞧一天能杀多少人呀！"

"百儿八的也是它。"另一个人应声道。"老三，这年头儿真不济，学生闹得凶，连毛丫头们也跟着闹，真他妈的！"

"可不是吗！有钱也甭让孩子读书！闹来闹去，不和当兵一样了吗？小拴子就没有进学堂，我不爱！"

"您就甭提啦！明天小德子也不让他上学了！我再绝后啦，可不是玩儿的！你瞧，我都三十多啦！"

"…………"

"…………"

"二哥，三哥，你瞧又闹回来了！"第三个人忽然用手指着喊。

陈学海的心又跳起来了，他看见大队远远地向这方面退走。渐渐地，看得清楚，大队比较零乱多了，旗子也不齐全，像一只斗败了的雄鸡，失掉了好多羽毛一样。虽然，这雄鸡是不服弱的，它还是在叫喊，还是在想着搏斗。

路边上的人也特别拥挤起来，大概都是被刀背打跑了的。这些人好像懂得一个诀窍，游行遇到了危险的时候，跑到路边上就算了事。这方法真像疫病流行时候的一针血清一样。

留在大队里面的应该是比较结实的分子，那些人是可以打得死的，而不是可以打得散的。他们虽然多半带着轻伤，但是还要尽力地保持着勇气。这一次，残余的人们晓得是冲不过去了，便掉转头来往回走；虽然人数已是少去五分之四了。路边上也有些胆小而又要顾面子的人；没有警察的时候，他们也喊，也跳，警察一来，他们又溜开了。对于他们，警察是没有办法的；但是他们对于大队却也有些帮助，因为他们可以混乱警察的视线。

大队近了，路边上的人又渐渐往中间挤过去，陈学海往大队后面看，看不见保安队，他想，他们也许不来追了。

大队在陈学海的面前走过去，缓慢到使他能够数出来他们的人数，辨认每个人的面孔，……他们大概有过半数的人是受了伤，有人头上包着白手巾，有人用一只手架着另一只胳膊，有人走路一拐一拐的，甚至还有人要别个搀扶着，这大概是脊背上受伤过重了。虽然这样，却看不到一张沮丧的面孔，他们还是照旧喊口号，照旧两眼望着前方。旗帜多半没有了，但是人们手里的旗杆却多半没有丢掉，他们好像是晓得旗杆对于他们是如何重要的。

他首先看见了冯健行，他还是走在队伍的前面，脚踏车没有了，青呢的学生服撕破了好几处。接着就是陆飞，夺水龙的那个家伙，陈学海承认比他自己的本领高得多的；现在陆飞的身上好像很完整，却用一条大手巾把左臂吊在颈子上。忽然又是一个长条儿瘦子，长袍的后襟撕掉一大块，露着破哗叽裤子，头发几乎盖上了脸，却还可以看到一双慈爱的眼睛。他一看就认识，是刘时！只见刘时一挥手喊道：

"誓死反对到底！"随着吐一口东西在马路上；陈学海看不清楚，然而无论如何不像痰。

接着这句口号的是一片口号的洪流，假若把它们连起来，正如一炮打去，接着便炸开了榴散弹一样。在大队快要过完的时候，他看见任可中搀着魏玲走过来。自从和魏玲相识以来，他没有看她被人搀扶过。他想，她一定也受伤了。

"我是否还要跟着大队一路走呢？"当大队过完的时候，他这样想。他的脸热起来了！人家会笑他的，不好意思，而且他也真是怕。"一个夺水龙的勇士会这样吗？"他感到自己污辱了这勇士的称号了，于是他说，"这件事情，我终生都不要提起的！"

大队去了约莫五分钟的样子，东面的人声又鼎沸起来了，走在马路上的人又赶快躲到路边上来。大队的保安警察跑过来了，一面跑，一面赶打路上的人。

"可怕的事情又要发生了！"他想。"我不能在这里，我得回去！无论如何，我是受不了的！"

他立起身来，沮丧地走进南池子；他不能走大街，一则他害怕，二则也不愿再见熟人。他昏乱地走着，下巴几乎碰到前胸了。

"我明天是要搬出学校去的，到公寓里住着要好些。我怕看见他们！"他这样想。走着走着，他忽然感到冷了；北风迎面扑来，偏西的太阳已是有些昏黄了。

他痛苦地挣扎着。

"离开群众是最苦痛的！"他自言自语地说。"你的勇气，你的力量，一切都失掉了！"他感到孤寂和懦怯的时光在向他抬手。

走到北海门前，实在不能挣扎了。他只好垂着沉重的头，跳上了一辆人力车。

不知经过多少时候，车子才把他拖到新街口，有两辆日本兵车从他的身旁开过去，他吃惊地抬起头来，车子去远了，空中还浮荡着几句日本歌声，不久也消失了。

"先生，这是把守西直门的！"人力车夫一面跑，一面喘息地说。

"为什么呢？"

"城外也闹学生呵！大清早，城门就关了！"

他点了点头，不再说什么，好像很能了解这个车夫的话。

等到他蹒跚地走进宿舍时，浑身已经痛得不能支持了。

"我怕要病了！"他卧在床上的时候，昏沉地想。

五

晨光透过玻璃窗子的时候，陈学海醒来了。睁开眼睛，他感到眼皮有些发涩，眼睛里好像藏着什么酸东西，用力一挤，泪水就流下来了。"这不对呀！"他这样想着，果然觉得全身都"不对"了。抬起头，沉颠颠的，又有些虚飘，像浮在水里似的。脊背隐隐作痛，一阵阵好像有个冰冷的虫子在上面爬。呼吸也困难了，鼻孔里好像塞上了纸团。他赶紧把脑袋再放回枕头上，心里想，"我大概是病了。"

他想起昨夜吃过一碗汤面之后，便卧到床上，什么时候睡着的，他不晓得。但就此便病倒，却是真的；于是他只好阖上了眼睛。

阖上了眼睛，昨日的景象便泛滥起来了！何等伟大而且惊人的景象呀！起初是眼前游走着金星，渐渐这金星幻成了圈子，像小孩子吹着玩的肥皂泡，一个接着一个，远了，消灭了。随后就是那哑然无声的示威的队伍，像一片漫无边际的海，翻滚着，搅扰着，却没有声音。大刀队也出现了，水龙也出现了，水光和刀光混成一片，冷森森的。……渐渐地人们变成水鸡了。有一个黑影在夺水龙了，他看不清这个夺水龙的人是否他自己。……大刀队，水龙，……渐渐不见了，只剩下那片黑色的海！

"伟大呵！"他闭着眼睛想，用右手抹去眼角上的泪水，左手背还在微微地痛着。

忽然那黑色的海不见了，眼前出现了冯健行的影子。他还是骑着车，挥着手，像军乐队里拿着指挥棍的那个家伙。……冯健行的影子又不见了，接着是刘时，蓬着头发的，口一张，便吐出一点什么来。……魏玲的影子又替代了他，任可中扶着她，走起来很艰难的。……后来是一群孩子们，一齐用手指着他自己，带着鄙夷的神气。……

"我是可耻的！"他心里好像在忏悔。"被孩子们轻蔑是应该的！我本来不是勇士，谁叫我去打跑了警察，连我自己也不晓得。我是懦怯的！假若我在南池子口上再遇见那几个孩子，我真应该痛哭了！"

"他们后来到哪里去了呢？"他挤了挤泪水，接着想。"新华门之后就没有看见他们。他们会去参加的，他们一定不会骗我。他们能受得了御河桥上的风浪吗？那样稚弱的孩子！……他们也许死了，也许打伤了被送进医院去，不，也许他们就随便在马路上呻吟着。"

孩子们的影子也不见了，留给他的是黑暗。

"回来吧！孩子们的影子！"他几乎要叫出来了。"我需要你们！我需要你们永远用手指着我！"

但是孩子们的影子永不回来，任他搜索得眼球都痛起来了，也是枉然。

他终于长叹一声，翻了一个身。

同屋的土木工程系的学生王良佐，正坐在床沿上洗脚，听到了陈学海的哼声，连忙问道：

"陈，你不好过吗？"

"没什么要紧，身上有些痛，休息一下，也许就会好了。"

"大概是昨天累着的，看你夺水龙有多末勇敢！我真佩服你！"

陈学海勉强睁开眼睛，看看这讲话的人是否是昨天那两个女孩子。……哪里是女孩子呵！明明是壮男子王良佐呀！

"他们都晓得了吗？"他想。"还是不要让他们晓得吧！"于是他否认道：

"瞎说！你在什么地方看见我夺过水龙？"

"谁瞎说？你自己才瞎说哩！"山东人王良佐有些生气了。"我的眼睛又不是瞎了！我亲自在西单看见你用一根棍子打散了警察，任可中一下便把水龙头抢落地上了。……我亲眼看的！后来我溜开了。呵，不会错，我亲眼看见的！"

"那个人也许不是我。"陈学海勉强说出一句,便闭上了眼睛。

"你说梦话了!不好,这个病怕不轻!"王良佐忙着擦干了脚,走过来。"让我摸摸脑袋吧。"他说着,陈学海觉得冰冷的手触到他的前额,太阳穴,然后又移到两颊。于是王良佐着急道:

"不好!热得很。一定是病了,一定是病了!我找校医去。"他不听陈学海的拦阻,转身就跑出去了。

"他真是一个好人!"陈学海心里想。

校医来了,用寒暑表试过温度,又要他敞开胸听了听,然后说:"不要紧,这不过是感冒,吃点药,休息一下就会好的。"于是他开了药方,交给王良佐,并且嘱咐道:

"他是需要休养的。不要再受凉,不要再劳动,否则病势会加重的。最好是让他去进疗养室。"

讲完话,医生去了。当天下午,陈学海便被移进了疗养室。晚间,热度增高,他几乎完全在昏谵中了。有时稍微清醒,听见有人讲话,像是魏玲的声音,又经过很久的工夫,睁开眼睛时,哪里还有人影?他想,"这是在做噩梦!莫非我要死了么?"乱想了一阵,支持不住,又昏昏地睡去了。

第二天早晨醒来的时候,热退了,通体感到了极大的疲倦;眼睛发酸,嘴里发苦,想喝水。王良佐领了校医来,看了,校医说:"见轻了,烧已经退了,不要让他动。"吩咐一通,又去了。

王良佐说:"魏玲来过了。"

"什么时候?"陈学海抬起身子来,觉得无力;王良佐忙着把他按下去。

"不要动!医生不准动的。"

"我问魏……"

"她是昨天夜里来的。"

"她没受伤吗?"

"很轻。听她说,腿上挨了几皮靴。"

"还能走路?"

"她并不是爬着来的。"老王笑了。"她还是猫一样的，只是喊腿痛。我想，也许是踢青了。"

陈学海长叹了一声。

"呵呵，她真是一个勇敢的女孩子！听人讲，几次冲锋都有她。"

"今天她也许不来了。"陈学海有点儿失望。

"来的，一定来的！也许会晚一点。昨天她对我讲，还在忙着到医院去看受伤的同学，并且替他们捐医药费。听说这次伤了五十多，有个女的，被大刀背砍断了一只胳膊，还不知道接得上接不上呢。"

"呵！……我们这里呢？"

"五个。而且是轻伤。"

"任可中还好吗？"

"他昨晚也来过。今天清早便到Ｃ大商量募捐的事情去了。他没受伤。"

"但愿他们早早出院吧！"陈学海叹息了。

"其实有许多人还挂念着你呢！"

"哪里许多人？"

"晓得你夺水龙的人都在挂念着你！昨天你还不承认呢！你不承认，那是病磨的，你应该承认！"

陈学海不做声。

"后来，听说陆飞也夺过一次水龙，更危险，他的胳膊打伤了！"

"断了吗？"

"听说不要紧，没有伤到骨头，一星期也许会好的。唉唉，这到底是为什么呢？"

"他是最勇敢的人！"最后那句话，陈学海似乎并未留意。

王良佐看着陈学海的精神有些倦了，他说："你先睡一下，我上课去。"他在门旁一闪便不见了。

其实，哪里还有什么课！这么巨大的行动，这么残酷的手段，这么多人受伤，这么多人被捕，还能上课吗？……但，钟却是照旧要敲的，就如同端阳节，学生在家里吃粽子，学校也照旧敲钟一样。教授们自然都要到，学生们却不敢来，所以这时候学校里最为热闹的地方，就是教员休息室。一九三五年最末一月要算是这一年中最恐怖的月份了！

卧在病床上的陈学海却不知道这些，他有时想着受伤和被捕的人们，有时想着自己的功课。……但是想得久了，还是沉沉地睡去了。

…………

下午三点钟左右，魏玲像一片树叶似的飘了进来，还是那样精神，还是那样活泼。

"好些吗，小陈？"她铃子也似地响着，一面取下颈上的白围巾，通体又完全变成乌黑了。乌黑里面闪出那张苹果脸，还是往日一样地鲜艳。她坐在床边的一把椅子上。

"好了，谢谢你！"陈学海简直要起来。"听说你昨晚来过了，真是对不起！"

魏玲摆着手拦住了他，说："不要起来！那是应该的！我们对于一个勇士是应该这样担心的。"

"我实在不配呀！"陈学海的苍白面孔微微透着红了，"那是任……"

"不要客气，太客气会显得无聊，不是吗？我到了新华门，就听说，你把警察打跑了，我高兴得要跳起来！……"

"还是陆飞好些。"

"陆飞，任可中，我们也要一样敬重的，陆飞受伤了，却并不怎样重；他好了，我可以给你介绍做个朋友。"

"我总是觉得惭愧！我的胆子小，我没有跟着你们示威到底。"陈学海的声音很微弱。

"呵，没到底吗？……"魏玲瞪着大眼看着他；他的脸更红了，"呵呵，那不要紧！那是因为你的经验不够，再来几次就好了。总而言之，你已经为团体尽了最大的力量！"

"你也受伤了！"

"算不了什么！"魏玲摸了摸大腿说，"不过被一只狗打了两木棍，踢了几脚；只是皮伤，今天走路不很吃劲儿了。第一次，就是马莱松街口上的冲锋，我并没受伤，只是弄了一身水，……结果我们被人家打散了。……呵呵！可怜Y女中的那个张蓉蓉，被刺刀穿进了肩窝！"

"没有危险吗？"

"当时她倒下了，有人把她送到医院里去了。昨天我去看她，她正在发烧。也许没有生命的危险吧。……"

"你这样忙，还带着伤，一次两次地来看我，我觉得惭愧极了！"

"我们应该坦白，小陈！"魏玲严肃地说。"我来看你，是觉得应该应分的；若是不应该，请我，也不会来的！"

"无论如何，我觉得不配。"陈学海的眼睛里含着泪。

"在新华门的时候，我就很惦记你。"魏玲不理他的谦虚，接着说。"问别人，都说冲过西单以后便看不见你了。有人说，你受了伤。……我想请郭用去找你，不料连他也找不到了！"

陈学海想要说，"他跑了！"但是他努力咽下这句话，吃吃地说："我没看见他！"

"近来我看他专门会讲漂亮话！"魏玲叹息着。

"…………"

"虽然你没有走到底，我也是高兴的！"魏玲若有所思地说。"你是一个诚实人，所以我才敢介绍你担任重要工作。现在，你勇于做事，也勇于认错，这就行了！你是有前途的！"

"后来你们怎样呢？"陈学海故意把问题岔开了。

"我们从御河桥又转回西单，在那里讲演，散传单，然后就散了。"

"不是有大批军警去追你们吗？"

"是呀！你怎么知道？"她有些愕然了。

"我在路旁看见的。"他红着脸坦白地说。"我没跟着你们走，我没有胆量，我很惭愧！"

陈学海感动得像孩子一样，他把昨天的经过详细地对她讲了，自然，郭用的事情却是瞒着的。他真像教徒在圣母像前忏悔一样，简直要哭出来了。

魏玲沉吟了很久，然后说："那都是值得原谅的。……你应该好生将养一下，暂时不要急。我知道你的心里还是矛盾着的。"

"这样，事情就算完了吗？"他问道。

"行动吗？哪里就算完？乱子大了！恐怕还要有第二次呢！不过，我们总算表演一下给日本人和汉奸们看见了！而且昨天'政委会'也没敢成立，听说延期了，这也许是我们小小的成功！"

"人家说，前天，西直门都有日本兵把着！我也看见了日本兵车。"

"可能的！"她确信地说。"那是挡着 H 大学生的。H 大学生在西直门外整整闹了一天！我们冲到马莱松南口的时候，日本兵营的墙垛上也是架着机关枪的。……唉唉！现在狗们总算还是胜利的；等到失败的时候，主人就会自己出来了。"

"你看什么时候能够直接冲突呢？"

"很难说。大概总在我们的民意征服了政府的时候。"

窗上的日影偏下去，渐渐退尽了，两人都沉默着。

过了很久，魏玲说："他们预备得很周密，随时随地都有探子！"

"不错，我们的情形，他们也很知道。"陈学海忽然想起曹兆东那天所讲的话，便一起都告诉魏玲了；而且结论说，"他说，不怕我们，各学校各公寓都布满了侦探。……那天回来便想对你讲的，可惜一直忙起来，忘记了，竟使我们吃了大亏！"

"这不算什么。"她安静地说。"你以为他当真不怕我们吗？他心虚得很，无论多末有权势的人，做了对不住人的事，总是心虚的。他那样讲，一则是试探你。其次是想借你的嘴，恐吓大家。……呵，想不到曹兆东竟是你的亲戚！"

她的面色还是那样平静，像池水那样平静；他的脸却红起来，心也在跳动。停了很久，他才吃吃地说：

"你怀疑我吗？"

"对不起，绝对没有那回事！"她笑了。"你以为我当真不知道你们是亲戚吗？知道的，而且知道得很详细，很详细地知道你们的关系也不过是亲戚而已。老实说，我们北方人，谁能保得住没有做汉奸的亲戚呢！……呵呵，你真是一个大好人！"

魏玲格格地笑了，像铃声响遍了屋子。陈学海忸怩了一下，然后说：

"他的话里没有可以参考的吗？"

"可以参考的话，他能对你讲吗？"她反问说。"你看那个人是多末奸狡呀！……警察，侦探，这是不足怕的，我的身后几乎整天都跟着侦探，他们到底能够得到什么呢？我们最怕的并不在这里！"

"我想，你是说我们中间有不稳的分子么？"

"对了！你这次倒像一个聪明人。"她笑了笑。"不怕敌人，怕的是自己人替敌人做事！"

"留心一下就完了。"

"不是那样简单呀！你到哪里去留心呢？纵是留心，能够那样周到吗？当面叫同志，转脸成仇人，……唉唉，这类事情太多了！"

"也有些影子吗？"

"影子自然有；但是没有确实证据，不能随便乱说的；因为我们需要的是团结，不是分化。比如说，我们这次请愿以后，有些人消极了，有些人反对多数人的意见；但是他们心里想什么？背后向别人讲什么？是鬼知道的事情。"

"也有告密的事情吗？"

"有呵！我说的就是这。告密的事情多得很！这又是通常的爱国运动，在群众里要公开的，随便就可以被人卖掉，真是防不胜防呵！"

"表叔说，学生毕了业，还要去求他找事，这话可是真的吗？"

"怎么不真！比如前几年领导卧轨请愿的由遇荣，现在不就在你表叔的门下奔走吗？是真的。"

"这个人我却没见过。"陈学海缓缓地说。

"这种人最糟糕！"魏玲转侧了一下，然后站起来，激昂地说。"他很会讲话，做事的时候他也假装热心；但是稍一碰壁，他便'适可而止'了。'适可而止'的意思是退却；但他却不这样说，他常常用'适可而止'这句话，去把握群众心理。"

"现在我们有了分裂的现象吗？"

"还没有。不过少数人感到口号太激烈，想着缓和一点。但是有什么法子呢？箭已搭在弦上了！一切都要看第二次吧！"

"第二次来得成吗，你看？"

"来得成！也许比第一次更大些。有许多第一次没有参加的人都打算响应了！但是危险恐怕也要和这个成正比！"

"打得更要凶些吗？"

"也许。大批捕人也会有的。"

"你有把握吗？"

"有把握。"

"前天请愿不是准了吗？"

"那是答应代为传达。"

"能传达吗？"

"那不过是面子事！"她叹息了。"他替你传达给谁呢？已经是既成事实了！……老实讲，那个代表还没有讲话的时候，有些人已经晓得是什么结果了！你看吧，过几天，'政委会'还会照旧成立的！"

"那，为什么还要请愿呢？"

"那是手续，表示我们把意见依法交给政府了。"

"他自己却不守法。"

"对了。他不相信他自己所造出来的东西。"

"所以我们——"

"所以我们非要再示威不可！"

"那不是更要吃苦吗？"

"吃苦？那要什么紧？……别看有很多人受伤，很多人被捕！……只要我们肯努力，只要我们还有人活着，事情是不能不做的！"

"呵！……"陈学海闭上眼睛，足足沉默了两三分钟。

"你觉得累吗？"魏玲问道。

"不，我觉得苦！"

"怎么？"

"我没有读过什么书，许多不能解决的问题在心里横着；可惜没有人指导我。"

"我替你介绍一个人，好吗？"

"是郭用？"

"不。"

"我看，你就可以指导我。"

"我不行。"

"谁呢？"

"你猜猜看。"

"猜不着，你说吧！"

"刘时，怎么样？"

"呵呵，我又忘记了！你进来的时候，我还想着问你的。刘时不是受伤了吗？前天我见他在路上一面走，一面吐。"

"你看到吗？……那吐的是血！"

"血？"陈学海瞪着眼睛问。"他有肺病吗？"

"多年了！"魏玲惨然道。"昨天大家保护着他，不让他挨打！你看他那样儿还能吃得起一刀背吗？结果他还是吐血了！……幸而还不多。"

"他的事情好像很多？"

"岂止！他是负着重大责任的！"

"可惜他病了！我真想去看看他。"

"不要忙。他的病并不重，在朋友家里养两天，会好的。等你好了，大家都有闲，我一定介绍。"

"这个朋友是谁呢？"

"董小倩。你不知道吗？那晚上坐在你旁边的，C大的女生。"

"是那个一身青的吗？那个漂亮人物？"

"对了。"她点头笑了。"那个广东人。"

"想不到刘时也会恋爱！那个冷冰冰的人！"

"冷冰冰，也是人呀！何况他的心并不是冷冰冰的！"

"我想，我还是应该读点书！"他的话又转入原题了。"现在一病，连课也上不成了。"

"今年，不要想上课吧！"

"我们停课了吗？"他吃惊地问。

"虽然没停课，学生多半不来了。将来不免也要停课的。"

"这成什么样子！"

"你又发呆气吗？"她教训似地说。"大家忙着做事，外面又风传着捕人，还敢来上课吗？"

"不一定大家都有事情做！"

"也许。借此玩玩的也不少。他们可以到三海去溜冰，陪着爱人去看看电影。……"

"呵呵，这年头，生活都弄得混乱了！人们都不知道自己是做什么的！"他深深地感叹了。

"将来恐怕还要混乱！但是清醒的人也还要更清醒！"

"…………"

太阳落了，窗纸上涂了一层黑影。魏玲还有事，告辞要走，说：

"我去了，你好生将养着，明天我还来看你。"

他眼见魏玲慢慢地围上了围巾，点点头，闪到门外去，不多时，连皮鞋的声音也听不见了。

这一晚，陈学海又发了热，医生说是累着了，不该谈话，只该休息；于是友情很重的王良佐便干涉着他的谈话自由，谁也不许开口了。

这样，他又在床上足足躺了两天，过着死板板的生活。每天除了吃饭和比较艰难的大便之外，只是下午发热，早晨退热；魏玲来了，魏玲去了；任可中来了，任可中去了；……再便是王良佐一张严肃的脸！王良佐这时真像一个法官，给陈学海订下许多条律，例如，不许起来，不许谈五分钟以上的话，不许吃点心或油腻，只能吃白粥，至多是挂面。来客们多半是向他点头微笑，或者问问病况，便去了，谁也不和他说什么。尤其是魏玲，她好像引咎似的，再也不敢和他讲话了。有一次她带来一个穿狸皮外套的女子，就是董小倩；他刚刚看清这位生客的面孔比魏玲清瘦，体格没有魏玲健壮，一双手是特别地白，……她们便匆匆去了。大家好像都在严守着王良佐的法律，这法律对于陈学海是痛苦的。

一切的来客有着一个共同点，陈学海看出来了，都是忧郁的。虽然没人向他说明，但是他知道，这不是好兆头。

"刘时病重了吗？陆飞发生危险了吗？"这个念头整天整夜在他的心里翻腾着。

第三天早晨，他证明这个臆想是错了。魏玲八点钟就跑来说，"失败了！失败了！"她猛然想起这是忘了情，很后悔；但是听到王良佐说陈学海已经好了，今天就可以迁回自己的屋里，她才放了心。

王良佐出去了。陈学海急着问魏玲。

"我已经好了，什么都可以说了。"他走下床来，病容退去了一多半，略微显得有些清癯。"当真刘时好了么？……"

"多半是好了，还在小倩家里。"

"什么失败了？"

"这件事情本来不想对你讲的，"她喘息地说，"今天的示威失败了！"

"该死！"他捶着大腿说。"我丝毫都不晓得！"

"你病了，大家不肯对你讲。"

"不是又遭打了吗？"

"不是。夜里三点钟军警就把各校的大门把上了，今天早晨我们没有法子集合。"

"这不算完了吗？"

"不一定。我们还在想办法。唉唉！这一定是奸细们干的！"

"呵，奸细！"

"没有人告密，怎会知道得那样快！通知是夜里十二点钟发的，三点钟以后校门便把起来了，这不是希奇吗？"

"也有点影子吗？"

"有是有的，但是不能说。"

"怎么？"

"说明了不是容易分化吗？应该另外想法子。"

"这几天我看见你们的面色都很忧郁，——你和任可中。"

"不错。"

"就是为了这个吗？"

"不是。"她的眼睛转了转，然后似乎下了决心，说，"我们的一个机关又被抄了！"

"什么机关？"

"学联会的机关。名单幸而没抄去，却捕走了一个同情的人。"

"呵，……"

"他们厉害得很！近来大家的住处都没有准地方了！"

"现在可以去见他吗？我老早就想去见他的。"

"你还没有好。"

"见了他就会好了！现在已经好了九分九，医生允许出去了！"

"我问问王良佐去。"魏玲说着出去了。

"这家伙琐碎得很！王良佐又不是我的爹！"他心里烦躁着。

魏玲不久就回来了，带着笑，说，王良佐答应了。她要在学校食堂里吃午饭，然后就和陈学海一路到东城去看刘时。

下午两点钟，他们已经站在董小倩的大门边了。首先出来迎接他们的是小倩，她觉得陈学海来得太突兀。于是就很客气地让他们到客厅里去坐。

他们刚刚走进天井，客厅里面传出来洪亮的笑声。出现在客厅门口的是一个中年男子，面色黑黑的，但是很健康，头上平分着不大长的头发，下颏有点尖削，人若偶然看见这个轮廓，会想到"普克"里面的心牌；只有眼睛和小倩仿佛，多少是有些迷人的。

经过小倩的简单介绍，陈学海晓得这个人叫董重，小倩的哥哥；接着就是主人陪客入室了。

一进门，陈学海就吃了一惊！他看见沙发椅上坐着一个人，若是站起来，也不过五尺多高，但是坐下却显得格外魁伟。一张脸像木瓜，两腮的肉微微往下堆着，这表示他已经到了中年的末梢。头发很长，分披着，而且有些弯曲，冷眼瞧，有点儿莎士比亚的风度。这个怪人，微笑地看着陈学海，好像熟人一样，手上的雪茄烟几乎要烧到手指了，他好像丝毫不觉得。

董重介绍说："这是杨立君教授。"

"我的老师。"小倩加上一句。

陈学海随着魏玲机械地鞠了一躬，然后又机械地坐在靠门边的一张椅子上。同时杨教授退到另一张安乐椅上，把沙发让给魏玲和小倩坐了。董重坐在另外一张椅子上。

陈学海走进客厅，两只眼睛便开始搜索起来；但结果，这里没有他所要的人，连刘时的影子也没有，只有一头猫卧在"条琴"上打呼噜。他一沮丧就红了脸，脑袋觉得晕不搭的。

"刘时呢？"魏玲问小倩道。

"说是有事，出去了，马上就会来的。"小倩说。

今天小倩的脑袋像卷毛狮子，放着光。陈学海有些不高兴，他打算马上说告辞；但是杨立君的话拉住了他。

"这位同学面熟得很，总该是在哪里见过的。"杨立君向陈学海望了很久说。

"我并没见过先生。"陈学海企图封锁陌生人的谈话了；但是很谦恭的。

"也许在路上，也许在火车上，……我总是见过您的！……呵呵，也许是在……"

"陈同学，不要慌！"还是小倩说了。"这是我们学校里很好的先生，文章写得很好，思想最前进，谈谈会有益处的。……"她猛然又问道，"杨先生，九号那天，您没在西单看夺水龙的吗？"

这时杨立君面上的表情正在变，忽而好奇，忽而谦虚，……等到小倩讲完最后一句话，他突地一拍椅子，站起来，喊道：

"正是那个人！正是那个人！您原来就是夺水龙的那个英雄呵！真是幸会得很！"

杨立君的兴奋使陈学海有些诧异了，他从未看见人这样兴奋过，兴奋得几乎要把那巨大的身子掷到空中去！……杨立君还在摇动着脑袋，长头发跟着来回地飘。

"您大概是看错了，我没有用手去夺过水龙。"陈学海恢复了平静，缓缓地说。

"不会有错吗？"杨立君大吼道。"你就是那个打散警察的人！"

好像屋檐上打了一个霹雳，大家都哑然了。陈学海垂下头去。

约莫有一分钟的工夫，还是魏玲开辟了谈话的道路。

"原来杨先生也是跟着我们同走的。"

"怎么不呢？"杨立君的话匣子打开了。"没有一分钟我不在替你们担心，没有一次我不在跟着你们走；……而且我并不愿意远远地跟着！——像冯文虎那样白天向你们讲革命，讲方法论，夜里却把妓女叫到家里去睡觉，我是最痛恨的！再不然，像王克家陪着爱人坐在汽车里，在两里地以外远远地跟着游行队伍，有时还得到路旁去喝点咖啡，我也是干不来的！我觉得应该时时刻刻跟着你们，应该参加进去，……但是我却常常落后了！……我很苦闷！"

"其实，您给他们的已经很多了！"董重插言道。

"老兄，也许你说得不错，我是给过了的。但是，所给的是些什么呢？我想，十分之一是渺茫的希望，其余呢，大概都该是苦闷吧？……我简直像希腊神话里所讲的宙斯的那只箱子，但里面却没有疾病，没有毒虫，有的却是苦闷之虫呵！"

杨立君又颓然坐到椅子里去了，拨着长发，沉思起来。

"把苦闷交给青年到底有什么好处呢？"他想了很久，然后说道。"我是想不出什么好处来的。让他们苦闷，让他们暴躁，却没有解开这些东西的钥匙！……但是我有什么呢？我们，除此之外，我什么都没有呵！"

"譬如有些青年问我了，"又停了两分钟，大家都不响，他接着说，"'先生，我们苦闷极了，我们想做点事情；但是我们做什么呢？我们到哪里去呢？'我没有话说了，因为我实在不知道。……他们逼得我实在无法的时候，我也许会说：'本来没有路，人走了，才成路。'请问，这是答案吗？这不是答案，我想，这应该说是遁词！……我每逢这样讲起，心里便觉得惭愧；但是再要遇到这种场合的时候，还得这样讲。这不是痛苦吗？"

陈学海听得很吃力，好像在听哲学，他想发问，却又说不出来。

"教授们帮忙青年根本是一个梦！"杨立君侃侃地又说下去了。"都是假的，有的为地位，有的为名头。……老实讲，教授便是文化人的坟墓！人到了这时候，有丰富的吃喝，有漂亮的名望，他便会渐渐地懦怯而且懒惰了！这简直是人鬼之间的生活！我现在刚刚爬上了这种生活的边沿，便已嗅到浓重的死气了！……"

"但是，您究竟帮助我们不少，我们现在已经懂得动作了！"魏玲说。

"您说的是这次示威么？"杨立君反问道。"依我看，这不行，这是情急无奈的举动！我们自己是愤激了，好像燃起了一把火；但这火还是自己烧着的，不久也就会自己熄灭。这能打动多少人呢，我要问？统治者在压迫，老百姓在讥笑，而且乡下人根本就不晓得这回事情！假若原谅我的刻薄，我可以说，这不过是自夸的伟大！"

"依先生的意见呢？"陈学海半吞半吐地问了一句。

"要下乡！不下乡，早晚是不会有希望的。……"

外面传来敲门的声音，杨立君的话断住了。进来的人是刘时。陈学海因为没有和刘时在一起过，不敢断定他是否还在病着，在他看来，刘时较之往日的样子并没有多大改变。

刘时沉默地坐在陈学海的旁边，久久地不讲话。杨立君也许因为话头被打断了，仿佛正在心中搜索着。冷风在檐下飕飗，断续地打着胡哨，又像在低声讲着人们听不懂的故事。壁角里的煤炉烧得通红，在缝隙间，可以看见腾跃的火舌，但是无论怎样，火舌是腾跃不出来的。

陈学海觉得这时心里也像有火舌在腾跃，而且也是冲不出来。他很懊恼，不该今天来看刘时。他有许多话要向刘时说；而且有许多问题，都是他近来所不能解决的。不幸的是进来就遇见这样多的人，特别是杨立君，使他感到了窘促，他真想马上就走掉。

但是杨立君的谈话渐渐又使他发生了兴趣。虽然他还不能了解；有些话却很能打动他，使他的怀疑更深，问题更多了。他觉得杨立君所说的下乡，是最有道理的，他也觉得就这样示威下去，不会有什么用处。他想问，却又问不出。就在这时候，大家都沉默起来，杨立君也像在思索着。

"你们几位还是谈下去呀！"在这大沉默之下，终于还是刘时开口了。

"杨先生方才是在讲下乡。"魏玲说。

"是，要下乡！"杨立君好像背不过书来的小学生忽然得到了提示一样。

"怎样下乡呢？"小倩问道。"像我们这样人，乡下的情形根本就不晓得。"

"但是，难得很！要问怎样去，一时还难说。我……"

"这个问题还是缓谈吧！"刘时的话像一条棒子打到杨立君的头上。"目前还有应该先解决的事情，我想，下乡该是第二步吧。"

"这……这……是的。"杨立君扫兴了。

"…………"大家也跟着扫兴了。

陈学海心里想，今天的目的是无从达到了！刘时和杨立君，一瓢水和一团火！

"将来不是还有机会吗？我什么时候都可以找他的。"他想道。但是又一转念："杨立君也是有趣的，他的话也不无道理。"

想到这里他告辞要走了，魏玲也只得起来陪他走，小倩和刘时送他们出来。

到了门口，陈学海对刘时说：

"刘先生，你的病好了吗？我希望将来还要和你谈谈，我有许多事情想请教。"

"他是特意来看你的。"魏玲补了一句。

"谢谢，已经好了。"刘时的眼光在陈学海的面上扫了一下。"不客气，还有机会，一个星期以后再说吧。这几天大家都没有工夫。"

"杨立君是怎样一个人呢？"当他们分手的时候，魏玲忽然问道。

"一个可爱的人。"刘时缓缓地说。"一个没有灵魂的革命家。"

六

古城里的人沸腾起来了！又好像刚刚解了冻的河水，冲激着，奔腾着，在寻求它的出路！同时，水流一泛滥；搅起一些沉渣，不住地在水里翻着跟头；什么时候才能安静地沉下，连他们自己也很难知道了。

杨立君这人，虽然刘时有些瞧他不起，到底却不是属于沉渣之类的。说得确切些，他还可算得一个搅动河水的人，或者说是凿冰的人，他无时不在搅，无时不在凿。但是水一泛滥，他多少又有些恐惧了！他没有"导淮入海"的能力，也没有任其泛滥的自信心，结果，他成了旁观者。

沉渣一泛起，旁观者常会说，"这不行！这太乌合！"于是他时常想着必须另开别的路。但刘时之类的主张却又不同，他们说，"在浑浊的水里到底是无法排去沉渣的，而且也无此必要。"

无论如何，沉渣到底是翻起来了，增厚了水流的声势。譬如，你看大水来了，奔腾得骇人，假若里面再浮沉着一些大木，树枝之类，不是更能增加你瞬间的恐怖吗？呵呵，沉渣的作用恐怕就是这样的。

飞机在头上响了几天，接着大群的人就在全城的大街上拥起来，呐喊，叫骂，挥木棒，挥大刀，争夺着水龙带，……这不是一件震动人间的事情吗？震动的！怎么不震动呢？急进的青年都来参加，是无须说了，就像陈学海那样书呆，也不能不抛去他的化学教科书，为了一时的热心，投进了巨大的洪流。此外呢，当然也很多，例如不愿上课的，乘机追女人的，出风头的，……都来了！你能拒绝任何人来爱国吗？在群众运动中间，是无法消灭这种现象的。刘时说道，"人总是人"，就是这个意思；无论如何，也是有用的。

这举动也深深地激动着古城中的市民了！虽是偶然，却很普遍。"一二·九"以来，在市民心里深深埋下一颗种子，大家都晓得在"闹学生"，也互相讲说着军警的如何残暴。古城中有一个游手好闲的青年，来往西单的人常会看见他，白净面皮大眼睛，长袍外面套一件小坎肩儿，脑袋上是缎子帽头，六褶的，尖尖地向上竖着；这人远看好似一把倒立着的锥子。他常在西单一带闲溜，有时也到海丰轩去下围棋。这样的人还会有爱国热心吗？谁也不相信。但是"一二·九"那天，他在西单看热闹，正赶上警察乱打人，因此挤掉了他的一只双梁礼服呢鞋。无论如何，也找不到了；因此他发起气来。他骂道：

"他妈的，简直不讲理！这不是欺负人吗？爷爷跟你们'泡'了！"

说完话，他光着一只脚，就加入群众里面去了，简直像一个疯狂了的革命家！人家喊口号，他也喊口号，遇到冲锋的时候，他也不落后，而且和警察对打！一面还在骂，"妈的，畜类！"大家都看着他发怔了。当游行完了的时候，他还喊：

"小哉！（子）回见！"

又对几个学生说，"朋友，下次还得有我！非让'狗日的'陪鞋不成！"

他楞楞地说完，楞楞地去了；大家也楞楞地看着他，说不出所以然来。这类人，当时也还有些。但，无论如何，这样的群众却也会完成了伟大的使命！这是常人可以想到的事情吗？

干部里面常闹意见，也是事实。在爱国的运动之中集合了各色各派的人，还能免得了闹意见吗？在这动乱的时代中，人们是难免有背景的。各人做事都得有分寸，若一超过，马上会发生磨擦的。比如口号和宣言吧，就很难使人人都满意；你说太左，他也许说太右，结果虽然多数的意见战胜了少数，但私见便像胶一样的粘在心版上了。

但是无论如何，示威以后，群众是越来越雄厚的。平常虽然好像没有人，一号召，便会越聚越多。这种疯狂的气氛从"五·四"以后便弥漫着这个古城，到今天，似乎是走到尖端了。

总而言之，越打击，越战争，越有力量！

但是，对于陈学海，这些意思是要费解释的。他虽然比较几个月以前总算进了步，但仍觉乌合之众是不可靠的。自从"一二·九"那天听见了路旁观众的讲话，他总觉得这个运动还不足以唤起民众。但是怎样才算圆满呢？他不知道，他没有这种能力。

偶然遇见了杨立君，他抓住了杨立君所讲的一句话，——"要下乡！"这似乎是一根针，刺破了他面前的窗纸，他觉得这讲话似乎正是他所需要的了。但是怎样下乡，他不知道，问杨立君，也没有具体答复。他迷惘了，甚至连为什么去访刘时都忘记了。他只好走出来；但是在临走的时候，却听刘时对魏玲批评杨立君说，他是一个没有灵魂的革命家。

"没有灵魂，……是什么意思呢？"在路上他也曾这样问过魏玲。据魏玲讲，那是说这种人没有坚信。譬如革命吧，他很急进，处处都嫌人家太右，只有他才是极左的；等到风暴起来的时候，只要他在里面看出一些缺点来，于是就悲观起来，对于现实便难免持着一种失望的态度。也许因为常换口味，也就常常腻烦，结果是什么都不高兴。

"这种人可以说是时代的忧郁之虫，"魏玲这样说，"他到处爬搔着，结果别人因为胜不过忧郁的腐蚀，起来战斗了，那忧郁便只好留给他自己去咀嚼。"

"这种人也有用吗？"

"有用？也许是有用的。据刘时说，他和放火的人一样，火烧起来了，他觉得可怕，远远地躲到一旁去。……结果，火是很难烧着他的，但是放火的人也要犯罪呀，于是他的环境便可怕了。这类人，常会莫名其妙地遭遇到侮辱和损害的。"

他提出来下乡的问题，她也不很懂，她说：

"我虽然是乡下的孩子，却是长在都市里的。下乡是应该的；不过我们和乡下太隔膜了。怎样做呢？我也弄不清楚，也没有问过刘时。"

但是在原则上，她同意了杨立君的话，她觉得下乡是必要的。

第二天，陈学海起床以后，这些问题一直绞扰着他，像乱丝一般，越打理越没有头路。他还没有完全好，浑身发懒，脑袋也有些昏昏的。

在他做完了早晨照例的事情之后，魏玲走进来了。

"怎么样？好多了么？"

"身上还有点发酸，脑袋也昏昏的。"

"那还得将养。"

"郭用还好么？"

魏玲好像没有听他的话，她说：

"昨天夜里又会见刘时了。他对你很感兴趣，但是最近三天之内，是没有谈话机会的。大家都很忙。假若可能，过几天我可以陪你去看他。"

"又要示威吗？可是……"

"你知道，'政委会'还是照旧成立了，骗了我们。所以还得示威！这消息，刘时不叫我告诉你。他说，'不要他知道，他的病还没有完全好，而且他很幼稚，不要吓坏他！'你知道，刘时是好意，上一次的事情你自己不是也以为很幼稚吗？……我们都是坦白人，说了也许没关系吧？……"她讲到这里，投过来乞求的眼光。

"当然没关系。"陈学海的声音微微有点儿发颤。"幼稚"，是可以用来自谦，却不能从别人的口里讲出来。一向谦虚的陈学海，也不免感到了突突的心跳，耳根也发热了。但，无论如何，陈学海到底还是陈学海，羞愤的火渐渐烧出勇气来。

"我还得干个样儿给他们看看！"他心里想。

"你不好过吗？"魏玲似乎看见了他的感情。

但，陈学海的感情渐渐平息了，他说：

"本来没关系。上次的事情自己也觉得可笑，批评是应该接受的。"

"其实，那是爱护你，是好意，怕你经不起一再的打击。你不会误解吧？"

"误解是不会的，"他决然说，"但，我还是非去不可！我想锻炼还是越多越好。"

"那你的病……"

“我想不会起不来的，只要能起来，就得去！”

“又是感情用事了！”魏玲自己却也好像要“感情用事”了。“好虚荣，怕羞，都是小资产阶级的行为，我们是要克服的！”

不错，这个“克服”字眼，陈学海老早就听郭用讲过；但是怎样克服呢？他想，“我不是小资产阶级是什么呢？”

“谈不到什么感情用事。”他用掩盖来替代“克服”了。“我只觉得应该去，不能失掉这个好机会！一次做不好，二次还得来。”

“病不好完，就不许去！”她似乎在发命令。

“那……当然。”他勉强地答应了。

“游行的时候暂不派你职务，你还是随时参加好些；你好了，马上再把职务交还你。”

陈学海在楞楞地想。魏玲的话里是否还含有其他的意思，他无从探索。……他猛然想起一件事，几乎笑了出来，问道：

“到底是哪一天呀？”

魏玲也笑了；争论了很久，还不知道是哪一天！她说：

“说是后天，十六，我明白地告诉你；却不要对别人讲，这消息还不能发表呢。……但是，病不好完，却不许去，你也应该对得起我。”

到现在，魏玲的话还和从前一样，常常感动他，而且都像从内心的最深处翻出来的。他没有理由可以说明为什么魏玲要对他这样好。她爱他吗？当然不会！她有一个郭用，陈学海知道得最早，最清楚。……但是近来提起郭用，她并不发生兴趣；陈学海看出来了，却又讲不出所以然。

“就是吧，你放心好了！”他也有些感动的样子。

“好，我去了。”她一面往外走，一面说。“千万不要感情用事！”

刚刚走到门口，王良佐从外面冲进来。

“你好！密斯魏。”他深深鞠躬了。

“您好！对不起，我要走了。还请您照护一下小陈，他的病要是好不完，无论如何也不要他出去！明天我不能来。”

她一点头，便不见了。

"她永远像一只猫！"王良佐笑着坐下来，解开他的皮鞋带。

"下次游行，她不要我参加呢。……"陈学海垂头丧气地说。

"没关系。"王良佐倒是满不在乎。"其实参加一次也就够了。那天的苦子还不够受吗？……要说表现民意，一次还不行？'再接再厉！'哼，像上次那样还算福气呢！……牺牲！哼，牺牲也要值得呀！……"

"我想，还是应该再有一次好。"陈学海用第三者的口气说。"再让日本人和他的奴才们看看！"

"看看？"王良佐轻笑地说，"早已看过了，上星期那个大示威，得到了什么反响呢？……你尽管示威，对谁呢？也不过是对那些保安队！汉奸们呢？还是照旧进行他们的阴谋，'政委会'还是照旧成立！"

"因为这样，才需要我们反抗呀！"

"反抗！反抗了什么？他们会因为示威就不干了吗？……"王良佐有些激昂了。"你看，我们示威，他们照旧成立了，而且是'奉令'！哪一个能够跑去把他们揪下台来？他们深深蹲在窝里，外面围着层层的大兵！"

"但是，也得要求释放被捕的人呀！"陈学海似乎在闪避王良佐的锋芒。

"要求就会释放吗？谁说的？……傻子！不会呀！释放的手续不是这样；那得要取保，具悔过书，……然后才能出来。这样硬干，我想，不过是增加监狱里的人数！"

这套议论，对于陈学海，也是颇为新奇的。王良佐平时并不是一个坏人，也不是一个胡闹的人，他不但不串八大胡同，或拉着胡琴唱京腔，甚至电影场也不常去，……他的嗜好只是划划船，或者在放假的时候多少打几圈麻将。这样人在一般学生里并不能算是坏的。他永远是老成持重，凡事不肯得罪人，不肯轻举妄动。现在他对陈学海这样讲话，其实也是爱护他的；他爱护他，看近几天来他怎样专心看护他的病，就可以知道。但是这番话不会使陈学海感到多大兴趣；却也没有反驳的能力。

"这样说，你是不想去了？"陈学海的眼睛钉着王良佐。

"自然，到那天，我想躲起来，否则很不好意思。……我想到吴慧那里去打几圈；你要想去，也可以到那里消遣消遣。"

"我不能去！"陈学海觉得王良佐这话却是不可恕的了。但是他对自己的确不算坏，……所以，无论如何，他也不能骂王良佐"毫无心肝"！他只好把话头掉转来说：

"身体若不好，我还是在这里休息吧。那里我多半不认识。……不过我还是希望后天能够出去。……"

"唉，……"王良佐叹息一声，不再讲话了。

直到黄昏，陈学海还是闷着，好像在想问题，又想不出所以然来。魏玲和王良佐的影子在他的心里角斗，他无法决定后天是否应该参加示威。他想到监狱里面有许多人在无声地垂着泪，也许有些不怕死亡恐怖的人，在唱着歌。……

"他们应该早些出来，他们没有罪！"但是王良佐说，必须要悔过；魏玲却又主张该用群众的威力讨他们出来。……他昏乱了，没有主意。魏玲说过，"明天不来了！"他好像一只失了舵的孤舟。

夜里，他再也坐不住，只好到大街上去走。大街上冷清清的，这是冬夜的一般现象。电灯像一群眼睛似的，在远处近处闪耀；抬头看，不见星子。夜风似乎用所有的力量在吼叫，远远传来一些微弱的声音，像哀诉，像呼唤。禁不起夜风的吹打，他转身回来了。

走进宿舍，王良佐还未回来，日间的鬼魅也似的思潮又爬上他的心头了。直到夜深时候，他还是无法自决。

但是他的矛盾终于得救了。第二天早晨，他不能起床，热病又反转来了。

这一天，除有王良佐看护他吃药之外，什么事情都没有；除了王良佐单纯的讲话声，什么声音都没有。王良佐抱怨地说：

"不听话么？看，又病了！哼哼，明天千万不要出去吧！"

陈学海不说话，默默地望着他。

次日早上七点钟左右，陈学海醒来了，身上有些发松。外面已不像早上那样喧哗。王良佐站在镜子前面系领带。他听见陈学海醒来了，转过脸来说：

“不要动了！”

“人们呢？”

“他们都到操场里去集合，马上要出发了。……我回头出去一下，你不要动了。”

陈学海有些着急，抬起身子来，还觉有些发酸；他似乎想起了什么，叹息一声，又把脑袋放在枕头上了。停了一下，他问道：

“你是到吴慧那里去吗？”

“转一下就来，……还要看护你的，打麻将吗？那倒未必。……呵呵，转一下就会来的。”

王良佐的声音很不自然，陈学海便不肯再说什么。他一面觉得说了也无用，一面却也不好意思得罪他。

他眼看着王良佐披上大衣走出去了；不知有一股什么力量在压着他，使他抬不起身子来。他闭上眼，觉得微微有些发酸；他想，还是不去吧！是他们允许我的，不是我……

忽然外面人声鼎沸起来，有的在高声讲话，夹着低微的笑声。不知是谁还在单调地哼着“大陆”歌。……脚步是零乱的，好像同时往地下乱丢一些什么东西。……陈学海心里明白，这是队伍由前门出发了。

“不去参加到底是应该的吗？”他又沉吟了。他开始考量，他所以不去到底是为着什么？关于这只有自己心里的结论，才算靠得住。——他告诉自己说，是为了怕！“为了病”，理由不也是很充足吗？他想，“这未必！”病人遇到大危险，绝不会毫无所动，总得要拔脚跑开的。人家劝他，或安慰他，那是人家的事情；最后的决定还该在自己。

“这样还能接受孩子们的赞扬吗？”但想起那个大女孩子的玲珑的眼睛。“说不定她会在街上到处搜寻我的。我想，她不死，今天一定还会出来的。……”

十分钟以后，人声消逝了，留下空虚在院子里，在陈学海的心里。

“他们不要我出去是好意吗？”他又继续想下去了。“不，不是的！他们是在讥笑我，刺激我，把我看成一个不懂事的孩子！我应该认为是耻辱的！他们一面不要我出去，转过身，也许彼此做着鬼脸说：'那小子，他怕了！'他们也许要把我当做例子，去教训他们的同志吧？"无论怎样，这是很难说的，很可能的。他觉得不去便是上了他们的当。

抬抬头，到底还是有些晕，他挣扎着坐起来，身上还不觉怎样，只是有点松懈无力。感冒大体是退去了，他想，也许只欠着复原了。他慢慢地走下床来，伸伸手和脚，觉得除了松软之外，还没有什么。他决心地说：

"我还是追他们去！"

于是他赶紧把衣服穿好，为了免得再受凉，脖子上加了一条厚围巾。来不及洗脸刷牙，只用湿手巾揩了揩眼睛，便匆匆地走出去了。

走到街上，冷风迎面吹来，他打了一个寒噤。天气虽然比九号早上好得多，太阳较温和，风也不大；但是对于久病初愈的陈学海，无论如何也得要尽力招架的。他不能快走，只好一步一步地向前拖去。

大街上照旧没有多少人，电车也没有，铁轨像四条细长的死蛇，静静地躺着。新街口没有大刀队，像平时一样，刚刚开了门的绸缎店，冷清清的，门口站着一群掌柜和伙计，无目的地张望着，好像在呼吸新鲜空气。一切似乎是都照常，都太平。

"难道今天没有事情吗？"陈学海心里疑惑着。

但是，他走过太平仓的西口，情形便不对了！沿路上，乱丢着许多木棍和纸片，大的小的，扭断了的，撕碎了的，像许多残毁的肢体，呆呆地望着他！那些破旗子上面还留着字迹，例如，"帝国主，……""打倒孙……""日本鬼子，……"。陈学海心里明白，游行队伍是从这里走过的。

"他们已在这里发泄过忿怒和咆哮了！"他心里想。但是他们是否也留下了血呢？他尽力地在柏油路上搜索，像猎犬搜索野味的踪迹似的，……但结果是找不到的。柏油路上好似刚刚跑过一大群猛兽，光光的路面上，依稀存留着无数重大的蹄迹。

"他们已经奉行过伟大的使命了！"陈学海的叹息藏在心里。他四外看去，路边上的行人还很多；但他是毫无感觉的。和往日一样，生活之网掩盖了他们的眼睛，他们看不见脚下的路是怎样被前人走出来的。他们想不到，而且也用不着去想。"唥……唥"的汽车飞也似的过去了，荡起了尘土，然后又慢慢落下，遮住了那些伟大的遗迹。……破旗子和破杆子，被车轮下面的旋风扫开去，扫到路边上，扫到巷子里。……总之，时间一久，什么都改变了，什么都平常了，像沧海变了桑田一样，现在我们谁还能想到立足的地方曾经做过古昔的海底呢？

陈学海一面想，一面向前走；他简直忘记了这是在走路，倒似乎是在思潮中挣扎着他的病弱的身子。他心里漠然地感到一点微痛，"他们都在冲锋了！"无论是魏玲，任可中，……他认为他们都在开始遗弃他！

"他们嘲笑我！我是不配革命的！甚至爱国！"他似乎有些忿怒；但不久就平息了，"应该原谅他们！他们都比我勇敢得多，我多少是有些胆怯的。……要用事实征服他们！"

西单牌楼一带很混乱，通衢的四角都拥挤着人。许多警察往南跑，许多学生往南跑，许多看热闹的人往南跑，……陈学海倒有些莫名其妙了！这是过去了，还是没到呢？……最后他想大概是前面出了事情。

他拔步往南便跑，头还有点重，身子幌来幌去，脚底下似乎失了根。但他并不栽倒。也许是过于拥挤的原故，有时他往旁边歪下来，马上便被人挡住了。

终于他看见了大队群众从宣武门排到头发胡同口。

他溜着边路往前挤，在这样大冬天里，四面都是汗腥气。铺子里的掌柜都站到门外来，他们似乎忘记了"生意"，好在脚下穿着"毡窝儿"。久久站着也许不会觉得冷。

"今年是闹学生的年月呀！"

"谁说不是！您看那些小孩子，耳朵都冻红了！"

陈学海让过这些刺耳的声音，来不及去看这些人的面孔，急急地走过去。两分钟以后，他到了城门边。

吓！真是奇观呀！这一队人数并不算很多，他们沿着电车道排开去，像一条蜈蚣。城门口的人挤得比较厚些，好像蜈蚣头，多到数不清的蜈蚣脚，到处蠕动着。陈学海看得很清楚，这里面没有他学校的队伍。他不晓得这群人为什么偏要钻到这里来，好像寻求光明的人走进了牛角尖，——迎面的是一个黑黝黝的城门洞和一片黑黝黝的城墙。

这些人照样喊口号，唱歌，叫骂，挥舞着旗子；但是却又前进不得。

"他们到底是为什么呢？"陈学海怀疑了。他们为什么蹲在这个角落里呢？没有人能够解释。在群众的喊声中，他听到了"冲开！""打出去！"……打出去做什么呢？……

不久，事实告诉了他，外面也有人在砸门！外面的人声虽然比较模糊，听那样子，却也很不少。他们好像用什么笨重的东西在冲撞，但那门，却又屹然不动；大概造门的时候，就不打算随便被人冲开的。锁钥常在里面，却又有八个保安队把守着，他们的手里都有刀。"不会冲散他们或者连刀也夺过来吗？"但是在这一队里，已经没有夺水龙那样的勇士了！陈学海心里突突地跳起来；他伸了伸胳膊腿，还是无力，而且他也失去当日的勇气了！

"看呀！……上城了！……唉呀，丢砖头！小心打破脑袋呀！"吼声从四外飞来，陈学海吃了一惊。抬头看时，已经有五六个学生从外面爬上城墙了，他们在搬城砖？要往警察们的身上丢。

警察都退到门洞里去，群众也往后面退，站在路中心看热闹的也向两边跑开了。就在这时，北边远远的跑来了一大队武装保安队。他们带来了大刀，带来了冷风，也带来了恐怖！

他们一面口里喊着"解散"！一面由队伍的两面包围起来，向着城门那面冲。看热闹的人四下乱跑，有几个孩子被挤倒在路边；街中间的队伍，显得有些孤单了。

当他们冲到头发胡同口时，队伍里的旗子有些散乱了，但马上又归于平息；因为他们顾不得赶打路上的人，忙着扑奔了城门洞。陈学海看得清楚，他们的目的不过是去增援把守城门的保安队，暂时是没有赶散队伍的企图的。

城上又喧噪起来。

"冲上来呀！你们这些家伙！"

"还是那一块大些！"

“用力摇呵，老鳖！”

“妈的，等我去打那些狗！”

爬上城墙的有几十个了！他们光叫喊，砖头却丢不下来。那砖头好像太大，半天才弄下一块来。原来的警察和保安队都散到路旁去，一面在赶闲人，把城门洞留给新到的同伴们去填充。

人群里一阵大乱。“丢呵，丢呵！”果然两块砖头抛下来，一个保安队抛了他的大刀倒下了，另外一块砖落在大路旁，滚进阴沟里。

“打得好！哈啦！”有人在大叫了。

“那一块太偏了！再瞄准些！”

“妈的！真笨！”

“…………”

地上的保安队被扶起来，伤势大概不重，蹒跚着被拖到一边去了。于是，一群保安队紧紧地挤到门洞里，一个一个贴起来，像“贴饼子”。

“丢呵，丢呵！”下面有人喊了。

“你又不瞎！不出来怎样丢呵！”城上人焦躁地喊。

“我的姥姥！哪个兔崽子才敢出去咧！”门洞里仿佛有人在这样骂。

“伙计们，冲呵！”上面的人叫了。

下面又是一阵动荡，但是不敢冲。保安队都把大刀亮出来，在坚守着这个要塞。

“打倒日本帝国主义！”

“枪毙……”

尽管喊口号还是无用。这边冲不进，那边出不来，上面的砖头不敢丢。大家都在搓手，没办法；陈学海也在搓手，没办法。

一个戴茶镜的老头子躲在电线杆子后面喃喃说：

“妈的，活了六十多年，没见过！没见过！”

大家就这样呆着，渐渐打起抖来，忘记了自己是在做什么。

陈学海渐渐觉得两腿有些发麻了，颤也颤的。做什么呢？他插不进手去。要在平时，他也许会冲上去试一下的；这时却不行，他没有那样大的力气和胆子。

半点钟以后，大家还在搓着手，陈学海也在搓着手。

"这大概成僵局了。"他终于这样想。抬头看，太阳已经偏向西方。人们饿的肚子里咕噜咕噜地叫。铺子里的掌柜们，不知什么时候吃了午饭又出来站街。有些小学生走到路边上要买吃的；但是哪里去买呢？饭摊子，卖糖包儿的，卖烧饼的，甚至卖花生的都吓跑了！……警察们在路边上逡巡着，肚子里也是空的。

陈学海的肚子里也是咕噜噜地叫。他感到无聊，其实是难受了。他猛然想起，这一群并不见得就是大队，明明是打接迎的。待了半天，刘时没看见，魏玲没看见，甚至连半个熟人也没看见，恐怖的影子掩上他的心头了！很多很多的人说不定在什么地方演着怎样的惨剧呢！

"真是大混蛋！"他自己诅咒说。"在这里干什么呢？应该找他们去！……先找点吃的再说吧！"他的肚子里又咕噜起来了。

陈学海转过身来往北走，两只腿没有力气，身背后好像有一块冰从上面往下溜。太阳光把人影投在路边上，像蠕动着的虫子。十分钟工夫，他离开人群远了。

忽然一群人挡住了他的去路。这群人都向着一面挤，好像正月间看耍猴戏的。他推开人们看时，里面是一个二十岁左右的男学生，一个十一二岁的女学生，他们大概是从队伍里溜出来的，那女孩还拿着一面小旗子。他俩张望着，眼睛直勾勾的大概是饿了。铺子里吃得红扑扑的掌柜好像会意了，打发小徒弟拿出两个馒头来，交给那个大学生。

"我还不饿呢！"他说。"给她吃吧！"他指了指那个女孩子，便把头扭过去了。

"我饿吗？我才不饿呢？"她望了望那个大学生。"他累了，他是应该吃的。"那个女孩子也不要。再让她时，她的眼圈都有些红了。

小徒弟被逼得没有办法，强着把馒头塞在大学生的手里，回头便跑了。

大学生没有办法，拿着两个馒头望着小女孩子说，"你吃吧！我不饿。……而且我还可以买的。"

"我不要！你吃吧！"女孩子声音里带着呜咽了。

陈学海看得很清楚，这两个人都是需要东西来平息饥肠里的火焰的。

两个人还是固执地推让着，甚至推让得不近人情。

路上的人们都奇怪，拥挤地来看这人类中间的新闻。一个警察远远地跑来了，他疑惑这里又在开会。

一阵皮带乱抽，人群散开了。警察站在那里也是在发怔。

"我们拿去送给警察吃吧，他也辛苦大半天了。"男学生说。

"好吧！"是女孩子的声音。

馒头当真送到警察的面前了！警察呆在那里像一根木头桩子。

突然一阵痉挛穿过陈学海的全身，这件渺小的事情使他感动得要滴下泪来，他站不住了。

"没见过的事情多得很呵！"他感叹地想。"而且还都是青年的孩子！"

他不敢再看那个大学生，不敢再看那个女孩子，甚至连欣赏那个警察的好奇心也失掉了。他拔脚便走。

像被什么刺着了一样，他的心强烈地作痛了。这种不能解释的事情，像一种病菌在攻打着他的身体，战败了他那火一样的饥饿。他不想再吃什么东西了，虽然还在玩味着饥肠里咕噜噜的音乐。

"只有这时候才能看出人类真是良善的动物呵！"他悄悄地叹息着。"此外，便都是自私，自私！……不错，爱惜性命也是自私的！……复兴民族，这些人多半是不可靠的呀！……譬如我，……"

他这时当真打算马上走回去，冲开门洞里的保安队，把外面的人放进来。……但是迎面跑出来一个人，和他撞了个满怀。

他定睛看时，原来是谷静。这个小家伙还是像平时一样的好玩，衣服很整齐，那一张苍白的脸在漆黑的发卷下面更显得漂亮了；还是那个小鼻子，还是那一双炯炯的小黑眼睛。这个小家伙抖擞着精神，好像刚刚吃过了饱饭。

"他一定没有参加！"陈学海心里想。"他是在亲戚家吃了酒席来的。……"

陈学海近来不大高兴谷静，这个小家伙太调皮；但是今天他却好像遇到了最好的朋友一样。

"哪里来，小少爷？"他拍了拍谷静的肩膀。

"东城。"今天谷静的脸色倒很严肃。

"参加了？"陈学海有些不相信。

"是的。"谷静的口气是窘促的。"……但是我看事不好，便老早逃了。"

"我说你身上怎会这样俐落呢！"陈学海似乎要报复了，但，他又想，这是不应该。于是改口道，"情形很坏么？"

"当然，比上一次凶得多！"

"还是水龙吗？"

"水龙倒少了；大刀却多了！我们走到马莱松北口时，他们四面八方冲过来，一律是大刀背！……我跑开了，绕了很多胡同，结果才来到西城。西城的队伍呢？"

"等一等。"陈学海拦住他。"有多少受伤的呢？你看见刘时和魏玲吗？"

"谁晓得！乱打人，乱捕人。今天被捕的人太多了！我没有看清楚。……魏玲也许被捕了！"

"也许吗？"陈学海的心里紧张起来。

"只能说也许，因为我没看见，听人说的。"

"我救他们去！"陈学海说着就要走。

"不要忙，傻子！那是上午十点多钟的事情。现在已经下午两点多了。"

"我总得去看看！"

"大队也许还没散，也许转到东北城去了，马莱松绝对过不来。可是西城的队伍在哪里呢？告诉我呀！"

"在宣武门，饿了一天了，你去看看就会知道。……你吃饭了吧？"

小谷的脸一红，说，"我吃了。"停一下，他又说，"我替他们买吃的去。"

小谷进了包子铺，陈学海转弯向东走下去了。

"往哪里走呢？"他心里想。"往东吗？马莱松过不来，也许到东北城去了。"

终于他决定穿过紫禁城，往北新桥那一方面来。

他走着，街上平静得如无事一样。太阳渐渐西偏，冷风有些嚣张起来，寒气冲散了他的胃火；肚子里一发空，两条腿更加无力，他渐渐不能支持了！走进南长街的时候，他只得吃了两个芝麻酱烧饼！

两个烧饼的力量支持住他的两条腿，他很起劲地往前走，精神似乎渐渐恢复了。他恨不能马上就赶到北新桥！北风吹得更加劲，太阳显得昏登登的。幸而他有厚围巾，还不觉怎样冷。

经过很多的时候，他到了景山背后，过了一座石桥，忽然听见前面一阵喧哗，杂乱的脚步声响成一片。在晚光中，他看见大队的人由北面大街冲出来，又转向东南走下去了。

他紧走几步，想着赶上他们；但是他们转过红墙就不见了，远远传来了阵阵的喊声。

他勉强挣扎到大街口上，已经没有人了，只有那景山的亭子，蒙眬地向他窥视，带着鬼气。

他失望了。"追呢？还是不追呢？"疲惫的他犹豫起来了。就在这时，他发现路旁树下仿佛坐着一个人。

走上前去看，几乎使他惊跳起来！是刘时呵！他这时完全忘记了大队，专心注意在这使他的灵魂常常动荡的人物的身上了。

"刘先生，你受伤了吗？"他去搀扶他。

"等一等，让我休息休息。"刘时摆着手喘息着说。"……我没受伤，谢谢你。"

"他们呢？魏玲他们呢？"等了一阵，陈学海着急地问道。

"魏玲被捕了！他们揪着头发把她拉到囚车里去了。那群狗！"

“………………”陈学海的身子幌了几幌。

在晚光中，他看见刘时的眼睛和面颊一样的红了。他的心里好像扎进了一把锥子。

“我们还得想法营救他们！”刘时的声音是颤抖的。“任可中也受了伤。……呵，受伤的人多了！被捕的也在一百以上。”

“你还……”

“我又吐了血。”刘时的眼睛好像失去了光辉。“实在跟不上大队了！你没看大队方才绕过去吗？已经没有多少人了。城外的人还是没进来。……西城怎么样？今天不让你参加，怎么你又出来了？……”

陈学海不敢把详情告诉他，恐怕发生意外；只是简单地说，“还是在那里相持着，现在也许散了。”

刘时点点头。许久，才又说：

“大队不久也会散的。原来说，要冲到天安门才解散，但是谁晓得呢？……我们是追不上了。”

“你是要找个地方休息一下的。”陈学海勉强地说。“到东城去吗？我送你去。”

刘时摇摇头，然后说，“你也需要休息了，回去吧！停一下，我自己会走的。”

“不要紧，我一定要送你去，你是不能自己走的。”勉强地扶起刘时，挽着他向前走。

“到操场大院贾家去吧，有人在那里等我，门牌我晓得。”

于是两人沉默着慢慢地前进；街旁初放的灯光把两个硕长的影子淡淡地投在马路上。

七

恐怖像一片乌云，笼罩了这将死的古城。不久之前，因为连着降大雪，麻雀都冻死了。成群的乌鸦，为了饥饿的原故，在空中互相火拼，先落下的是羽毛，后落下的是死尸！"这是不吉的兆头呵！"白胡子的老头儿都这样叹息了。"庚子那年，不错，闹'红灯罩'那年，是这样的，是……"总之，他们想，这是天运，人们的劫数又要到了。"没有真龙么？"另一个老头儿感慨了。他年青的时候，是"太平天子坐龙庭"的。现在呢，龙归大海了！好年月该不多了！

是的，这又是一个人杀人的年月！

人杀多了，手也会废的。但，这也不然，他们会另外抓去一些关起来，留待慢慢地去杀，正如神话里面的巨人，抓了人关在山洞里，留待慢慢地吃掉一样。

"一二·一六"以后，医院里的病床躺满了外科病人，囚牢里挤满了无名的罪人，……然而还是要抓，仿佛故意要挤破监狱的门窗和围墙一样。这真是人间悲壮的滑稽剧呵！

悲壮的滑稽剧就是这样支持着，全班脚色都动员了！嫌疑最重的各学校都派警察严密地把守了，侦缉队化装做学生模样溜到宿舍里乱翻东西，甚至乱栽东西。有些被认为捣乱分子的，都不敢回去睡觉，剩下的只是些"无辜"。但是凭着"无辜"也并不可靠，他们也常在深夜里被喊起来，受检查，受盘问，而且有些从这晚就无端的失了踪。公寓里，闹得更凶，掌柜都急得哭啼啼的。许多学生悄悄地不见了，大概都欠着他的账，留下的只是一床破被和几堆破书。新的客人也不敢来，掌柜的日子真是不好过呵！

谣言和雪花一样，满城的飞。今天说捉到了几个共产党，明天说绞死了几个学生；接着又传说当局是如何地宽大，每天总有几十人是被释放的。但，这也不过是大家说说，真有人看见吗？谁也不晓得。恐怖主义者是善于制造恐怖的；造谣的人也是善于辟谣的。不足怪。

无论如何，几个学联会的机关是被抄了，许多名单是被搜去了，许多无辜是被捕了，C大就这样胡里胡涂被捕去了整整一班学生。全班被捕，不能说不算世界珍闻；但还好，其中有三四个人漏了网，什么理由，没人能够讲出来。但，这种动人听闻的消息还能逃过新闻记者的嗅觉吗？然而，报纸上是什么也看不见的。

恐怖呵！但，为什么要恐怖呢？没有学者来研究它。素有社会兴趣的人们，早像老蚌一样，深深藏到硬壳里面去了。文化人，特别是前进的或乖僻的文化人，这时也过分地显着灰色与和气；讲演会不敢去，座谈会更不敢出席了，甚至走在路上，也觉得背后有人钉着他。什么原故呢？是不能解释而且也不便解释的。

总之，恐怖蔓延在古城里，像病菌。走进狱里去的人们，自然是染了时疫；没有走进狱里去的人们，也染着时疫。

冯健行进去了，袁为恕进去了，小许进去了，吴智进去了，蒋达进去了，魏玲进去了，还有许多别的人进去了，……但是，陈学海却没进去，好像是上帝的旨意一样，故意留下他这一双眼睛。

陈学海当天把刘时送到贾教授的门前，他并没进去。他向刘时推辞说："不必了，我要回去睡觉的。"

其实，这时候他不仅挂念着魏玲，却也恨着董小倩。他想，刘时累得这样不堪，她却不知钻到哪个炕洞子里去了！女人是靠不住的，他还是这样想，早晚是会害了他的。

但是，想到魏玲，他的耳朵便微微发了热，他失去评判的能力了！"还是不想吧！"他逃避着；但是魏玲的影子永远在缠着他。

"这是郭用的事情呵！"他似乎在向自己辩驳了；但是不行，一闭眼，魏玲又站在他的面前了。

这一晚，魏玲的影子使他欺骗了刘时，他并没有睡过觉。但是他的病却渐渐好起来。

沉闷呵！一连几天都是沉闷。宿舍里也是沉闷，沉闷得连一个鬼影都没有。王良佐也溜了，不知道是为了打牌，还是为了害怕。一出去马上就听到恶消息，但是他自己却并不害怕，狱里溜溜也算不了什么，吃点苦也是好的。但是命运好像故意和他作对，偏偏就没有人来捉他。他有些愤怒；但，这是没有理由的，捉人的人是有自由的，没法子！

关于魏玲，他想也许很严重。怎样救她呢？没有法子想。谁也不到学校来了，想是为了怕；风声太紧，他也不敢去找他们。他几次想去看表叔，又怕落了圈套；表叔是精明人，而且也无法开口。

他闷着。这样一个喜欢读书的人，竟会拿不起书本来！

"这生活是会使人疯狂的！"他几乎整天这样想着。

第四天早上，陈学海刚刚洗完脸，门声一响，闪进一个人来，还没等来客把皮领子放下来，陈学海已经认出是郭用了。

"小陈，好久不见了！"来客很快地把皮领子放下来。陈学海看见他的面孔有些苍白，他走上去和他握握手。

"为什么不出去走走呢？"郭用问道。

"不舒服。"

"病了吗？"郭用有点儿发神经的样子。

"也不过是感冒，现在已经好了。"

"好了，……很好。你晓得玲被捕了！"郭用的语音很重，随着就颓然坐在椅子上。

"真是不幸得很！"陈学海不肯把真心拿给郭用看。

"呵，不幸，……其实还算大幸呢！她还没有受伤，脸皮都没有划破过，而且我晓得不久就会放出来的。"

"真的吗？"陈学海想要跳起来，但是他赶快收敛了。"那倒好，你怎么晓得呢？我听说，捉进去是难得放出来的，有些也许要杀掉呢。"

"不会的，老兄弟！人家不会比你再傻。关起这多人怎么办呢？就说冷馒头吧，每天也要很多！杀，不是容易的。……自然，犯人们也会暗暗地杀掉自己。"

"魏玲……"

"不要急，听我说，玲是不要紧的，会出来，不过是迟早问题。她的姑父和公安局里的人都很熟。"

"我真佩服你，丝毫不着急。"

"着急吗？不中用的。……而且她也时常伤我的心！从前还好，很听话，也能读书；后来便渐渐参加起行动来了。我劝她，等等看，现在还不是时候，还得研究；她却死不肯。也难怪，这是时代呀！有时她还要拉了我

107

去，批评我'思想左倾，行为右倾'。……这次让她尝尝吧！……但是无论如何，她总是可爱的，我不能离开她。"

"你敢保她准能出来吗？"陈学海来不及分析郭用的心理，一心注意在魏玲身上。

"会出来的。出来以后也许会好些，碰了钉子的人总要痛惜他的创伤的。"

陈学海开始感到郭用的矛盾了。"他和魏玲终久是不会在一起的！"从前郭用也劝过他，现在证明了那些话都不是出自本心。此外，他又佩服郭用的镇定，好像魏玲并不是他的爱人一样。

错综的思潮压迫着他，他无言了；他几次想着打破沉寂，但是没有效，纷乱的思想逼得他变成沉默了。

"你晓得谷静也被捕了吗？"郭用缓缓地说。

"是小谷吗？"

"还有谁？前天夜里的事情，在他们学校的宿舍里。"

"可能吗？"他想起这孩子本来是"吊儿郎当"的。"十六那天我还在街上看见他！"

"也许那就是最后的会面了！"郭用笑着说。

"为什么捉他呢？"

"听说是为了一本书，而且闹得很严重。"

"是不是关于主义的书？"

"那还有什么说的！……小谷那家伙向例不看那一套，他不过时常好看小说，不是用功的孩子。真的！他连《大众生活》都没有。……"

"到底是什么书呢？"陈学海很不耐烦。

"到底是一本《红百合》。"

"《红百合》？"

"对了！《红百合》，是法朗士作的。"

"我不懂，这像一种花名；……但是里面讲些什么呢？"

"是一本小说。"

“是红色的小说吗？像《铁流》那样的，像《毁灭》那样的？”

“不是。完全不是。那里面简直没有革命一类的事情。”

“那不是毫无道理吗？”

“这年头谁还讲道理？但……也不过因为这百合是‘红’的而已，假若是‘白’百合，那就没事了。”

“唔，……他们就不打开看看吗？”

“傻子，衙门里的人有这大工夫吗？他们不管弄到一本书或者什么东西，只要人一捉来，而且有证物，于是便用一张纸包起来，上面写上‘证物’两个字，丢到柜子里便算完事了。他们永远不会重查的。”

“那么，这个人岂不是冤沉海底了吗？终于不能释放了吗？”

“释放倒有，却与这‘证物’无干。……那不过托出人情，或者花了钱，然后取保，也许玩个新名堂——写一张悔过书，就出来了。至于严重的政治犯呢，只好等他那一派抬头了；假若再握了政权，自然会恭敬地请他出来的。”

郭用打了一个呵欠，两手往上伸了伸，然后用右手从袋子里取出一个灰色烟匣，大拇指一顶，就从匣角上跳出来一支纸烟，他便忙着拿出来衔在唇间。然后又掏出来他的“自来火”，——陈学海懂得，里面是盛着煤油的，——再用大拇指一按，发出一股火来，于是郭用的嘴里冒烟了。嘴里一冒烟，那股火便又被关在盒子里，熄灭了。郭用贪馋地吸着烟，用力地喷到顶棚上去。屋子里寂然了。

陈学海机械地望着这些细微的动作，心里想着别的事情。他看见一片纸烟灰落在郭用的臂上，稍停又落到他的亮晶的皮鞋尖上去了。眼前渐渐失去了郭用的瘦长面影，出现了一间龌龊而且黑暗的牢狱。——魏玲蹲在一个角落里，蓬着头发，颊上的苹果色已经失去了；谷静的面色再也没有平日那样的干净和活泼了，仿佛有无数虱子在他的头上身上爬。……

倏的眼前一亮，一切幻像都消灭，面前还是坐着带眼镜的郭用，他又在擦火点着第二支纸烟了。陈学海搔搔头，问道：

“他们能够很快就出来吗？”

"那难说。"

"你不是说魏玲……"

"那得有人情。一般是没有那样快的，就是拿错了，也一样，他们惯会说，'有错拿没有错放的。'玲呢，我想，他的姑父会帮忙；小谷就难说了！至于别人呢，我更不知道了。"

"咳，坏得很，坏得很！"陈学海问了半天，没有结果，只好叹息着，咒诅起来了。他想，人家平日都在恭维着自己是勇敢的；但现在，人家却牺牲去了，自己却还是舒服地活着。泪水在眼眶里面打转了，他感到了耻辱。

"为什么不把我也捕了去呢？"这句话忘情地冲口而出了。

"那自然不会。"郭用说。"那是有道理的。"

"什么道理？"

"你自己会想得出来的。他们敢捕你吗？他们只要有人就行。北平的学生多得很，他们犯不着来捋虎须的。"

郭用笑了，但是陈学海仿佛并不理会，他在出神。郭用的话伤了他，若讽若讥的，简直使他不能忍受。他坐在那里，心里像有一团岩浆在夺路向外喷射。但是无论如何，他是一个能忍的人，而且郭用一向对他摆着老大哥的架子；他不便翻脸。终于他把怒气咽下去，尽力装出微笑的面孔道：

"他们也没有捕你呀！"

"是。那是另有原故的。"

"也是不敢？"

"哪里！"郭用晓得陈学海的用意了。"我并没有什么靠山。"

"怎样呢？"

"我早有准备。……而且我也不过是一个研究家。"

"你那里到底没人去过吗？"

"我那里？"郭用的眼珠子转了几转，说。

"公寓呀！"

"你还以为我住在那个公寓吗？"

"搬了？"

“当然搬了。”郭用好像自负地说。“我忘了告诉你，对不起！……不搬，那还了得！我那许多书！”

“书也搬了吗？”

“烧了！”

“烧了？真可惜！我还想借几本看看呢。”

“现在不是看书的时候呵！用不着！”郭用毫不在乎地说。“留着是累赘，不如烧掉好。”

“你自己呢？”

“住在朋友家，等等看，太平了再租房子吧。……这几天似乎已经缓和些了。”

“我看你太没勇气了！”

“这不能怪勇气，这是见机。”郭用燃了第四支纸烟说。“人家做什么，我们也做什么，没错！但是严重时候一到，应该赶快退下来，偷偷地一隐，这叫做蓄锐待时呵！”

郭用很自然地说着，并不觉得可羞，而且带着微笑。陈学海感到一种无名的怒气在心里冲激，他觉得郭用这样讲话，太没面皮了！他感到苦痛，甚至替魏玲感到苦痛了。

“这真要使魏玲伤心呵！”陈学海心里想，“我一定要对魏玲讲的，她应该抛弃他！其实他已经等于抛弃她了！”

他把愤怒咽下肚里去，沉默着。他觉得还是沉默好，因为沉默是最高的轻蔑！

“我们总得替他们想想法子呵！”郭用搭讪着谈着别的。“我们都得想想。”

“…………”

郭用站起来，在地上打了一个圈子，看了看呆木头一样的陈学海，觉得没有什么意思，擦着火，点了第五支纸烟，说：

“我要去了。”他没有再看陈学海，用鼻子挤了挤眼镜，得得地出门去了。

"法子是要想的！"陈学海还是呆呆地想，好像不晓得屋子里少了一个人。"今天一定要去找刘时！……他那里也许是不要紧的。"

太阳偏西的时候，他被董小倩让进了她的书房，老早就有四个青年人坐在里面了。他一见都认识，刘时，陆飞，任可中，还有 Y 大的周茂。刘时的脸上还未减去病容，时时咳嗽。陆飞腕子上的绷带还没取下来，却已不用吊在颈子上了，他还是那样英气扑人。任可中的腿上带着新伤，幸而这时没有动，所以看不出他走路是否一跛一跛的，但是裤管却臃肿起来，使你晓得那一定是缠着纱布了。周茂的个子最小，却很整洁。他穿着西服，领结是新的。面上很清瘦，有一双亮晶的大眼睛。声音略略发沙，却并不低哑。仿佛有人说过他是木刻家，但是他的木刻，陈学海却没见过。

"……会出来的，会出来的。"陈学海走进来的时候，任可中还在重复着这样半句话；等到陈学海辨清了这几张面孔的时候，大家都在起身让坐了。

"打搅你们吗？我可以到外面等一等的。"陈学海明白他们是在商量紧要的事情，只得这样说；左腿微微向后撤了撤。

"没关系，没关系。"任可中连忙说。

"赶快坐下吧，我们用不着这些。"陆飞永远是快人快语。

这时周茂正握着陈学海的手。刘时微笑着不做声。

"坐下吧，陈先生总是这样客气！"是身后小倩的声音，"他们叫我请你进来的。"

陈学海坐下了；刘时说：

"你来了正好，我们正在商量营救被捕同学的事情。"

于是谈话朗朗地进行了，陈学海才知道被捕的一共是一百四十六个人。但是每天还是不断地有人失踪。据任可中说，有些人不久会出来的，关起这样多的人有什么用处呢？又不能都杀掉！而且他和刘时已去见过黄良弼教授，据说是可以想想法子的。最近几天黄教授一定去找李君佑老头子，孙之明很听他的话，打算先把人弄出来再说。

受伤的人，前后住院的也有一百多了。好在多半有家在北平，医药费还不成大问题，各方面募捐的情形也很好，伤势一天天见轻，不久也许都会出院的。

谈到魏玲的时候，刘时直叹气。他说，这样有用的同志老关在里面是很大的损失。陈学海想起早上的事情来，便把郭用的话讲给大家听了，并且说：

"郭用的话未必靠得住，近来这个人很讨厌，话讲得很高明，但是什么事情都不赞成。……他对魏玲好像也不怎样关切。"

"他们不是好一对儿。"周茂笑道。

"不错。那家伙近来很坏，好在他还不能影响魏玲。半个月来，魏玲也很少到他的公寓里去了，而且心里好像常常思索着事情。"刘时的眼睛又在炯炯发光了。他接着说，"郭用现在正过着躲藏的生活，他对人讲，是住在半壁街一个朋友的家里。不过，近来这家伙的态度很暧昧。我们正在注意他。"

关于魏玲有一个姑父的事情，任可中是知道的，这个姑父住在东城，听说前天他去见过局长，大概魏玲出狱是有希望的。

"我们再用示威的方法营救他们好吗？"陆飞说，他的眼睛看向刘时。"有些人主张我们还应当再接再厉，对吗？"

"够了！"周茂说。"我们不能把所有的同志都送到医院里和监狱里！……"

"害怕吗？"陆飞搭着他那只受伤的手臂，张着嘴，露着白牙。

"不是。老陆！"周茂连忙说。"我说，我们应该转转方向，展开新的斗争。……"

"周的话是值得考虑的，"刘时郁然说，眼睛在蓬发下面发着光，"我们的牺牲太大了。……而且内部也有分化的影子，比如上次的宣言吧，就有人嫌它太激烈，好生争执了一阵，结果虽然是我们胜利了，到底还是有些人冷淡起来。……"

"比如我们学校的刘天鹩，……"任可中插进一句，眼睛看着陈学海。

"我想，这是有政治意味的。"刘时拢了拢头发说道。"但，也不过是金钱在闹鬼，他们为了暂时生活舒服，就会出卖同学，朋友，甚至同志的。……比如，前天捉人的时候，就有人给警察侦探领路，甚至藏在厕所里的女同学都被他们翻了出来。"

"黄桐就被他们追得跳墙，踝骨都摔断了！"小倩在远远的躺椅上打毛衣，插了这句话之后，便喊朱妈来倒茶了。

"到底他们拿多少钱呢？"陈学海问道。

"不一定。"周茂说。

"两三块的也有。"陆飞抢着说。

"每天吗？"陈学海弄不清楚。

"每天！"陆飞喊起来。"每天要拿这样多，他们也许早把我们杀掉了！……唔，……忙上一辈子，也许弄不到这样地步呢！"

大家都笑了。小倩也放下了毛衣拍着手。陈学海大大的窘迫起来，他觉得这话并不可笑，可笑的却是他自己。他的脸好像变成一块红布了。

"现在不是取笑的时候。"朱妈把茶杯端来再退到门外去的时候，刘时缓慢地而且几乎是警告地说道。"目前就是大危机，北平学联会，自治会，不久就要分裂了！N大的庄严和涂占鸿是最不稳当的分子，他们常和便衣侦探来往；郭家本近来老是请人看电影，似乎很活动，而且常常拜访平时不大来往的同学；还有……"

"还有我们那里的张乃淦。"周茂抢着说。"他本来是和我们一道的；但是近来他的行动很诡秘，有人说他已和朱华他们勾搭上了。"

"他们也有组织吗？"这时陈学海已经恢复了平静。

"不见得怎样严密，也可以说是无组织。"任可中说。

"组织，什么组织？只有主子！"陆飞笑着说。

"其实，他们中间好像都没有什么密切的联系。"刘时拦住了陆飞，然后说。"不错，他们的主张是一样的，'拥护政府'，但是自己却没有意见，只听命令。命令随时变，他们的意见也随时变，好像机器似的。'一二·九'的时候，政府的态度暧昧，于是他们和我们一起喊着反对'政委会'；现在，也许政府的意见又露骨了，他们便批评我们过激了。"

"又在造新谣言了。"周茂说。"说我们领津贴。"

"那是老话了。"刘时笑道。"不过又是卢布吧。"

"这回更新奇呢！据说还有一个来源，是金票。"

大家又笑起来。

"到底我们该想想将来了！"阴云又侵上了刘时的脸。"我们要考虑将来工作的动向。"

"我们还要继续斗争！首先要在各学校成立非常时期教育委员会，要制订方案，要求各校施行。……最低限度，是不让原有的组织变成散沙，要坚固，并且训练干部。"陆飞皱着眉头讲出这片话，像演说似的，眼睛深藏在额下，只有白牙偶然闪也闪的。

"但是，那是春天的事情呵。"任可中反驳道。"现在，就是现在，有什么方法能把许多回家的同学留住呢？我想，这样长的假期，我们不该白白地混过；制订方案，不是所有的人都来干的，示威也弄得够了，……我们总应该干些更切实的工作。"

"烦闷呀！这个都市！"周茂叹息道。"我现在总觉都市的工作没有多大用处。人数虽然很多，都是些自私自利的家伙。讲道理，他们也许会听，但结果，他们不过是当故事听一下就罢了，而且也不过是神话里的故事，与他们本身无关。所以有时我们喊破了嗓子，他们却觉得好笑。"

"这是理论，"刘时郑重地说，"我们也不能因为这个，就把都市完全抛掉，首先唤起有知识的人也是很有用处的。……但是，周的话在某方面也是很该重视的，我想，就是都市和乡村太隔绝了。……"

"不错，太隔绝了！"陆飞加了一句；在刘时讲话的时候，他是常好这样的。

"都市里闹翻了天，血流得浸遍了马路，乡下还是睡着！"刘时像朗诵一般地说。"唉唉，还是睡着。"

"不错，我们应该准备下乡！"还是陆飞的喊声。

"那天去看黄桐，他也是这样说。"任可中插了一句。

随着，大家都沉默起来，你看他，他看你，仿佛要在彼此的脸上找出什么方略来一样。电灯突然亮了，好像透过重雾的太阳一般，洗去了人们脸上的晦气；在电灯底下，纵是病人，也会清秀多了。任可中似乎想起来什么事情，掏出纸烟来，让大家吸，除了小倩之外，陆飞和陈学海是不吸烟的，只好看看那二个烟囱在突突地喷着烟圈子。

烟圈子一个套着一个，破灭了，消散了；陈学海的思想也一样，永远支持不住一个整个系统。过了许久，听到刘时低声说：

"唉唉，下乡是要的，但是那不容易呀！"

在这时候，陈学海似乎突然有了新发现，匆匆地问道：

"那天你不是反对下乡吗？"

"什么时候？"刘时不由就是一惊，他没见陈学海这样匆忙过。

"也是在这里。"陈学海觉得太鲁莽，故意放慢了说。"那天杨立君先生谈下乡的时候，你曾主张应该'缓谈'的。"

"你误会我的意思了！"刘时仿佛了结一件事情似的，笑着说；突地一声把纸烟头丢进痰盂里。其余四个人都用眼睛盯着他。

"我何尝反对过？"他很和平地讲下去了。"说'缓谈'是另有理由的，那是要扫去空谈家的高兴。你想，那时我们正在用尽力气准备第二次大示威，差不多在梦里都忘不了这件事情。假若问题一转方向，目前的事情就会动摇的。……他是同情我们的，不错，我承认；但是团体的意志是不能被任何人动摇的！那时我们需要的是示威，示威就是了！不能让别的东西来扰乱的。……"

"是那个没有灵魂的人吗？"陆飞问。

"是的。其实他还不失为好人。"刘时说。"不过，太动摇了，有时还能牵着人跟他动摇下去。……对什么都没有信心的就是这种人，像小孩子玩玩具一样，欢喜一过，什么都不爱，渐渐便要毁掉了。他自觉是走在前面的，不错，在某方面说，我们也承认；但，有时他就会把事情弄得十分混乱！总之，这样人是太容易兴奋，也太容易沮丧的。"

夜幕渐渐垂下，电灯竭力地发着它的光辉。外面是寂寞的，断续地听到刀勺的声音。

“比如下乡吧，”刘时接着说下去，“是应该的。怎么不应该呢？日本人一步步地逼紧，政府一步步地退让，你想，‘政委会’就是一个例子，别的还不也一样吗？这样下去，华北是保不住了。老实讲，当真要保卫华北，还得靠赖老百姓。现在呢，老百姓什么都不懂，将来还不是第一等的顺民么？所以，要不去组织他们，我们便不配做一个爱国的青年，只配做混蛋！——杨立君也见到了这一点，他便一直嚷起来；但是他却没有步骤，而且忘记了社会运动的其他元素。”

“下乡倒也不算容易咧！”周茂说。“比如我吧，乡下事情简直不懂，而且我想，农民见了我，也许会害怕的。实际上，乡下恐怕不是像书里所讲的那样美丽可爱吧？”

“这不过是一个尝试，我想。”任可中嗽了一下，说道。“老实讲，我们不是去宣传人家，而是去尝试新生活的。我们不懂农民，怎能去宣传他们，组织他们呢？——我想首先还是应该去学习。——”

“也有相当的危险呵！”刘时的声音很沉闷。“不要以为我们随便想去就能去的！警犬每日还在窥伺着我们，到乡下，他们还会跟了去的。所以，以现在而论，下乡比示威还困难；地方偏僻，消息不灵通，他们什么事情都会做得出来的。”

“出发的时候，也许马上就会受到拦阻。”这是任可中的声音。

“但是我们总得要去呀！”陆飞铜铃也似的喊道。

“去是要去的，”刘时的手按了按陆飞的膀子，“却不能这样急。还得要准备。第一，干部多半关在狱里，还有些在医院里，比如你的手还没完全好，能去吗？也许你以为是能够的，事实上不会影响你的工作吗？……”

“那末，我们就这样等着吧！”陆飞赌气说。

“我想，两个星期的工夫足够了。受伤的人都会复原；狱里的人，能释放的也该释放了。这中间，我们再充分地准备一下，——但无论怎样，那时候总得要去的！”

“这次却不要丢下我。”陈学海的声音微微有点发颤。“我做不好，可是想去看看。我觉得下乡宣传很重要，却又不懂。”

"谁懂呢？"刘时说。"都是学着做。也许会发生什么作用的，无论如何，他们和我们总归一样都是人。"

"还要找些人商量商量吧？"任以中持重地说。

"先要分头接洽，然后再开个代表会议就行了。"刘时仿佛是做了结论。

时候不早了。从窗子向天井望去，漆黑得什么都看不见。夜风渐渐吹起，逐过玻璃窗的缝隙，发出唑唑的声音，象牙黄色的窗帘懒洋洋地摇动着。人们都露出了倦意，肚子里也都觉得饿了。

朱妈摆上夜饭来，大家坐下吃了。吃饭的时候，又谈了一些琐事，陈学海才晓得周茂是Y大自治会的执委，和朱华对立得很厉害。"一二·九"以后，爱国热最高的Y大，已经起着激烈的分化了，甚至想开一次全体大会都不成功。

"这还是已往做得不够。"刘时批评说。

"阶级隔阂到底是不会免除的。"陆飞好像是偏袒着周茂。

于是又谈起魏玲和郭用来。刘时说，他们两个是不会长久的，魏玲常常要把痛苦咽下心里去。而且郭用一天天不长进起来了，甚至那个中立的立场都要守不住。陈学海也叹息了，他最同情的是魏玲。

最后，大家又讲起童年的故事来。任可中的故事最好笑，他讲起小时候怎样把一挂鞭炮拴在算命先生的辫子上，点燃了捻子，躲在一旁看瞎子着急。大家都笑了，小倩几乎把口里的饭都喷出来。——

夜深的时候，陈学海才回到学校，有一封信放在他的桌子上。拆开看，里面这样写道：

小陈：

　　我已出狱。稍事休息，明早过访，幸候我！

玲即日。

他看了看封皮上的邮票，还是新的。戳记上的日子正是今天。

他欢喜得忘其所以了，在屋子里来回踱着，想想明早应该和她讲些什么话，但是一句也想不出来。

王良佐还未回来，也许又要熬通夜了。电灯熄了以后，陈学海躺到床上去，翻腾了一夜，因为兴奋过度，他失眠了。

八

第二天早晨，阳光刚刚射到西房角，魏玲果然来了。两个人都很欢喜。在热烈地握着手的时候，有一股暖气从陈学海的手掌一直爬进他的心；这对于他是陌生的，使他感到一种羞怯的愉快。他低下头，颊上有些发热；偷眼看魏玲时，却又若无其事似的，两眼只是钉着他，在微笑。

四天半的监狱生活并未使魏玲受到怎样严重的腐蚀；不过是颊上的红色微见淡去，眼窝里有些发青，如此而已。她仍然保持着往日一样的活泼；大眼睛依然滴溜溜的，眉间处丝毫皱纹也没有。假若一个陌生人看见她，是没有理由可以指出她是刚刚由监狱里出来的。

三分钟的沉默填充了这间屋子，终于还是魏玲开口了：

"我出来了；你不欢喜吗？"

"当然，……我真……我真欢喜……昨天晚上任可中还说你会出来的；谁想你早已出来了！……你的信，昨天深夜我才看见的。"陈学海越讲越口吃，神情也不自然，常常四面巡视着。人见了，也许会惊异的；他自己却晓得这是因为心跳过于激烈的原故。

"不错，昨天上午我就出来了。"魏玲好像在极力使他恢复平静。"因为要休息一下，而且下午还要出去办点儿事情，所以只好立刻发那封信给你了。"

陈学海满腔都是话，一句也说不出来，正如闸里的水已经十分澎湃了，却没有开闸的钥匙。

王良佐是天亮时候回来的，这时正在蒙头大睡，帽子，西服，裤带，臭袜子，……狼籍地丢在桌子上和椅子上，令人找不到下脚的地方。陈学海看了看，王良佐仿佛故意不理他，酣声更高了。这样睡觉，简直是瞧不起人！

陈学海尽力把叹息咽下肚里去，让魏玲坐在自己的床上。但是两人都似乎无话可说；这样的环境，谁也可弄得无话可说的。

"天气很好，我们到外面走走吧。"长久的沉默之后，还是魏玲先开口。

"好吧。"陈学海似乎得救了；却又有点儿怕羞。只是走走，又不是到哪里去做正经事，他实在觉得有些唐突。他心里想，只有郭用才配接受她这种约请的。他不晓得这种行动在革命的生活中算不了怎样惊人的事情呵！

但是，无论如何，这是她的命令；他只好披上外衣，陪着她走出去了。

走出了校门，魏玲一句话也不讲，陈学海的心里没底了。他问道："到哪里去呢？"

"北海吧。"她淡淡地说了。"那里僻静些，特别是在早晨。谈话方便。"

"找郭用一路去吗？"他有些窘了。

"做什么？我们又不是幽会！"她的态度很大方。"我有话要和你一个人谈的。"

"只好由她了。"他心里想着，不做声了。

一路走去，两人都默着。霜风吹打着他们的衣裳，发泄着深冬的寒意。他的手插进衣袋去，耸了耸肩。

街上依然静谧。行人虽然不多，却没有惊慌的样子。他渐渐想到从前的两个早晨！同是一样的街道，一样的早晨，却是何等的不同呵！

"多末新鲜的早晨呵！"他想。这样的早晨，近来好像就未曾有过。电车当当地从他的身旁滑过，警察向他们两人望了望，又去指挥车辆了，丝毫没有戒备的心。迎着他们的是和悦的太阳，爽利的风，平坦的街道，半个月来，只有今天是舒服的。

但是想到了困在狱里的人们，他的头又垂下去了，欢喜便好像收了瓣儿的昙花，消失了。什么时候才能得到自由呢，无罪的人们？他看了看魏玲，她依然昂着头向前走，好像没有任何心事，什么都不思索似的。

"快活的人！"他心里好像在嫉妒她，又好像在替她骄傲。许多话已冲到他的口边来；又用力压下去了。

走着走着，他们已经过了新街口。新街口没有从前那种剑拔弩张的气象，宁静得像死去了一样。从前摆着机关枪和水龙的地方，已经换上了馄饨担子，小贩正在挥动大铁杓，一杓一杓地替小学生们盛馄饨。这时，魏玲依着他们的脚步，嘴里哼着"毕业"歌，路旁的事情，好像丝毫不能引起她的兴趣。假若有一个小说家来描写这两个人的行路时，一定说，一个是轻飘，一个是沉重了。

他们走进了太平仓。电车道好像两条指路的标帜，告诉他们说，前面是平坦的，于是他们便毫不思索地走下去了。转个大弯子，再走上不到二里路，北风忽然加厉了；左面现出来一片大空场，他们认识那是什刹海。在这结冰的季节，什刹海冷落得像沙漠，黄土掩盖了冷面，又像广大的跑马场。所不同的是冰面上还残留着荷花的枯茎，劲拔地迎着冷风在抖索。在夏秋之交荷花怒放时，什刹海可算是平民的公园，熙攘着，叫嚣着。从早晨喧腾到夜晚，这地方，公子哥儿是少见的，西装青年也不大来，太太小姐们又嫌脏嫌臭；但是它却有着它的特点，有着它的游客。譬如，爱看耍狗熊，爱看"耍大片"，爱看乡土戏……那，你就非到这里来不可。古城是无所不包的，像个杂货铺子，住在里面的人，真算是能够各得其乐了。

魏玲走路，一句话也不说；陈学海是多少有些羞怯的，一肚子的话都闷起来，他恨不能一步就跨进北海的后门。

终于是身后一阵疾风，把他们吹进去了，同时身上感到了一种意想不到的和煦。海岸上的阳光格外温暖，冷风被高墙挡住了，路上的积雪早已融化，赤裸裸的秃树枝，向天伸着，像是在捉取阳光的温暖。远远望去。小白塔在太阳底下闪灼着光辉，漪澜堂的瓦棱上多少还残留着积雪。偏右看去是一带长桥，有汽车和洋车在上面飞跑。水面自然是一片坚冰，游船的影子不见了，偶然有一两支雪橇在上面缓缓地爬行。漪澜堂是一个溜冰场，零星的只有两三人影在上面来往地溜，面孔看不清，大概都是学生吧。北岸的路上异常冷落，像夏日露天茶馆里的游客恨不能把椅子搬到水里去乘凉的事情，绝对看不见了，所以路也就显得特别宽。

两个人沿路放缓了脚步，沉默着。陈学海保持着相当的镇静，却又有些狐疑。魏玲为什么还不讲话呢？他不晓得，他们渐渐穿过了三座门，路上一个人影都没有。他实在忍不住了，问道：

"该说话了吧？我们是做什么来的呢？"

"等一等，到小山上去再讲。"

不久，果然转过仿膳社，便是一座小山，两人走上去，找到一个石凳坐下。这里真是连一个鬼影都没有，只听见劲风耙梳秃枝的声音。魏玲喘息了一下，说道：

"现在我们可以讲话了。"

"严重吗？"

"也不怎样严重。我告诉你，郭用这人靠不住了！"

"怎么？"陈学海吃了一惊，但是他马上便镇定下来，说道，"他倒是有点消极。"

"岂止！"魏玲的眼睛有些湿润了。"他的行为简直是欺骗！"

"证据呢？"

"证据吗？他被收买了，还不够做证据吗？他告发……"

"告发什么呢？……昨天他到我那里去过，样子很消极；而且他很害怕，把书都烧光了，他已经搬到朋友家里去住了。我很同情他，同时又觉得他的胆子太小了。"

"是这样吗？谁对你讲的？"

"他自己，郭用，他自己呀！"

"这又是欺骗！这人太要不得了！"她的一只拳头敲着腿，"这直是撒谎！"

"我真莫名其妙。"他眨着眼睛。"难道这都不是真的吗？"

"见鬼！"她狠狠地说。"他依然住在那个公寓里，和平常一样，屋子里也……"

"那些书还在吗？"

"当然在！"

"他骗我做什么呢？"他有些迷惘了。

"做什么？也许是有用意的，也许是怕你到他那里去，……现在他又有些新朋友了！这是最值得注意的事情。"

"你亲眼看见吗？你昨天才出来！"

"昨天出来，就不许看见吗？"

北风用力地从高墙上扫下来，魏玲站起身斜靠在一棵树上，背着风，但是她的短发还是不住地在头上飞舞。陈学海也站起来着，顿着脚，脖子缩着。太阳升到东南角的树梢头了，海边路上还是没有人影。他也半倚着一株桑树，静听魏玲讲着昨天的故事。

"好久没有见他了，你知道，近几个星期，我是多末忙！"她平静得像那结了冰的水面一样。"昨天出来，我就想去看他。本来么，他很关心我，我也是这样想，近来真有些对他不住，因为忙着爱国，几乎把朋友忘掉了！你觉得好笑吗？……所以我应该去看他。……到了他的公寓，已经是下午了，他的屋子里坐着四个人，正在吃花生米谈得起劲……"

"什么人呢？"他忍不住问了。

"你猜呀？"

"…………"

"哼！我想你也猜不到！告诉你吧！就是N大的两个坏蛋：徐占鸿，庄严，还有FS学院的郭家本和他的爱人李小凤，——你不认识，她是N大的一个新校花，其实是最不要脸的东西！"

她略略停顿一下，眼睛又发光了，然后继续说道："这对我简直是严重的打击！我几乎要晕倒！这短短的几天工夫，流氓们就占据了郭用的屋子，占据了我时常坐过的椅子，这是多末气人的事情呵！

"我进去，也没怎样打招呼，就坐在墙角那张椅子里，不说话。郭用问我，安慰我，我只用摇头和点头做为回答。我这样一来，他们也觉得没有意思，谈笑也不能生风了，于是搭讪着告辞要走。郭用好像昏乱了，他似乎想不到这样一个意外的打击！他红起脸，嗫嚅着。终于那群狗都走了！郭用送出去，我动也没有动。不久以后，郭用回来了，红着脸，不自然极了。我还是不说话，他好像被我窘得有话也说不出来！大家都变成哑叭了！"

"他的样子很难堪，"她继续说下去了，"好像被我发现了秘密似的。他倒茶给我吃。我不讲话，保持着冷静，也不发脾气。……终于他来向我温存了。小陈，你没有爱人，你不懂，爱人的温存是何等甜蜜伟大呀！但是这一次，我却感到格外的冰冷，我实在受不了，无论他怎样用情，却不能掩盖这欺骗的丑恶的！和这些流氓交往，不是欺骗是什么？何况这又是从来未有的事情呢？我没法子，我也没有决心，还是想着试探，并不想决裂，我躲开他，坐到床上去。

"他说，'你到底出来了，我很想念你！''这些人究竟是什么东西？是你的好朋友吗？'我终于忍不住了。于是他向我解释，他们不过是偶然过来坐坐，而且假若我不生气的话，他愿担保他们都不是坏人。'他们并不像你所想的那样坏。'他好像在劝我。'他们都爱国，不过主张比较温和，不像刘时他们那样过激。……'等到我提起领津贴的事情来，他说，不会的，那也许是传言，也许是污蔑，'政府哪有许多钱来做这种事情呢？'他不自然地笑了。"

"我已经有些明白了。"她把衣领往上拉了拉，围巾紧了紧，一阵风在她的头上吹过去，她又继续说了。"但是我还不想马上得罪他，我还想多知道一些事情。于是我问道，'这是什么意思呢？你平时不是常常咒骂他们吗？说他们是走狗，是人贩子，……那，现在你又反对刘时了。'我又称赞他一向见解很高，并且表示愿意接受他的意见。……这时，屋子里的空气缓和下来，他的窘迫也渐渐消失了，他似乎觉得已经征服了我，神色渐渐自然了。"

"他渐渐对我讲刘时一班人怎样看不起他，他们因为自己没有学问，反而喊他做'书呆子'。他们是想着把人送到天桥去的，随便替他们牺牲，而且这样做，只能制造恐怖。'现在不是吗？把许多同志送到监狱里，医院里，他们反而安然无事！''那么，你觉得现在应该怎样干呢？'我问了。他说，要救国，怎样都可以，我们无妨另造一种势力，没有他们，我们也是一样救国；但是却不能胡里胡涂做他们座上的牛羊！至于作法呢，他主张应该首先发展自己的干部，用和平救国的口号去号召，减削过激派的实力。提到干部，我便问是否也有方才这几个人？他说，他们都很同情的，慢慢也可以拉过来，但也急不得。这几天他很着急，等着我出狱，好商量怎样组织。但是又怕我不赞成，因为我和刘时几个人是有着相当的感情的。"

"你看，这不是很显然的事情吗？"她结论似的问道。"他叛变了！"

"也许还可以想法补救的。"其实，这时他的心里也是毫无把握了。

"还有法子想吗？"魏玲绝望的叫道。"他完全出卖了！出卖了同志，出卖了爱人，甚至出卖了自己！—— 他对我说，学联的七八个机关都被抄了：帘子胡同，半壁街，二龙坑，……啊呀！连我都记不清了，他公然能够一个个念出名字来！我敢断定，这都是他出卖了的！"

"也许。"陈学海点点头。"但是昨天你怎样答复他的呢？"

"我实在没有怎样答复，也因为我还不想马上就和他断然绝交，在当时，团体的意志压住了个人的感情，所以我还忍耐着。于是我说，他的话并非毫无道理；但是一时间我是无从答复的。第一，我刚刚出来，什么都不清楚；第二，我的精神还未复原；第三，我还得好生想一想。'让我想想吧！'我说。'我是没有什么经验的，只要是有益的事情，我都肯答应你。'"

"后来呢？"

"后来，……自然是无聊了！"魏玲的脸上微微透出红色，但是不久便又恢复了。"后来他那套鬼把戏便出来了，要和我亲热。但是我怎能和一个贼亲热呢？若不是为了事情，我早已大大地骂他一顿了！但是我没有，我婉转地说明要走的理由，便脱身出来了。走到门外，他忽然郑重地对我说，'不要到小陈那里去，那东西阴险得很，少和他来往！'他显然是恨你的。"

"为什么呢？我对他一向都是很尊重的。"陈学海有些窘了。

"也许是可能的。"魏玲的眼睛看着地下，仿佛在数零乱的枯叶。"也许因为我和你太接近了。……"

“唔……”陈学海想到昨天遇见郭用的时候，对于魏玲的过分关切，也许是伤着他了。

这时日影快要移到小白塔的尖顶上了，路上渐渐有了游人，远远传来冰场上的笑声，有的像铃子，有的像破锣。陈学海觉得话已说完，掏出表来看时，快到十一点了。但是他忽然想起一件事情来，说：

“他们要组织宣传队，到乡下去呢！”

“谁？”

“刘时，陆飞，……”

“组织好了吗？”

“刚刚商量，昨天，我也在座。同时我们也都在想念你……早早出狱。”

“是应该的，而且有意思。”她议论道。“我们整天讲着老百姓，却连做老百姓的资格都没有！这样，我今天一定要去找刘时的。我真想到乡下去呢！久住在城里全身都生锈了！”

“若是成了，我也一定去。”

魏玲拉开袖子看看表，忽然吃惊似的说，“不好了，已经十一点了！家里还有事，我必须回去！”

“还有很多话要问你呢。”陈学海郁然地说。“你一来，首先就是不讲话，接着又说出这样一件倒楣的事情！譬如监狱里……”

“对不起。”魏玲抱歉地说。“没有法子，今天实在来不及了，将来再谈吧。我还得赶快找刘时呢，正事要紧！”

“只好如此，那末我们走吧。”

“别忙，我先去，你停一下再走，……现在这里游人多了。”她的脸又微微红了一下。“再见吧。”她挥着手走下山坡去了。

陈学海眼看着她传了两个弯子不见了，他的心里觉得有什么东西在往下沉。有一种新的感觉，仿佛是丢了什么东西，同时又似乎感到一种没有理由的渺茫的欢喜。在这样痛苦折磨的日子里，这种欢喜的感觉来得太偶然了。多少人在坐监狱，多少人在住医院，多少人在毫无办法，……还有什么理由让人欢喜呢？关于郭用的消息，若是真的，确是很可悲哀的事；他替魏玲感到不幸，那样活泼的人，命运会这样作践她！但同时他又替她欢喜，好像替自己欢喜一样。

他想不到郭用竟会把他当做了憎恨的对象！但是从方才谈话的时候起，他也渐渐对郭用怀了敌意。为同志吗？为国家吗？为魏玲吗？……说不出！好像都有一点，又好像都不是的。但是无论如何，从今天起，他已经把郭用看做一个敌人了！

他缓缓地走下小山；约莫这时魏玲已经去远了，他便沿着河岸向东走下去了。这时阳光正在发泄着它的威力，冰面上隐约地闪动着光点；风势也减轻了，大气中浮荡着暖意，他的心里也渐觉轻松了。

绕过仿膳社的苇篱笆，阳光更显得发亮；篱笆的颜色是灰败的，上面还留着牵牛花的枯叶，迎风簌簌地响。他心不在焉地向前走，忽然后面有人喊起来，还杂着女人的笑声。回头看，原来喊的人是刘天鹗，因为他的身子太肥了，几乎使陈学海忽略了他的腋下还挟着一个女人。女人太小了，看起来只能算是刘天鹗身上的一部分。女人虽小，却很娇娆，脸上擦得红红的，踏着爵士舞的步子，一只手拉着刘天鹗的大衣，一只手抱着一个暖水袋，像抱着小孩子似的。那仙人球脑袋吃得红扑扑的，刚才从仿膳社里钻出来，肩上背着四只冰鞋，不用说，两只大的是他自己的，另外两只小的是小王的。

"来得早！"陈学海转过身子来，心里怀着不可言说的憎恶。

"恐怕比阁下还要晚得多吧！""仙人球"的声音里也带着刺。

"我们溜了一阵冰，刚刚吃完饭。"小王说。

"今天怎么这样有清兴？"刘天鹗哈哈笑起来。

"天气好，偶然出来走走。"陈学海说着就想走开。

"为什么放了魏玲先走呢？"

"见鬼，什么魏玲？"这似乎是强辩。

"你自己见鬼吧！方才明明看见她过去了，接着就是你。"

"笑话！"陈学海红了脸，一颗心突突地跳起来。"不要随便乱说！"

"难道你们真就不在一起？"

"你不能和我开玩笑！"陈学海显然发怒了，他想，也许马上就会出事情的。

"算了吧！"小王把空气缓和下来了。"说笑话是没有好处的。胖子，你不要和陈先生捣乱了！自讨没趣吗！"

"魏玲当真过去了，你没看见吗？我是说着玩的。""仙人球"也就此下台了。

"回头见吧。"陈学海屏下气，笑了笑，向着小王点点头，大踏步地去了。身后隐隐地还听到笑声。

"这种人真是畜生！"他一面走一面想。"自己过着荒淫生活，口里却讲着爱国，还要拿别人开玩笑！"想起自己不敢公然承认和魏玲在一起，又感到了一种羞耻，他自己咒诅道：

"我的心里有鬼了！"

下午一点钟，他回到了宿舍。使他惊愕的是屋子里翻得乱七八糟，抽屉翻得底儿朝上，箱子也打开了。王良佐忙着在收拾，不等他开口便说道：

"检查过了！"

"什么人？"

"自然是军警了。所有的宿舍都搜遍，是事务处的人带了他们来的。"

"方才吗？"

"上午，九点多钟。"

"没捕人吗？"

"没有。人都走光了。也没单独找谁，是普遍检查的性质。"

"拿走了东西吗？"

"多少拿了些，多半是书籍。我们这里什么都没拿，事务处宋先生说的。"

陈学海也忙着整理自己的东西，当真什么都在的，甚至桌子上的两张毛票，和二十三个大铜元，也都在的，只是弄得零乱不堪了。

"他妈的！"王良佐一面锁着箱子一面说。"我得搬出去住几天，不是玩儿的，把我捉去怎么办！”

“我想不至于。”陈学海郑重地说。“你要搬走，倒危险。”

“为什么？”王良佐惊讶地说。

“我想，……他们不会去抓赌吗？”

“不要开玩笑！”

王良佐笑着收拾完了，把箱子和行李都捆好，跑出去雇了车，临走时笑着对陈学海说：

“再会吧，闲着到那里去玩！”

陈学海点点头，看着王良佐出去了，便又低下头来对着王良佐床下的一只破袜子出神。他想些什么？自己也不晓得。终于楞了五六分钟的工夫，抄起捡煤的火钩，钩起那只破袜子，用力地摔到门外去，说：

“我就不搬！”

…………

夜色渐渐漫上了窗纸，电灯一亮，室外更显得黑黝黝。炉子烧得通红，从缝隙处看见里面的火舌闪动着。陈学海颓然地坐在椅子里，在沉思。渐渐他忘记了什么时候这样坐下来的，也忘记了想些什么。有时觉得许多人影在脑子里出没，是魏玲，是郭用，是刘时，是谷静，……但仔细去辨悉，却又一个也不见了。显然他的思想很混乱，尽力搜索却想不出一个具体的问题，组不成一个完整的意见。

忽然门一动，闪进来一个人影，一股冷气当面扑来！他吃了一惊，手里的火钩落到煤斗里去了。起来看时，面前站着的是郭用。

“来烤火吧！冷得很！”陈学海说着，搬过来一把椅子。

对方不作声。

等到那学者把大衣领子敞开来，陈学海看见了一张愤怒的脸。但是，郭用已经一声不响地坐在椅子上，脱掉手套塞在衣袋里，不客气地岔开两只脚向着火，脸上的怒气似乎还在打着圈子。

“不好过吗？”陈学海笑着问。

对方还是不响。

“和谁斗气了吗？”

起初还是没有应声。但是继续了两分钟的沉默之后，郭用忽然问道：

“早晨你在什么地方？”

“你说是今天……”

“就是今天！”郭用的声音很沉重。

“那话儿来了！”陈学海心里想。“他怎会晓得呢？”他很快地便想到刘天鹗的身上了。

“在北海。”他决然说。

“是自己吗？”

“呵……还有魏玲！”

“魏玲”两个字，冲口而出，其中好像充满着大胆和决心，每个字都是铿锵有声的；这不仅使谈话的对手感到微微的震惊，说话的人也觉得似乎有一个力量在后面支持着他了！

一惊之后，郭用的气愤好像渐渐平下去了。

“干些什么呢？”他的声音是平和的。

“闲谈。”

“何必到那里去呢？”

“这样拷问有什么意思吗？”陈学海想起郭用欺骗魏玲的事情，也有些冒火。“但是我可以告诉你，因为屋子里不方便，那里比较安静，而且也想借着机会出去走走。”

“她是谁的人，你不晓得吗？”

“这话我不懂。”

“我说，她是有所属的人了，你不晓得？”

“我只晓得她是一个人，是一个独立的人，她应该有权和任何人谈话的！而且，我想，你早已知道。……”

“她还不是常常往你这里跑！”

“这就是了！”陈学海仿佛抓住了论据。“你为什么不早说呢？禁止她和我来往！……其实，我们原来都是自家人，她到我这里来不是一次了，我们两人在一起，也不是一次了，……你这次的怀疑实在令我不明白。……"

"唔……"郭用急切说不出话来。无论如何，今天的来意他是不能说明的。本来陈学海的话他都能谅解；但是不知因为什么原故，他不愿意魏玲和陈学海往来。纵是他要对自己说明，也没有充分理由的。"她也许会跑掉的！"他没有时间去研究这个理由，好像有什么东西堵住他的喉咙，他要用力地喊出来。

"那……你们谈些什么呢？"

"没有题目。"陈学海的声音很漠然。

"到底也得讲些事情呵！"对手咬紧了牙。

"那也不过是关于狱里的情形。"

"很苦吧？她没诉苦吗？"

"你不该故意这样问我！她应该老早对你讲过的，而且也许更详细。"

"她还没讲过。"

"她总会讲的。她是你的爱人呀！"

"此外还讲些什么呢？"郭用显然是舌战失败了，那要归之于他找不到一个好据点；但是他的怒气却好像唧筒[1]里的水一样，总想寻求一个隙缝，钻出去。

"此外，……此外当然也谈些杂事，譬如天气，生活之类，也谈过同学们受伤入狱的事情。"

这股湍激着的水实在找不到出路了，也就渐渐地归了平静，郭用的态度又缓和了，他问道：

"你对于事情还乐观吗？这是正当的路径吗？"

"你问的是学运？"陈学海拿起火钩再把炉煤挑一挑，火势又腾跃起来了，两个人同时把椅子往后拉了拉。

"是。"郭用点点头。

"自然是乐观的。路，我不知道是否正当，但是我知道，人走出来的才

[1] 唧筒：又称"水龙"，一种救火用具，竖立放入水中，提起套筒，水便吸入腔中，压下套筒，水即从喷口射出。——编者注

是路。"

"你这话，倒有些哲学意味了！"郭用的脸上多少有了笑容。

"我是学化学的，哲学我不懂，你太客气了。"

"我总觉今天你不大坦白。"郭用的笑容又渐渐收回去。

"不坦白？"陈学海兴奋地叫起来。"那倒要先问你自己！"

"怎么？"郭用吃惊地问。

"你老早就对我不坦白了！"陈学海扼制不住心里的怒火；像决了堤的水，他的话毫无遮拦地喷射出来了。"你讲，把书全烧光，搬到朋友家里去住。但事实，你的屋子里连灰尘都没有动一点！"

"谁说的？"郭用胀红的脸上弥漫着怒气。"你要替我指出来那个人！"

"你不能这样要求，只能问自己有没有这样事！"

"一定是魏玲！你说！"

"我不能说！我没有说明的义务！"

"一定要你说！"

"我只能说一个人对朋友不忠实了！"

"胡说！你撒谎！"

"是不是胡说，你自己知道。你果然已经搬了，便算我胡说，你自己可以证明的。"

陈学海矜持着凛然的面色，使郭用感到了心理上的屈服，他那倔强傲岸的态度，渐渐消失了；但，却尽力地掩藏着自己的失败。

"不错，我还是住在原处的。"他解释道。"本来是搬了的；情形缓和了，又搬回来。……"

这解释当然不能使听者感到满足，其实，在这上他也不想得到满足。打败一个敌人，使他仆倒了也好，逃避了也好，总归是得到胜利了。

"将来你要警告魏玲，不让她到这里来吧？"他似乎是在挑战。

"我没有那种权力！"郭用有点儿发窘。

"那，你就不要再这样麻烦我吧！"

沉默了两三分钟，大家都不开口。陈学海用火钩敲着炉壁，嘴里哼着，好像在奏凯歌。郭用直板板地瞪着眼。

"小陈，有你的！"郭用好像在赞叹着敌人，但是他又转口道："玲近来也渐渐坏下去了，不听我的话。你常和她在一起，也要当心，她的方面太复杂呵！"

"谢谢你，这复杂里面是否也有我呢？"

"那不见得，我想，你的本质还好，……"

"你放心，她再来，我会赶她出去的！"陈学海笑着说。

"怎么呢？"

"我对她说，你不让她到我这里来。"

"唔……"郭用站起来，把外套领子翻上去，掩住了忧郁的脸，然后掏出手套来。"不要刻薄吧！……你该知道郭用也不是好惹的！再见吧。"

郭用出去了，陈学海觉得很好笑，这算是打败了一个情敌吗？"谈不到！谈不到！根本就没有什么'情'！"他摇着头，默想了很久。火舌更加腾跃起来，舐着烟囱脖子上的灰渣。……

夜深的时候，任可中忽然来了，要他明天上午九点钟到 C 大去开会：欢迎冯健行，袁为恕，蒋达，……十四个同志出狱。

"去吧，还要讨论下乡问题呢！"临走的时候，任可中再三地这样嘱咐着。

九

雪带着谣言，满城飞！——学生要暴动了！

"这还了得！"官员们想，"也许真会做得出来咧！"于是在大门口，在小汽车上，多加了两个卫兵，每个卫兵再多挂一只"盒子炮"。中学校长们也着慌了！胆子小的，设法说服学生不去参加学联会；或者挑拨自治会开不起大会来，直到停顿了，他们才捧着吃饱了的肚皮，放下心去。胆子大而且有特种收入的，更要英勇些，他们把学生强迫地组织起来，说是要护校，没有枪，每人便发给一根童子军木棍，告诉说，"见着就打！"只有老百姓不害怕，他们一到夜晚照例是关门放狗，放心睡觉；强盗进不来，学生自然也进不来的。但，值得叙述的却是这些人物都有着一个共同的特点，那便是——没把国家民族的利害放在心里。

在这种情形之下，谣言自然是愈多愈好；这些人甚至要怪着谣言的生产太不够了！

忽然城门又紧闭起来，公共汽车不通了。过了一天，又开了半扇，车子要从窄窄的门道挤过。有一次不小心，碰坏了几扇玻璃窗，惹得守门的十几个岗兵都笑起来。

忽然又谣传着什么什么了，于是派了一营兵去搜查 H 大。摄氏表降到了零下的大冷天，许多弟兄们都坐在公共汽车里打寒颤；包围着，包围着，从早晨直到夜半。弟兄们真是苦得很，有枪不敢开，刺刀不敢往肉里戳，没有命令！结果，"雪佛兰"打坏了四辆，一个人也没有捕去。"他妈的，没法子，这都是命令！"

又是一个大沉闷。

终于听说学生要下乡了！军警们又忙碌起来。各学校的大门都把守起来了，但是一个人影也看不见。军警们骂起来，"他妈的皮！他们爱国，让咱们喝风！"但是没有法子，连鬼都没有一个的空学校，还得把守着！新年眼看就到，溜冰场更热闹起来了，整天价拥挤着青年男女，红的，绿的，白的，花的，带眼镜的，不带眼镜的，化装做西洋马丹的，化装做中国乞丐的，……溜呀溜，从早上直到入夜。他们有着他们的目的，有着他们的对象，……但却都不像是为了下乡。

然而，校门还是要把守的，为了命令！"为了命令！他妈的！人家都是人，老子们不是人！"

这样弄了几天，大家都倦了，军警们倦了，官长们也倦了。大概都是造谣，扯淡！于是守兵们都撤了，让他妈去落麻雀吧！不然，连鬼都弄不到一个！"就这样，好几座空房子又恢复了它们的自由。日本飞机一直没有来，作官的人们都捧起肚皮，嘻嘻哈哈地笑着。太平了！

忽然有一天早晨，又传出来惊人的消息，学生当真下乡了！这消息市民照旧是不关心的，对于他们，远不如柴米油盐长了一个铜板那样重要。但是官长们又着慌了，互相诉说着，瞒哄着，抱怨着，……没有法子！

这件事瞒不了陈学海，他是实际参加下乡的一个。好久以前他们便计划着这回事，酝酿的结果，一共有了一百多个人。这些人都是可靠的，经过审查和考量，没有一个动摇份子，没有一个内奸。他们一共分了四大队，利用戒备的松懈，在城外找了四个集合地点，分头出发。陈学海是属于第二大队的，他们集合的地点是A学院。

十二月末的一个早晨，天色刚刚破晓，空中一片淡灰色，预兆着晴天。太阳还未出山，东方有一片紫雾笼着一抹一抹的红霞。红霞像锦鸡，仿佛刚刚吃完了天上的星子，又要飞去了。四外静荡荡的，一切都被严霜凝涩了。宇宙是和平的。

在这时，A学院的操场角上，腾飞着四十几个青年人，男的女的，穿外套的，围围巾的，光头的，戴锥形帽的，——他们的脸，像早晨一样，忧愁都被抛弃在昨夜的黑暗中了！他们搓着手，顿着脚，呼叫着彼此的名字，女人们发出铃子似的声音，唱着歌。他们好似生在太平时代的人，谁也没有忧愁，而且简直意识不到忧愁就等待在前面的。

这样叫嚣了约莫二十分钟的样子，太阳从东山上吐出来几道光芒，像几支强有力的巨手，抓去了天上残留着的彩云。有人在发命令了，"出发！"于是男人背起暖水瓶，女人扶着木杖，或者把手臂伸入男人的腋下，出发了。他们的面前是无限的雪路，让诗人们看来，这条路是蜿蜒的，好像通着太阳！是光明的路呵！他们向着太阳走，脸上含着笑，忘记了跋涉的艰难！他们是圣地的巡礼者，是光明的追求者！

太阳光投到雪地上，雪地上立刻闪灼着一片金花；有人想，这该是金羊毛！金羊毛也许不会到手的，但是他们所有的是黄金的希望。

他们走着，笑着，歌唱着。颓丧都被晨光洗去了，剩下的只是梦想着前途的光明。

一路上，他们叫嚣着，唱着救亡歌曲，组成了一个兴奋的进行行列。他们惊起了林木中的冻鸟，村舍里的鸡犬。农民们也走出来站在大门外，惊奇地，揉搓着惺松的眼睛。

他们是做什么的？是逃难吗？是行军吗？是雪中的旅行者吗？是疯子吗？前些日子城里面闹过学生的，也许就是他们！现在闹到乡下来了！怎么好！到底这是为了什么呢？

假若是抽象地答复这疑问时，那便是，一句话，为了愤恨！

他们本来是自由的，是好好从家里拿了钱出来读书的人，他们的生活应该是太平无事的。但是他们没有太平无事的生活呀！古城里的青年人是整日受着熬煎的！

眼看着大块土地相机沦陷，没人管，同胞一天天变成了奴隶，没人管，冀东成立了伪组织，没人管，……他们已经成了没有政府的人，快要变成没有国家的人，他们不能忍受了！

他们不能忍受东北军，中央军，国民党部被逼着撤出河北，他们不能忍受河北省政府被迫着从天津移到清苑，他们不能忍受二十九军被迫撤出察东，他们不能忍受天津汉奸丑类的"自治暴动"，他们不能忍受"新边政委会"的组成！……不能忍受，他们愤慨了；然后才发动了那空前的令人感泣的大号召！不怕在人群中留怨言，不怕在历史上留口实，他们只知道应该去做，便勇敢地去做，在"一二·九"和"一二·一六"，忍着饥渴，挥着汗，流着血，洋溢着热泪，……在街头上徒手和大刀背，和水龙，和木棍，……持续着残酷的巷战！这徒手对着武器的巷战，在中国青年运动史上，算是空前的激烈了！

他们要什么？要自由！不是自己的自由；不是读书，溜冰，看电影的自由；是全民族四万万五千万人的自由！为了这个，他们大胆地抛弃一切了！他们愿意用力量和热血唤醒政府赶快起来保卫土地和民众！

他们想用薄弱的力量烧起反帝抗日的烽火，要做一次亚洲民族解放战争的揭幕人！

做得到吗？自然不敢定。但是他们不怀疑，他们有信心，相信中华民族解放的路只有这一条，没有其他。他们就这样做下去了，这成果他们也许会看见的，也许简直就不会看见。但他们不去管，他们只知道这样做了。

愤慨消去了吗？没有。他们没有满意，因为得来的结果是打，是砍，是捉捕。他们还是继续苦闷着，继续愤慨着，他们对政府失望了。因此，他们也就不愿听政府的召训。

　　"让那些狗们去吧！"

　　"让汉奸们去吧！"

　　"谁去，谁就是出卖！"

　　他们的面前黑暗了。虽然面前是黑暗的，虽然行动是被限制的，虽然新闻纸每天都要开着许多天窗，留着大片的空白；但，事情是做了，而且普遍地传布出去了。在这一月中间，全国各地的青年，不断地响应着他们，一样地为他们流着血！他们好像一个电力总站，电流传遍到极远的角落去。这一个伟大的力量已经震动了中国的一切山脉与河流，要他们喷出新的岩浆与洪水！

　　这样就满足了吗？没有。他们还有许多同志在狱里，特殊的政治组织还是照旧成立，汉奸丑类还是照旧欢腾着，民族还是不能整个团结起来。

　　他们的工作还是多得很！

　　因此在他们中间老早就有人主张着应该下乡！就是素无成见的陈学海也曾对这个问题发生了兴趣。许多人都以为这意见是正确的，因为中国真正的多数而且需要宣传的人还是在乡间。一月以来，他们不断地争执着，讨论着，结果是非下乡去不可；但是城里的工作也很需要人，有很多同志还没就出狱，大家都感到了最缺乏的是干部。"一二·九"运动的伟大，是出乎他们的想像之外的，等到热情的大事业鼓荡起来的时候，才感到了内部的空虚。

　　虽然空虚，也要做！什么时候才算"够手儿"呢？事情不能等待人呀！于是在风声最紧的时候，他们暗中着手布置了。城里城外，刘时强打精神提着病身子，去找同志，去找自治会的负责人，结果才征得一百几十个干部，——这都是在罢课和假期中不想回家而又是十分可靠的同学，也就是整天骂着赴京听训是汉奸的人，当政府和青年对立得最尖锐的时候，在见了郭家本，刘天鹗之类就喊"狗"的时候，只有这样偏左的人才能算是真正可靠的同志！

也不能全体走个精光呀！城里的环境虽然不好，事情也还有许多。譬如，至少要有人在这里管理文书，要和全中国与全世界呼应起来：营救被捕者和看护医伤者也更需要人；还得募捐；还得计划非常时期教育方案；……唉呀，多得很！这一来，这些人最多也只能出去一半。

于是魏玲再出主意，发展参加下乡的人；结果除了原有的干部留下一半之外，下乡的队伍一共凑足一百三十几个人。这一来，刘时是不能走的，要留下。陆飞顿着脚非去不可，但是不行呀！他现在正担任着最重要的"交通"工作呢！还有冯健行和任可中要留守，周茂也不能去。各学校也都留下负责人。一切都布置妥当了。

下乡的人一共分为四大队，以北平做起点分路出发。陈学海和魏玲被分在第二大队里，所走的路线是沿着铁路南下，经过卢沟桥，长辛店，良乡，高碑店，以清苑做终点的。这一队共有四十一个人，预备到清苑的时候还剩下二十个；因为有些人沿路上要分别留下工作的，那就是长辛店，良乡，高碑店，每一个地方七个人。

陈学海很高兴地随着队伍从 A 学院出发了。沿着雪地，跋涉前进的是一个服装杂乱，并不整齐的队伍。男人们有穿黑外套的，穿褐外套的，穿灰外套的，穿中山服的，穿抽口皮短衣的，——女人们的色调更杂乱了，杂乱到像似溜冰场上的服装。但是这群青年男女却有着一个共同点，——有朝气的，向前进的！在他们每个人的任何一个神经末梢上，是没有丝毫后退的感觉的。多少有点特别的是走在陈学海身后的魏玲——队伍中的最末一个。她的面颊上照旧透着苹果红色，长睫毛掩蔽着的大而黑的眼睛在向前面注视着，眉间微微起着两道小皱纹，似乎在偷偷地泄露着一点抑郁。

歌声催迫着人群，绕过跑马场和便门，队伍向前行进了。面前展开的是一边的雪野，扩张，扩张到不能望见的远方，然后接连到天上。人群像似蚂蚁在很大的盘子里爬行，什么时候才能爬出盘子去呢？没人知道。但是他们一定要爬，只要容许他们呼吸，容许他们活着。

拖长了的队伍随着前头的旗子行进，旗子上写的是"北平学生寒假农村工作团"。这旗子是全队的罗盘针，由大个子王起举着的，任何一个队员都得看着这面旗子，否则就许迷了路。没了踝的雪，使这队伍进行很迟缓；假若是遇见调皮的，在路上塑起一个雪人，或打上一场雪仗，都会很快地追上大队的；但是没有一个人肯这样做，因为他们都怀着自己的心事，怀着渺茫的空虚感觉，怀着漠然的希望。

最生动的事情还算是唱歌。这是没人指挥的，而且也没有多少歌，最流行的还不过是电影上的《大路歌》和《扬子江心的暴风雨》，再就是陈波儿唱过的《毕业歌》。这些歌对于这样一个行进，都是不大合适的。但是也得唱，因为寂寞的行路是太吃力的呀！队伍中首先有一个人哼了"大家一齐流血汗！……"接着便有三五个人的声音加进来，在这样空旷的大野里，是显得零星而且不大有力量的；但是不久便有十个人了，三十个人了，那声音便像刚刚叫起来的汽笛，由低哑而宏大起来，等到全体都加入了的时候，那便成了一道声音的巨流，高音和低音协调在一起，令人想像到大浪决堤以后的声音！总之，这歌音的变化，又像野火，最初微微地，微微地烧起来，然后借着狂风渐渐散漫，原野全成火海了！奔突，奔突，除了大火呼呼的声音之外，地面上仿佛什么都没有了；忽然吹来一阵狂风，一个火柱陡地向上卷去，便似乎要冲破了天！在这火一般的歌声里，纵不使你发狂，你的发根也难免要竖也竖的。

在歌声中，陈学海转过头去，魏玲似乎还是抑郁的。

"愁吗？"陈学海转身，停住了脚。魏玲离着他只有两步了。

"没什么，多少……"

"这不是很快活的歌声吗？多么兴奋，多么雄壮！"

"不，我在想别的！"魏玲的眉间还是不舒展。

"想什么呢？怕吗？"

"不，我觉得有点儿空虚！"

"失望吗？"

"不，我偶然想起，我们这是做什么？"

陈学海再转过身去，两个人并肩往前走，好像成双行似的。

“下乡宣传吗？”陈学海愕然地说。

“不错，下乡宣传！谁能否认下乡宣传呢！我担心的是这宣传不是容易事。”

“这不是很简单吗？”陈学海好像胸有成竹似的。“把我们的国耻，把我们的国仇，把我们的心事，讲给农民听！……”

“要晓得你不是农民呀！”魏玲脸上的阴云更浓厚了。

“这是什么意思呢？”陈学海的脚步放缓了。

“你不懂得农民呀！”魏玲用着教训的口气说。“譬如，农民生活你不了解，不知道农民缺乏的是什么。用你的成见去揣度农民的心理，是会失败的！你想，一个外国人，一个生活习惯和我们都不相同的人，忽然跑来向我们讲道理，我们能够马上便相信他吗？”

“唔……这……好在我们都是中国人呀！”

“不错，我们都是中国人。但是我们中间老早就有了很多界限。这是历史！到现在，中国人都能了解中国人吗？你想想，在北平我们遭遇了些什么？”

“但是我们是同情他们的，……”

“那自然。不过我们这样陌生地来到他们中间，穿些他们生平没有见过的衣服，说些他们向来听不懂的话，马上能收效吗？”

“唔，是的。”陈学海的右手臂碰到了魏玲的左肩，赶紧便挪开了。“现在我也是这样想。”

“所以，我们跑到他们那里，几乎也就等于洋人了！”

“那……我们还去做什么呢？”陈学海窘促了。

“去，自然还是要去的，但不是那样乐观，那不是出风头的事情。”

“不是徒劳吗？”

“这是没有法子的事！”魏玲叹息了。“几千年的历史的恶果使我们和他们分隔太远了！现在我们不是去宣传，而是去接近他们。”

“唔……”

“不懂吗？我说是去学习！”

"…………"

陈学海正在仔细咀嚼着这些话，大队已经有些远了。魏玲推了他一下，一齐加紧脚步，五分钟以后，两人又坠入洪涛一般的歌声中了。

"大家努力，一齐向前！大家努力，一齐向前！"

"喂，密斯魏，"陈学海离开了歌声的洪流问道。"你说学习，到底是什么意思？从前任可中也是这样说，到底是什么意思呢？不是学习工作吗？"

"那……是要学习农民生活。"魏玲好像在喘息着。"现在还是彼此不能深刻了解的时候，我们有时还不免认为他们是真正的愚蠢。这是因为我们住在都市多少要沾染些布尔乔亚[1]气味的原故。其实，他们原来是很诚恳的，很朴直的，看他们终生都不懂参加名利，就会知道。……"

"我们今天是桃李芬芳！明天是社会的栋梁！……"

两个人一齐加紧了步子。

"这首歌是胡说！"陈学海道。"我们是'栋梁'，我们真是'社会栋梁'吗？我看农民才真是'社会栋梁'哩！没有他们，我们早都饿死了！"

"在某方面说，你这话是不错的；"魏玲说。"但是你也不要轻易毁掉自己的价值。"

"呵呵，农民不了解我们！不了解我们！"陈学海似乎避开了方才的题目，另发别的感慨了。

"啊，我的话只说了一半，"魏玲想了想说，"所谓农民不了解我们，那错误是在历史！历史在农民和我们中间筑起一道很坚固的堤防，使他们成为被忘却的人类！不错，他们是被忘却的。因此，他们看我们也是陌生的。——但是这陌生不能长久维持下去呀！这在我们！我们要赶快去粉碎这个误解，农民的误解是容易粉碎的，因为我们之间没有仇怨；但，这努力却在我们！"

"怎样……"

---

[1]　布尔乔亚：英文"bourgeois"的音译，意为"资产阶级、有产者"。——编者注

"我说这努力，就是努力不摆'先知'的架子，不要把下乡当做'玩雪'似的，一切习惯要能想法与农民合流，引起他们的兴趣和感情，然后他们才能相信我们。"

"那，我们这次白来了！一群少爷小姐似的宣传队！"

"也许不。"魏玲说。"我们这次只希望得些教训，碰碰钉子也没有害处的。我们这是第一次，替别人开路，将来也许有第二次，第三次，第无数次！"

"那，你愁什么？"

"这也是不自禁的。"魏玲笑了笑。"理论是晓得，做起来就难免着急。我们大概都一样。"

"…………"

歌声息了，回音在远方激荡，像秋日雨天草原中的星火，渐渐地缩小，熄灭了。雪野上显出了一种不可言说的空旷。

太阳再向正南，显得更高，更小，却又更有威力了。脚下的雪有些发涩。雪野还是寂寞的躺着，和平而且安谧；时而有一两点鸦影，停下来又飞去了。远方的林木像图案，像花边，静静地悬着。没有鸡鸣，没有犬吠，只有这四十一颗活跃的心。

王起还是挺着腰向前进，旗子仿佛越举越高了；因为队长朱辂说非要赶到芦沟桥"打尖"不可。队员中雄起赳的固然不少，但是有几个女的却吃不住了。周丽叶先就把大衣，围巾，一起堆到她的爱人葛锋的肩上，然后又一手撑着木杖，一手挽着他的膀子，彳亍地向前走。吴茜也走不动了，把领扣解开，一面扶着她的一个同学。还有陈学海叫不出名字来的几个女同学，一面走，一面喘息着。

这时候，队伍显得有些零散，谈话声夹杂着一些唧唧呱呱的声音也出现了。这倒不像行军了，像乡间的游客。

魏玲到底还是不失北方女儿的本色，走得满身出汗了，还是不喊累。她没有手杖，不用人挽扶，到现在还是昂然地挺着前胸。她仿佛心头又洋溢着什么喜悦似的，眉间的抑郁扫尽了，大眼睛张也张的，对着太阳显露着笑脸。

蓦地一阵暖风吹来，她解下了围巾，松开了领扣喊道：

"啊，温和的风，光明的太阳！看，我们有多末幸运呵！假若我们不走出城来，哪能享受这自然的美景呀！喂，小陈，你看这无边的雪海，真是少见！"

"这……我们家乡多着呢！"

"对呀！"魏玲兴奋地叫道。"你的家乡！好，不要忘了家乡吧！"

小陈的眼睛有些湿润了，说不出话来。

"我的家乡呢？"魏玲接着说。"我的家乡和你的家乡不是一样吗？殷汝耕不是已经组织了'防共自治'的汉奸政府吗？啊，不能忘记的十一月二十五日，我已经是亡国奴了！"

"听说，凌则频也去了呢，那个教英文的！"

"哪个教英文的？"

"就是那个黑胡子的家伙！"

"呵呵，不错，凌则频！"魏玲疯狂地叫。"那家伙！那家伙！这班人真是相信中国早已亡透了！"

"但是我们并不相信！"陈学海恳挚地说。"我们是有希望的，有希望的！我想，政府早晚总有被感动的一天！"

"呵呵，你信赖政府吗？"魏玲一撇嘴，神色带着轻蔑。

"是。"陈学海的口气是坚决的。

"不信赖民众吗？"

"当然更信赖！不过，我想民众也得受政府的领导才行。"

"不错，原则上是对的。但是你的政府可靠吗？"

"我想，总有一天会可靠的！"

"在可靠之前，恐怕政府早已不要你了！"

"你的意思呢？"

"我以为是要民众自决！"

"那怕远。"

"没有法子呀！傻子！不自决就得永远受骗！总而言之，中国要大活，必须通过大死。"

"也对政府的话讲得不错，但我总想，有那一天，民众的意见可以左右政府的。"

"也对。但是那怕更远了！"魏玲说完，低声唱道：

　　　　"政府，政府！
　　　　　　剥皮，剔骨！……
　　　　　……………"

"哈哈，政府！哈，哈，哈！……"

陈学海不说话。

太阳往西偏，整个团体都疲倦了。王起强挺着腰，撑旗子的胳膊早就酸了。幸而不久，前面有人在呼噪，队长撞着手向后面招呼道："芦沟桥到了！"

大家马上兴奋起来，颠仆地向前跑。转过弯，静静的长河在面前出现了。定睛看时，前面横着长长的冰川，从西北直到东南，冰川上面复满了黄沙，远望简直像是一条康庄大路。偏左，有一带长桥，像一条死蛇横在河上，桥孔里面黑黝黝的。大家不由同声喊道：

"芦沟桥！啊，芦沟桥！"

葛锋这时特别透着精神，拉起周丽叶拼命地跑向大队的前面，害得周丽叶跟跄地喊叫。魏玲拉了拉陈学海，反而放松了脚步，缓缓地前进。

不多时，大家都走到桥头上了，松了一口气。

站在桥上向大野望去，是没有多少雪迹的。远村茅屋点缀着一棵棵的秃树，秃树像老人的枯干的手，用着力要插入云端里去。桥底下穿过一条冻结的长河，谁都知道这就是浑河。这条河，从人类有史以来就这样流着，载着山谷间的泥沙和枯叶，送入大海。不知经过几多年，不知见过几多世变，不知有几多皇帝踏着桥身荣耀地走过，不知有几多健儿在桥上洒过他们的血。

现在荣耀化为浮云，碧血归于泥土了，芦沟桥仍然倔强地立着，他负载了已往而且准备着负载未来。

河岸上看不见停着的船舶，只有不知从什么地方被风卷来的枯枝，东一堆西一堆的。几个小孩子头上包着破布，身上穿着破棉衣，手里舞动一支木钩，把地下的枯枝一根根地甩进背上的柳条筐里去。在冬天，这河面便是贫困人家取火的泉源。

大家把眼光放近些，仔细察看这道长桥。桥是有着它的特点的，那就是每根桥柱上都雕起一个石头狮子。桥身长得很，石头狮子多得很；据土人们传说，桥上的行人没有一个能够数得出来狮子究竟有多少。这传说自然是荒诞的，但是无论如何，狮子多，是事实。远远望去，那里是桥；简直是两队狮子夹成的一条狭路！狮子雕得真算活，每一个都在张牙舞爪，像是要吃人。可惜，因为年久，有些已经残缺了，但雄姿，却仍是存在着的。

冬天的桥头虽然比较寂寞，因为这里究竟是旱路交通的孔道，还开着一些饭铺和小食担，疏落的也围着一些人。

大家看完了桥，饥渴和疲倦立刻攻上来，支持不住了，于是一窝蜂似地拥到饭铺那里去。这末多的陌生而且阔绰的食客使饭铺的掌柜仓皇起来，近些年因为另外一条道上修了铁路，生意始终没有这样兴隆过，何况又是一些"先生"和"小姐"！桌椅不够，把活动的柜台和破床板都将就上了。厨房里的刀勺不断地响，开水壶喽喽地冒着热气，许多挑担歇脚的人都远远的走开了。

吃什么呢，除了两只鸡以外，也只有豆腐，白菜和咸花生了，还有就是蒸馒头。于是四外的几个小食担也集拢来，炸麻花，油炸糕，芝麻酱，烧饼，油条，……一下就闹了满桌子。桌子上的油泥足有一个铜钱厚，碟子里面腻着沙土，菜里面的泥沙震得牙根苏苏的。……但是没法子，为了饿，也只得往肚子里面咽。

大家总算吃饱了，忘记了什么叫"讲究"，什么叫"卫生"。"小姐"们叫着把暖水瓶里上好了开水，"先生"们又买了一些烧饼馒头塞进大衣袋子里。

该走了！但是大家仍旧懒洋洋的，不肯动身。"小姐"们说太累，要求队长多歇一下。队长看看表，又屈指计算了很久，然后才答应可以在这里休息半点钟。

应该在这里分手到村中工作的七个同伴，都站起来，说是要提早赶路。队长点了头之后，他们都提起行囊告辞了，三十四个男女同伴挥着帽子和手巾送他们上路，大家不由都起了一种凄然的感觉。

大家的自由也只有二十分钟了。有些还坐在凳子上喝白水，有些便唧唧咕咕地四散走开了。

魏玲重新系了系围巾，一拉陈学海的袖子，两个人一起跑到桥头上。

"好雄壮的地势啊！"陈学海带着点儿怀古的意味。

"封建气味也真够十足！"魏玲说着，迎风拢了拢头发。

陈学海忽然发现了一座牌坊似的石碑，喊道：

"喂，你瞧！这不是'芦沟晓月'！怎么'芦沟'呢？不是'芦'吗？"

魏玲跑来看。

"那难怪，本来是'芦沟'，这条水是浑的，弄来弄去，不知怎样就成了'芦沟'了！"

"现在倒不觉怎么样，"陈学海说，"闷沉沉的。也许在晓月的时候要好玩些呢！"

"那也不尽然！"魏玲反驳说。"好玩要有钱，要有闲！风景其实也不过是那样的，一遇雅人，名堂就出来了。譬如，这时候，若是一双爱人，……"

"瞧，这河面多么雄伟呀！"陈学海赶紧用话岔开了。自从魏玲和郭用分开以后，他再也不愿和她提起爱情的事情。他虽然也爱她，但是因为义气的关系，他不愿提起使她伤心的事情来。"这里是兵家必争的要地，可以控制北平，又是清苑的门户，对吗？"

"不错。"魏玲的话头也转过来。"你还真是知道的多。但是我们这次来过以后，又不知道哪一年再看见它了。……"

"这是什么意思呢？"

"不久也许有人要在这桥上洒血了！"

"不久吗？"

"我想是不久的！你看丰台离这里才有多少远！那里不久会变成日本进攻中国的大本营的！"

"看这个局面也许打不起来吧？"

"也许。"魏玲沉思说。"也难说！中国也有很多不愿做亡国奴的人！假若不久能够把民众组织起来，我想，一定会有人在这里洒血的！"

太阳更见西斜了，远方蒸腾着灰色的雾，两个人茫然地望着，好像不得时的勇士在缅怀着他们的故国。

过了许久，魏玲指着一个狮子说：

"看，这狮子多可爱呀！这样的活跃，这样的峥嵘！看，牙齿还没有磨损呢！"

"你看它面向着东方，顽强地！"

"这群狮子将来也会活起来的！"

"那是人，不是狮子！"

"就算是人吧！我愿意用这狮子来做象征！"

"不错，也许我们没有狮子这样顽强！……"

"可爱的狮子呀！"魏玲歇斯迭里地喊。"我愿意洒血在你的身上！"

她不忍释手，缠绵地抚摩着那个张着口的狮子。

"让我们一个一个地抚摩遍了吧！"她喊。

于是两个人慢慢地依次抚摩着向前走，一面唱着歌。

刚刚走过了二十几根桥柱，身后"嘟"的一声警笛响了，他们晓得是召集队伍集合了！

陈学海招呼着魏玲赶快往回走。魏玲似乎还是懒懒的，勉强拖着迟缓的步子，一步步追着陈学海，时而她又回过头去，表示着无限的依恋。

警笛响得更紧了！人声噪成一片，依稀听到一个粗壮的声音：

"同志们！赶快！还有二十里！"

十

　　离开高碑店的时候，全队只有十七个人了。沿途分手去个别工作的是二十一个。两个小姐患着很重的流行性感冒，没法子上路，其中一个是周丽叶；那无法，只好请葛锋护送他们先回北平医治去了。这就又走了三个人。

　　路上的辛苦是无法说出的。虽然没有真正餐风饮露，忍饿斗寒的苦头，确是尝得够了。这样一群哥儿姐儿般的青年男女，为了不愿国土被敌人践踏，为了不愿中华民族当亡国奴，把辛苦的长途当做炼炉，甘愿投身到里面去！热情的伟大呀！

　　在路上，遍尝着世态的冷暖，有火热，有冰冷，有温煦的同情，有严峻的拒绝，有好心的赞助，有阴谋的破坏，……但是他们还得做，让欢欣浮在面上，让苦痛埋在心里，……"要忍耐呀！为了自己，为了民族！"在这个信条之下，彼此忍耐着，安慰着，完成这一次长期的苦斗。

　　现在他们只剩下十七个了，还得前进。他们知道离着终点渐渐近了，艰险也更要多了。沿途也曾得到一点消息，当局把这件事情看得很重，而且要加取缔，派的人也追下来了。

　　"也许是谣言。"朱铭对他的同件们说。"但是我们必须互相警惕着，互相坚固着我们的决心！"

　　"那当然，"矮子廖希威首先发言了，"谁要先跑，谁是孙子！"说着又伸伸小拇指，做个鬼脸。

　　大家都笑了。

　　大个子王起揉了揉疲倦的眼睛笑着说，"瞧，准是他先走！"他已经两夜没有睡好觉了。

　　"你胡说！"矮子跳起来，还到不了大个子的肩头，但是他反攻了。"你才先回去，你这懦夫！"

　　"看谁是懦夫吧！"王起像是发了气，攒着拳头往前凑。

"谁怕你！"廖希威瞪眼看着王起的肚子。

"算了，算了！"队长说。"将来回去替你们两个合照一张像片吧！"

大家又笑了。谁的怨气都消了。

这群笑着的队伍挣扎着向前走，拖着疲倦的步子。他们离着西水县城已经不远了。

十七个人在一个小镇店里停下打尖，茶馆里的人唧唧喳喳的，仿佛听到这样一句话："城门关了！"

大家都吃惊。城门为什么关了呢？

"敢怕是闹土匪？"廖希威又在卖弄他的聪明。

"说不定也许有什么战事发生了。"老成的洪士俊说。

忽然那边茶座上一个小伙子喊道：

"关城干什么？还不是因为闹学生！"

全茶馆的人都瞪着眼，竖起耳朵来。

"真的吗？"同桌上的一个留着燕尾胡子的瘦子问。

"怎么不真！我方才从城里来，差点走不出！县府得了电话是'共产学生'又闹到乡下来了！县长慌了神，城里没有一个兵，只有几十个警察，枪枝又不全，所以赶快下令把城门关起来，断了交通。城上面有几枝枪，生了锈的，城外还有卡子！……听说还要请救兵呢！可怜城里的老百姓，搬也搬不得！"

"从哪面来的呢？"燕尾胡子问。

"从西来的？从东来的？……我说不清了。听说是二三百！"

"唉唉，这年月！"燕尾胡子叹息了。"今年刚刚收成好，又要闹灾！"

"其实有什么可怕的呢？"小伙子说。"学生中个屁用！前儿北平还打死了好几百呢！听说他们偏要爱国？……"

"这场吵子不知道什么时候才算完哪！年年打，打来打去，……"

"我们怕什么？还不是老百姓！"另外一个猢狲样子的说。

"他们爱国也是对的。"小伙子似乎改了口气。"但是我不明白，为什么挨了打还要爱国呢？"

这时候，从后面弥漫着煤烟的小屋子里跑出来一个枯柴般的老头子。他几步赶到了小伙子的前面，推了他一把，又在耳边唧咕了几句，连着向这群生客望了几望。于是小伙子也不叫了，馆子里的茶客一齐鸦雀无声起来。

十七个人的眼光互相扫了一下，知道困难已伏在前面了。

廖希威打了一个呵欠说：

"今天晚上该有热闹了。

几个小姐的面皮有点儿发青。

"不要听他！这一定是谣言！"魏玲镇定地说。

"我们还是走吧！"队长说。"我们又没有武器，我想，他们不会就开枪的，我们向他们讲理，横竖也得让我们歇一夜再走。"

只好这样了，谁也想不出好主意来，谁也希望这个传言是谣言。

大家离开了茶馆，茶馆里马上沸腾起来了。朱辂一路警戒着他的队伍，不要怕，要镇定。但是恐惧的鬼并不放松大家的灵魂，缠绕着，缠绕着！

渐渐离开人声远了，凄冷的风扫过路旁的松林，发着沙沙的响声，大家的发根一阵阵地竖起来。

"你看要发生事情吗？"陈学海低声对魏玲说。

"说不定，不过，怕一阵是没有用的。"

阴森的环境给予了大家无边的恐怖，没有人谈笑，也没有人再唱歌了。让那单调的冷风奏着孤凄的音乐！

穿出了松林，黑黝黝的县城挡住了去路。谁都晓得，今夜的命运就在那里决定了。土山头上挂着灰红色的太阳，想是预备要沉下去了。远处有些稀疏的村舍，草屋角上腾出缕缕的白烟来。白烟滑过冷涩的空气，渐渐凝涩了，究竟今天是否能够飘荡到天外去呢？它自己也不晓得。草屋都是关着门的，似乎是惧怕着什么。

晚风打着脸，大家来到了城门口。

远远有人喝道：

"站住！什么人！"这声音像一声枪响，远远地回荡到山谷里去。

"呀！"几个小姐低声喊。

"卧倒吧！"廖希威说。

"不要乱，要队长上前去答话。"魏玲在安定她的同伴。

朱辂往前紧走两步，回答道：

"是我们，不是歹人。"

"哪里来的？"随着这一声喊，从城门侧土墙后面转出来一个武装警察，一只枪笔直地托在手里，枪口上插着一把并不很亮的刺刀。

朱辂并不害怕，缓缓地答道：

"从北平来的，要见县长。"

"做什么的？"声音还是那样刚硬。

"学生。寒假下乡宣传的。"

"是共产党吗？"

"不是。"

"一共多少人？"

"十七个。"

"不是几百吗？"声音似乎是缓和了。

"没有。不要听谣言，那是挑拨是非的。我们都是一样的中国人。我们到外县来没有别的意思，是要宣传老百姓反对日本人的。你知道，东三省丢了，热河丢了，冀东……"

"不要乱说！"似乎又严厉了。"有公事吗？"

"没有。"

"不许进城！"

"我们要见县长。"

"请县长出来！"王起在身后说。

"什么人？再捣乱，我要开枪了！"

朱辂摇手止住了王起。陪笑说：

"是我的同伴，对不起，他太性急，请你原谅。请你费心回回县长，给我们一个住处。"

"县长不见你们。"

"为什么？"

"上面有命令，说你们不是好人，不准进城！"

"没有通融吗？"

"没有！"

"要我们到哪里去呢？"

"随便吧。"

"随便，那我们就进城吧。"

"不许。"

"真的吗？"

"快走！快走！"那家伙仿佛就要瞄准了。

朱辂偏头望了望太阳，没有法，只好转回来向大家讲：

"走哪里去呢？"

"冲上去吧！"王起说。

"那不成。"廖希威说。"还是就睡在这里吧！"

大家唧喳了一阵，没有办法。结果还是朱辂走上去说：

"老总，我们总得有个睡觉的地方呀！你要怕，尽管搜，我们是没有军火的。不然，我们这群人，男的女的，难道都睡在这里不成吗？"

"你们到底是做什么的？"警察的口气渐渐缓和，那枝枪已经回到他的臂上去了。

"我不是说过，我们是学生！"

"北平不是闹过学生吗？"

"那不是闹，那是请愿。"

"啊，请愿。"警察沉吟一下。"请愿做什么呢？"

"因为日本人要进占华北了，怕要亡了国，我们向政府请愿不要答应他。"

"日本人也真可恨！"警察似乎激动了良心。

"可不是吗？这样下去我们不是都要做亡国奴了吗？"

"你们挨打了，是不是？"警察走近了一步，同情地说。

"是，但是我们不怕，只要抗日，杀了我们也不会埋怨的。"

"唉，你们到底是好人！"警察深深地感动了。

"那，就请你回一声县长吧！"

"办不到。"警察叹息说。"这是上面的命令。"

"但是你也总得替这群人想想法子呀！"

"先生，"警察很感情地说，"我也是不得已。日本人可恨，谁不晓得？但是上面不管这些！我们每月拿几块钱，只叫我们向老百姓要钱，打土匪；可是从来没有叫我们打过日本鬼子！我呢，老实讲，混饭吃，不混就得挨饿呀！我也是老百姓呀！"

这一阵感动使朱辂作了难！说什么呢？没话说。本来是求他想办法，结果还得替他想办法！

"等着吧，将来会好的，等到我们大家都抗日的时候，就好了！"朱辂自己也觉得这话很好笑。"但是我们今晚的问题怎么解决呢？"

警察想了一阵，叹口气说：

"你们到郭四那里去吧，就是山坡左边的那座草房。"他用手往松林后面指了指。"郭四的房子很大，只有一个老太太，他是一个卖力气的。你们去了，就提周二让你们来的，周二就是我。但是见了别人却千万不要提我呀！这是违反命令的。"

"好吧，谢谢你。"朱辂说。"不会连累你吗？"

"也许不要紧。你们偷偷地住在那里，明早再偷偷走开，不进城，也就算了。"

"那真得谢谢你了！"朱辂感激地说。

"记住，左边那个，左边……"说着，他又大喊道。"不准进城！快走！"

大家转过身来，听见城上有人声，问道：

"周德威！什么人？"

"行路的，远路回家的。我把他们赶走了！"

山背后，太阳落下去了，炊烟也不知什么时候消灭得没有踪迹。树林里的冷风不断地吹来，像有人在打胡哨。大家打着寒噤走，脚下的碎石有些滑，害得廖希威跌了两交。到底总算找到那座草房了。

依着周二的指示，他们被屋里的主人接待了。郭四不在家，来往张罗的只有那个六十七岁的老太婆。老太婆的头发白得像银线，精神却是矍铄的，牙齿一个也未脱。年高使她变成了慈祥，永远是东跑西跑，烧开水，熬小米稀粥。最使她高兴的，是几个摩登小姐，她似乎想要抚爱她们，但是伸伸手又缩回去了。

起初，她也像周二那样的问长问短，但是她更没有常识，大家不免又得支吾着。使她最惊奇的是这一群花枝一般的小姐也能吃得来这样辛苦！当她们洗脸的时候，她还殷勤地把土布手巾和乡下胰子拿过来要她们使用；因为她们没有用这些东西，她还赌气也似地喃喃说，"乡下东西，难怪人家用不好。"

但是无论如何，大家走进来便感到温暖了！这是离开北平以来的第一遭，——特别是遇到了这个慈祥的老太婆。

屋子里虽然只有一盆柴火，但四壁和纸窗都是紧严的，没有冷风。墙下时时腾出干草和猪粪的气味，透着酸渍渍的。但是在此时的"先生""小姐"们看来已经胜过第一等旅馆了。

没有什么吃的，只有小米粥；但是里面泡上沿路带来的风干馒头，再加上老太婆送上来腌白菜，也足够可口了。

他们简直是到了家！

入夜的时候柴门响了，老太婆说她的儿子回来了。果然，不多时屋门口伸进一个脑袋来，一只脚在门内，一只脚在门外。老太婆赶紧唤他进来，乱七八糟地把"先生"和"小姐"们的来意说了。

"就是吗。"他的脸上有的是质朴的表情。"可是这里没有吃的。"

大家表示了满足和谢意之后，渐渐和他攀谈起来。他是一个中年的农民，很健壮，也很懂事。谈起来，知道这里一般的佃农每年都不够吃；捐税很多，临时还要应征，所以到了冬天，他不能不找点零碎的事情做。

"做什么事情呢？"

"也不过是替粮栈里抗抗粮食。"今天他就是到双槐镇万盛粮栈去抗粮食的。

谈起日本人来，他没有看见过，听说是很可恶的。并且说：

"假若'先生'们去打日本，我也得算一个！"

这句话使大家深深地感动了；但是没法子答复他，现在谁有权力去打日本呢？

天色完全黑下来了。煤油灯的光辉越发红了。困倦从四壁袭来，大家都在打着呵欠。郭四催着大家快睡觉，他自己的眼皮也撩不起来了。但是朱辂好像忽然想起了什么，向郭四道：

"双槐镇也很热闹吗？"

"每天早上都有集，二三百人呢！"

"多远呢？"

"往南走七八里就是。"

"唔……"

郭四去睡了；老太婆早已蜷伏在土炕上。朱辂低声对大家，说明早要到双槐镇去宣传，大家都点头了。

郭四走到墙角地铺上去的时候，还说：

"这里很安静，没有狗，夜里出去是很方便的。……茅厕就在东墙外。"

大家又忙了一阵，铺草的铺草，出去解手的解手。……

陈学海躺在草铺上来回翻着身，睡不着，看看灯油也快烧完了。草铺上的人，有些已经起了鼾声，有些在默着。四壁仿佛有一种声音向他压来，但又听不见。干草和猪粪的气味硬往鼻子里钻，他很焦躁，脑子里好像有一根棍子在搅，他想出去走走，"透透空气"。

于是他轻轻起来，尽力使草铺不发窸窣的声音。他悄悄地推开门，走出去，长吁了一口气。远远听见夜风在松林上鼓荡着波涛，冷气从四面侵袭着他的身子，他紧了紧衣领，走出院子去。夜里的山，轮廓更清晰，也更显得高了，一起一伏的像驼峰。新月像一个没有柄的镰刀头；微光之下，四外更显得阴森可怕了。

他想不起什么来，也不愿去想。踏着这微薄的月色，漫然向前走去。

渐渐走近松林边了，松林里传出来清脆的歌声；在静夜里，歌声像水涨了的一般，没有丝毫渣滓。

"这是一个女人的歌声，"陈学海听出来了，"是谁呢？这黄莺般的喉咙！"

歌声越来越近了，他听出来，这是魏玲。"她一个人出来做什么呢？"他不愿惊动她，便悄悄地坐在路旁的一块石头上。歌声息了，但不久又换了雄壮的调子：

　　　　"起来，起来，起来！
　　　铁蹄下的奴隶们！
　　　在重重的枷锁下，
　　　　　忘记了自由与青春；
　　　　　忘记了敌人的凶残；
　　　　　忘记了民族的苦难，
　　　　　我们要，自己去斗争！
　　　呵，来了！
　　　　　时候不等待我们了，
　　　　　快要警醒！——
　　　　　铁蹄的践踏，
　　　　　　深入边疆，
　　　　　　深入农村，
　　　　　　深入了人们的灵魂！
　　　　　我们的民族将永远
　　　　　　沉沦，沉沦！
　　　起来，起来，起来！

铁蹄下的奴隶们！

　　胜利，不然就死！

　　民族解放在今天！

我们要救亡图存，

我们要团结一心，

要烧起烽火，

冲锋前进！"

　　陈学海一直听到唱完。末尾一句，这歌者是用高音拔上去的，声音穿出松林，直上天空，再散到远方，消灭了，——好像在深山里吹起一声清越的笛子。这首歌，陈学海是晓得的，是"民族战歌"，造词和作曲的都是北方的作家，所以调子特别雄壮。但是，这并非一支流行的歌曲，很多人都不能唱，作曲者的原意是准备作独唱或二部合唱用的，陈学海就不能很正确的一直唱到完。

　　今夜，陈学海沉醉在这歌声里，他的思路紊乱了。他只是静静地听，咀嚼着字句，充满着欢喜与悲哀的复杂感觉，最后他的眼睛里已经充满泪水了！为什么呢？他自己也不明白。

　　他坐在石头上动也不动，像一个翁仲。

　　突然松林里的歌者高声喊道：

　　"谁？"

　　"呃——是我！"在怔忡中的陈学海吃惊地应了一声。

　　"小陈？——是你吗？"

　　"是。"陈学海站起来，完全清醒了，"你唱得真好！"

　　"谁说？这个歌很难唱，而且是并不通俗的。"

　　"几时出来的？"

　　"相当久了，我几乎跑遍了这松林。唉唉，那猪粪味真够瞧的！"

　　"可不是！我也是受不了，出来走走，想不到又成了'马后课'！"

　　"你很疲倦吗，小陈？"

"不怎样。其实一路都是疲倦，不过也很兴奋，疲倦被兴奋掩盖了，我想。"

"可不是！什么时候回去，我要狠狠地睡他几天！唉唉，这次旅行太好了，长了很多经验。"

"你想我们这次的收获有价值吗？"

"有，不能说没有！但，这个还不够！"

"说我是革命者，我自己也不相信。"陈学海漠然说。

"什么意思呢？"

"不过是说我自己不行罢了！"

"其实讲起来，我们哪个行呢？这不过是一阵热情！论经验……"

"论经验，你们比我好得多了。"陈学海拦住她的话。

"好得多？这话看怎样说！譬如'一二·九'的运动吧，到现在想来也还像一个梦！"

"那到底是有组织的，你们的计划也总算周密。……"

"唉，周密！其实也不过是一阵热情吧！干部就不够，发动的也仓猝，群众也都是临时凑起来的。"

"结果却也不算小。"

"不算小，这是梦想不到的。"魏玲用手帕挥了挥石头，坐下了。"这不是人力，这是事实的要求呵！"

"也得有人去组织。"陈学海在沙地上来回踱着步。

"说起组织，真可笑。事先也不过各校号召了一下，那只能说是宣传。喂，小陈，你晓得那样多的群众是哪里来的？"

"你可是说号召来的吗？"

"那不过是一部分。"魏玲说。"也还有大部分的学校并没有接头过。"

"唔？"

"那很好笑，也很简单。"魏玲格格地笑了。"各城的队伍出发的时候，他们就沿路号召，遇见学校，就堵在门外喊口号，于是里面的人就冲出来了！奇怪的是大家并未先商量过！"

"这是时代呀！"陈学海叹息说。"青年人本来是苦闷的，但是苦久了，也就只好耐下去；忽然大的刺激来了，任是什么人也忍不住！譬如我——"

"对了。我们的力量也只有这一点点。将来恐怕更要难了！"

"但是，将来会光明起来！"陈学海坚信地说。

"会光明，也会艰苦！"

"…………"

"你觉得我这话不对吗？"魏玲拂了拂头发问道。但是不等陈学海回答，她又讲下去了，"现在除了汉奸，除了亲日派，除了混吃等死的人，……凡是智识份子都觉醒了；但是这样便算够了吗？就算这些人能够团结起来，便能抗日了吗？不行，这是少数！"

"所以？——"

"所以必需要团结起中国的多数人，那就是农民！现在多数的农民还没有感觉到压迫的不能忍受，还没有国家民族的意识，还是满脑袋的'谁当皇上就给谁纳税'，他们现在受着中国人的欺骗，将来也会容易受日本人的欺骗的！"

"是的，必需要他们起来。"陈学海说。

"这就难！这是我们最艰苦的责任！"

"我们这不是在宣传吗？"

"这不过是做样子，说好了不过是在尝试。这样宣传就会成功吗？你看农民那样地格格不入，官吏那样地障碍，……唉呀，远呢，远呢！我真急得很！"

"怎样才好呢？"陈学海问道。

"我想，将来必须有真正组织民众的人！那就是，他抛弃了利禄，抛弃了虚荣，抛弃了学业，甚至抛弃了自己的一切幸福，走到乡间来，完全改变了生活，学习着和农民一样。这样才行，这样才行！"

"你对政府当真是失望了吗？"

"你又来了。"魏玲严肃地说。"总是相信政府!从前人们何尝不是等着,要政府贤明起来吧!要政府替国家人民打算打算吧!但结果呢,土地一块一块地失去了,人民一群一群地当了亡国奴了,于是大家说,起来吧,去请愿吧!结果得来的是大刀,水龙,木棒和监狱!现在呢,你还是要靠它!"

"那,不要政府吗?"

"不是。我们要的是另外一个政府,是一个和人民同患难共甘苦的政府!"

"我说,迟早政府会做到这一步的!要是逼得紧,就有可能!"

"这话很抽象。"

"我以为并不抽象!譬如日本人压迫得连政府都不能抬头的时候,它还不和人民结合在一起吗?所以我觉得我有时也太偏,不该离开政府那样远,那是有害的。"

"那样我们只好等着了!"魏玲显然发了气,月光下还看见她的黑眼睛闪也闪的。

"请不要误会,我的说话能力太不够。"陈学海抱歉说。"我们一面也要做,一面也要催动着政府。"

"农民不起来,政府的催动也怕难吧?"魏玲的语气稍稍缓和了。

"呵,农民先起来——"

"是。先得把农民组织起来。我们不能任着大家苦闷下去,应该先动手。有了广大的群众,政府不干也没办法!"

"你说城里的青年也不可靠,是吗?"陈学海不愿再和她扭结那个问题,所以另外弄出一个不相干的问题来说。

"你还没看见?"魏玲愕然说。"什么集团里都有靠不住的分子。譬如郭家本,刘天鹉这群混蛋!……"

"难道他们就不明白吗?"

"也许是明白的,也许是一定明白的。"

"也许是没有信心?"

“什么信心？”

“也许根本就不相信这个民族能够强壮起来！”

“我想他们也没有主意，他们是游离的。”

“当亡国奴不是一样不好受吗？”

“唉唉。”魏玲叹息说。“他们也许自觉生命没有那样长，先弄点生活费再说，否则，连求学都要动摇了。”

“只是为了钱？”

“谁说不是？这类东西哪个是为主义的！”

“我觉得奇怪。从前刘时他们讲起，我就觉得奇怪。”

“其实没有什么奇怪！”

“我想，金钱买不了我去！”

“那是你！不是他们！”

“钱很多？”

“哪里很多？”

“像郭家本那样……”

“也不过每月十几块钱。”

“天哪！连他也是那样少？”

“这算少？还有十块八块的，甚至三块！”

“啊呀！”陈学海喊道。“……这值得吗？一双皮鞋也要四五块呀！仿佛陆飞也说过，我还不相信呢！”

“这值得？”魏玲看着他那老憨样儿不禁乐了。“这就可以出卖自己，出卖朋友！”

“你说——”

“我说为了一点小钱就可以把朋友卖掉！”

“也许到底是主张不同？”

“哪里？什么主张？只要钱！假若我们有钱，譬如再多给一块，马上就会过来的。”

“有这样奇迹吗？”

“当然有。可惜我们没有钱！”

“他们却又造谣说我们很有钱，有津贴。”

“你相信吗？”

“当然不！这怎能使人相信呢？”陈学海往前凑了一步。“据说我们的津贴分三路：卢布，金票，还有故宫盗宝卖掉了的钱！你看，多么污蔑，我觉得现在人们的嘴上都是染着腥血的！”

“你晓得那是什么人讲的？”

“还不是那些——”

“他们也有头子，N 大两个教书的。”

“是那个姓朱的家伙吧？”

“还有一个姓苟的！姓朱的是大炮；姓苟的却不大出头，但……他是‘诸葛亮’！”

“这样造谣有什么好处呢？”陈学海停下步子沉思了。“他们也未必愿意亡国的，我想。”

“私怨胜于国仇，这也就够了！”魏玲拾起一个石子掼到沙地里去。

“这私怨哪里来的呢？”

“唉唉，久了，久了！由于政见，由于误解，……多半还是由于误解的。”

“是。我也觉得双方彼此都有些估价太过分了，是吗？”

“也许，但是有什么法子呢？”

“那就永远不能解除了吗？”

“也不见得。我想这解除难免要通过流血！或是互相杀掉，或是有了共同的敌人！”

“我想，若是一方面屈就了，譬如用痛哭流涕的陈说，开诚布公起来，难道对方就不是血肉的人类吗？”

“也许可能，但是还没人敢去试试看。”

“我想，大家都不肯，反而更糟。”

“我真着急，想要回去了。”魏玲站起来，抖了抖衣襟。

"睡觉去吗？"

"不。我说要回北平。"

"有要紧的事情吗？这里事情还没完，……"

"我是这样想。回去以后的事情多的很！还有那样多受伤的！还有那样多人在监狱里！……还有郭用……"

"你又提郭用！"陈学海拦着她。

"早晚也要提的，我总得和他说明白！"

"说什么呢？"

"还不是绝交！"

"这是不痛快的！这多年——"

"我倒不在乎！"魏玲毅然说。"我爱的是人，不会爱一只狗！"

"果然吗？"陈学海试探说。"过些时候也许又好了。"

"你看不起我吗？"魏玲生气了，扭过身子去。

"请你原谅！我没有看不起你，我永远都认为你是一个聪明，能干，而且有正确认识的好人！"

"那，你为什么拦阻我？"魏玲转过身来说。

"不过，那，我想无论如何，郭用是个有学问的人。"

"所以，这样的人要叛变了，就更糟！"

"那，我要替你悲哀了！"

"有什么悲哀？"

"你将要孤独起来了。"

"并不孤独！与其合不来，还不如孤独着好！"

"将来呢？"

"将来？将来有什么关系？"魏玲反倒兴奋起来。"同志都可以是朋友，交朋友也不是希奇的事情！你以为我要给他做太太吗？"

"那——"

"原来就没有那个意思。不过思想差不多，可以互相帮助，做做朋友也无妨的。现在他妨碍我的事业了，那就是欺骗我，马上可以和他离开的！"

月影渐渐淡了，山野的风吹得十分有力，在蓬乱的头发下面，魏玲的面上有浓厚的黑影。

"我可以爱你吗？"陈学海无论如何是不敢这样讲出来的，他只是安慰着魏玲说：

"回去的时候再说吧！"

"现在我只觉得事业重如泰山，恋爱轻如浮云了！"魏玲好像并未听见他的话。

"在做事情的时候，要忘记恋爱！"魏玲接着说。"那芥子大的事情算什么！多少有志气的人，因为这个丧了性命！值得吗？不值得！譬如现在的刘时，沉沦在小倩的怀里，将来不免要吃苦头的！小倩并不是一个高明的女人！刘时是好的；但是从这一点上看，我却不佩服他！可是——"

魏玲话未说完又咽下去了。陈学海感到可怕，这个人铮利得像刀子样的！

"可是……可是……小陈，你这人很诚实，我想我们今后可以做个患难的朋友吧！"她说着，紧紧握住了陈学海的手。

陈学海战栗了！他不晓得魏玲这句话究竟有多少深度，他怯懦了。

"唔……可以的！"他的手失去了力量。

斜月沉下山背后去了。山野浸上了深黑色。魏玲的面孔看不清楚了。是可爱，是可怕呢？他的手梢上感到了奇妙的温暖。

野风的威势更加厉害了，两人都打着寒噤。

"回去吧，不早了。"还是魏玲说。"明早还有热闹看呢！"

陈学海默然点点头，和魏玲并着肩，一步一步地摸索着回去。他的手并没有退出来。

十一

这是一个温暖的早晨。太阳刚刚爬上东山嘴，和煦的光芒早已辐射在村镇上了。村镇是夹在两个土山中间的，多年之前，想来这里应该是一个峡谷。年久了，风从山上，从旷野，带来了泥土，渐渐把它铺成平地。因为是地广土肥，不知从什么时候，就移来了人类的足迹，这块平地渐渐布满田垄和草屋了。人们在这里生息着，抚养着他们的子孙，开拓着他们的产业，村镇就渐渐喧腾起来，富庶起来。但是住在这里的人并无大志，所以还保持着半原始风味的生活，好像是这两堵"山墙"把他们永远夹紧，不能进步，也不想进步。

山地虽然偏僻，但是因为地方很大，铺子很多的原故，附近乡村的人都愿意到这儿来交易，因此，它就成了一个很热闹的集场。每天粮栈里的米仓吞进去大量的谷米，然后用七套马的大车，两套或一套马的花轱辘车，轿车，驴驮子，……运到县城去，运到远方的都市去，喂养有闲的人！但是这村镇并没有出风头的野心，它自己也不会办个报纸整天鼓吹；所以吃了米的人们一辈子也想不到来感激它的。除了宇宙还给予一块存在的地位之外，它几乎渺小到连一个芥子的价值也没有了。

村子既然被两堵"山墙"紧紧关起，当然是闭塞的，因而也很落后。居住的和来往的人都是文盲，外面的事情丝毫听不到；譬如哪里死了官，哪里打了仗，都与他们无关，他们所关心的只是今年不要闹蝗虫。每天的生活，除了种田籴谷之外，只是"两个饱一个倒"，就心满意足了。所以这里的情景是单调的，寂寞的。

但是，它也有喧闹的时候，那就是每天的清早，只要老天不落大雨，人们便携着他们田里所产的"金子"，到这里来做交易。大家都很激昂，吵闹着，争论着，大概都是为了几吊钱和几百钱的事情。等吵一过去，大家都让点步，大家都得点便宜，于是都相当满意，带着微笑钻到酒馆里去了。那也不过是喝上几两白干儿，并不发什么议论的；酒馆墙上贴着的"莫谈国事"红纸条子并不能限制他们，因为他们根本就不晓得什么国事！就是有时候大哥三弟凑在了一起，也不过讲些家常如小孩子拉痢疾，或大姑娘养孩子一类琐事，这是不犯"王法"的。这个地方就是如此，这个地方太不开通了！

村子正中间长着两棵大槐树，不知有多少年了，白须白发老头子也不能说出来。树干非常粗大，要十个以上的人才能抱过来。树皮也粗陋，正象征

165

着它的年龄，风雨的吹打已经是饱尝过的了；但，树的位置是很好的，正正生在村中间，若是没有权桠的枝子，倒真像两棵粗大的旗杆。冬天，树叶都凋谢了，零星地挂着些干槐角：若在夏天，据说就茂盛极了，像遮天的华盖。那时它们俩将成为村人的恩物，南来北往的人，走到这里，都要放下担子，歇脚吸烟，甚至拿虱子，也没人来干涉。而树中间，不知是谁放了几块墩子也似的圆石，据说夏天这里就卖茶，还有卖老洋瓜的。一到冬天，树底下就冷淡起来，人们一齐拥到茶馆里去。

树前面，是宽敞的大路，可以同路走上三挂车。两旁就都是铺子了，粮栈之外，有面铺，烧饼铺和茶馆。带了货来的人，总能够让他吃饱了然后满意地回家去的。

这天早上，郭四嘱咐了那些贵宾早些赶路之后，便奔回这村镇来了。沿路上，风从身后用力地吹送，使他很容易地就望见那两棵槐树的梢头了。再加紧了脚步，他不久就走进了这宽大的峡谷。

这峡谷又在做着喧闹的日程，人们像蚂蚁一般在那里翻滚。大马车，小马车，挤做一团，手推车在吱牛吱牛地叫，人们噪喊着各种不同的声音。大路也显得窄了，路旁摆满了挑担；米担，花生担，老玉米担，栗子担，倭瓜担，盖着麻包的白菜担，蓬着草的山芋担，雪白的萝卜担，……这些东西，在郭四看来都不算奇怪，每天都是这一套呵！

但另外还有许多摊子；香摊子，蜡烛摊子，鞭炮摊子，供花摊子，……这些都是昨天没有看见的。他忽然想到今天是腊月初五，年货都上市了！于是他想到过年，想到赵大爷的债还没法还清，想到老娘的棉袄还没有着落，……他抑郁了！

"管他妈的！"郭四一甩袖子，心里想。"先弄块切糕吃再说！"

于是他走到王三麻子的切糕摊旁。

"来半斤吧，老三，明天还钱。"

王三麻子怔怔地看了他一眼，什么也没说，哧地一刀，便割下了一片又热又香的切糕，厚厚地抹上了一层糖。

郭四默然地吃着，一手叉着腰，两只眼睛不住地扫射。

忽然，身旁孙大瘤子喊：

"看哪！又拉兵了！"

大家的眼光马上一齐转过去。

村口上跑来了十几个人，衣服的颜色很杂乱，脚步却很整齐，最前面有一个高大个子打着白旗子。

"敢怕是捉小绺的？"另外一个卖切糕的说。

"扯淡！"孙大瘤子喊道。"捉小绺怎么不见用绳子捆？我是拉兵的，是拉兵的！"

这样争吵着，这群人已经走进村口了。郭四一眼看出来，就是昨夜他家草房里的"佳宾"！

人声忽然鼎沸起来，这群人走进集场来了。

"不要乱，这是学生！过路的！"郭四扯起嗓子喊，谁也听不见。

"看那个'大旗杆！'"捡柴的小秃指着大个子喊。

"那个猢狲！耍猴戏的！"是一个背筐子小孩的声音。

"不要乱喊！不要乱喊！过路的！"郭四拦着这骚乱的群众。

孙大瘤子看得顺着嘴流"哈拉子"。

"还有女的哩！看那个秃子！"

"…………"

这队伍似乎并不理睬他们，一直地向前走，看看走到两棵槐树中间了，就挤成了一团，唱起歌来。歌声虽然并不怎样雄壮，全镇的人却都听见了。人们渐渐往这里拥了来。

"走呵！看传洋教的呀！"卖梨的赵老四喊着往前跑，他知道这又是福音堂里的人。于是人们像一阵风向着那两棵槐树扫去；从茶馆里，从粮栈里，从蒸气腾腾的面铺里，不断地往外冲着人！蜡摊的老板丢下了蜡，让它落在地下由着人们践踏，他早已不知跑到什么地方去了。卖山芋的也掷下他的担子任着人来偷。但是没有人偷他的！人们早就老大唤着老三，老王拉着老李，跑掉了！总之，都跑掉了，连跛脚的老太婆和生秃疮的小孩子都跑掉了。顷刻间，树底下围得黑鸦鸦的，市面倒像一个荒村了！

歌声越唱越有劲，听众越来越拥挤，大冬天儿，人们身上都觉得潮忽忽的！但是还要听，屏着气听，大家都像哑子似的。

歌声停止了，嘈杂的声音又渐渐起来。

"怎么还不传道？"赵老四着急地说。

"你性急做什么？"王三麻子从身后打了他一拳。赵老四要还手，可惜转不过身子来。

"看，有人上去了！"这喊声把王三麻子和赵老四劝开了。大家定睛看时，石墩上面早已站定了一个小伙子。

"好了！牧师上来了！"赵老四忘记了刚才那一拳。

"扯淡，胡说八道！"孙大瘤子喊道。"怎么没有拿圣书？"

郭四认识他，就是昨天晚上那群客人的队长。"他们要在这里干一下吗？"他心里想。"也许会闹出大乱子来的。"

石墩上的人摆着手叫大家安静，又用眼睛把这些人扫了一转，然后才开口说：

"各位老乡，实在对不住，耽误你们做买卖，我有几句话讲给你们听听吧。"

"原来不是传道！"赵老四低声说。

"说吧，说吧，为什么不说呢？"后面的一个人喊完便藏到什么地方去了。

人群里一阵笑声。

石墩上的人又用力挥起手来，总算把笑声止住了。于是他用着一种号筒似的声音朗朗地讲起来。

他首先说明他们不是传洋教的，也不是拉兵的，他们是学生。他要报告的是国家的事情。

"国家的事情有什么用处？"孙大瘤子撤身就要走。

"听听有什么关系呢？"王三麻子拉住了他。

"不要乱，不要乱。"石墩上的人用力镇服群众。"知道吗？我们要亡国了！"

不管群众怎样不能保持肃静，他雄鸡一样地伸着脖子，努力地往下讲。他首先讲起四年前日本怎样占据了东三省，又怎样攻下了热河，炮打了山海关。在这些地方，日本人怎样霸占中国人的财产，把中国人当做奴隶使唤，招了许多"卖力气的"去修飞机场，挖战壕，末了把他们都毒死，掷到河里去！女人呢，抢去了她的首饰，奸淫她，要抵抗就是死！

"现在那些亡了国的地方太苦了，没有我们这样安顿的日子！"他加重说。眼看他浑身用足了力气，带着喘息。

"日本鬼子真不是东西！"底下有人狠狠的说了。

"鳖羔子日的！"又是一个人骂起来。

这时人群渐渐安静下来了，大家的脸上罩了一层云。

讲演的人似乎不肯放过这个好机会，他大声说：

"现在快要临到我们的头上了！"

大家吓得一哆嗦，眼睛都睁大了！

"离我们这里不远，从北京到山海关，这条线，现在叫做冀东，那里也被日本人占去了！"

"我当是日本人已经到这里来了！原来不是，还远呢！"下面有人这样说。

"老实说，也不算远呵，老乡！"台上的人向他打着招呼说。"一下子也就会来到的！"

他接着就说中国的汉奸如何多，这些事情首先都是汉奸们干起来的，接着才来了日本人。

"汉奸真多！他奶奶的！"郭四说。

"汉奸长得什么样儿呀！"赵老四问。

"就像秦桧那样，丑脸的！"王三麻子说。

"不对！"赵老四反驳道。"秦桧是白脸的！"

"汉奸长得和我们一样。"另一个观众说。这个人生得黑黑的，穿着长袍，村子里从来没有见过他。"不过因为他卖了我们，所以就叫汉奸！"

这时台上讲到冀东政府成立以后的事情了。

"男的拉去当兵，预备打中国人！女的呢，他们抢去开窑子！……他们还做白面儿卖给中国人吸！吓，比大烟还厉害！"

于是他接着说，许多人家因为日本人闹的，快要五零四散了，人们逃出来，他们还要赶着打回去！

"唉呀，真可恨！"一个听众说。

"打他个兔崽子！可惜老子没有枪！"又一个说。

就在这时候，忽然一阵大乱。人群像遇见了岩石的波浪，四面荡开来。

从人群里面冲出来一个女人！大概是疯了吧，剪短了的头发乱得像鸡窠，满脸黑泥，脖子却是雪白的；身上很臃肿，像穿上了全套"寿衣"似的，外面的一件很不合体，而且都破碎了。她狂奔着向前扑，有时还在地下打个滚儿。口里嘶声号叫着，像刚刚生了蛋的母鸡，只有一句话可以听得懂：

"唉哟，我的儿子！我的丈夫！唉哟，噢噢噢！……"

台上的讲话停住了，大家的眼光都移向这边来。

"这是谁呢？"有人在惊奇地喊。

"不是前天死了儿子的赵大娘吗？"另一个人说。

"扯淡！"有人在骂。"赵大娘的头发都白了，看，这个是黑的！"

"不是的。"又一个在作结论了。"这不是我们村里的。"

那女人连滚带爬地四面乱跑，口里还是喊：

"唉哟，我的儿子！噢噢噢！"

大家一失神，不知从什么地方又冲进一个二十岁左右的女孩子来，青袍子，白围巾，短头发，还有一苹果红的脸。郭四认出来这是昨天晚上住在他家里那个姓魏的姑娘。

"这是在做梦吗？这是什么事情呀！"郭四心里想。

他眼看着那个姓魏的也发疯似的冲上去，追着那个疯女人，口里连声喊着"妈"！

"这真是活见鬼！"郭四自言自语道。"这个姑娘还有妈？昨天晚上怎就没看见？……"

但这时那女人已经跑到一个石墩的旁边，有几个陌生的小伙子把她扶住了。女孩子也赶上来，咽声喊着"妈"！女人还是喊：

"我的儿子呀！我的丈夫呀！噢——噢——噢！"

唱歌的人也都集拢来。女人死力地挣脱，那几个小伙子都有些捉不住了。

"唉哟，我的儿子呀！……"

女孩子哭着说："妈妈，我在这里！"

忽然那个女人一转身，本来已经认识了那几个陌生小伙子的郭四，看见女人的衣裳里子是红色的了！

"啊！原来她就是那个姓谢的！他们这是来唱戏呵！"郭四心里想。他安心且不说破，要看他们到底做些什么。

"有什么伤心的事情呀，这位太太？"唱歌队里一个女子问。

"唉哟，日本强盗呀！把我的儿子杀了！把我的丈夫打死了！噢——噢——噢！"

"到底是怎么一回事呀？"另一个男子问。

"是呀，到底是怎么一回事呀？"几个村人和着说。

"这是你的母亲吗，小姐？"大个子问那个姓魏的。

"是——"女孩子呜咽着。

"唉哟，日本鬼子！杀了我的儿子！噢——噢——噢！"

"这可怎么办！这可怎么办！"孙大瘤子直跺脚。

"杀了她的儿子了！"王三麻子说。

"对了，对了！就是你，日本鬼子！"那女人瞪着眼向他扑来，王三麻子转身就跑，结果是大家把那女人拦住了，王三麻子跑掉了一只鞋。等他找着了鞋回来看时，那女人正在揪住唱歌队里的那个猢狲喊道，"你是我的儿子呀！噢——噢——噢！"

大家都在不自然地笑着。

"到底是怎么一回事呀？"大个子着急道。"你说吧，小姐，你说给我们听听吧！"

"是呵，说给我们听听吧！"王三麻子不敢大声讲话了。

这时，那女人的喊声已经小了，女孩子擦了擦眼睛，说话了。

"我们是从冀东逃来的，这就是我的母亲，……"

"我们知道了，往下说吧！"赵老四说。

"鬼孙！打什么搅！听她说呀！"王三麻子又骂起来。

"不要乱！"有什么人说话了，大家又安静下来。

"我们全家都被日本鬼子杀了，只逃出我们母女两个人！"女孩子接着呜咽说。"日本鬼子进了通州城，就开了白面儿铺子，不光是卖白面儿，见了小孩子还要拐了走！"

"那是拍花儿的！"赵老四又插进一句，王三麻子拐了他一肘子。

"我有一个五岁的弟弟，被他们抱去了！"女孩子呜咽地接着说。"要我们在五个钟头之内拿五百元钱去赎我的弟弟，到时候没有钱，就要把孩子杀了煮肉吃！"

"给他钱吧！"有人着急地说。

"我们哪里有钱呢？就是想办法，也不是五个钟头能够做得到的！……我的父亲去哀告他们，不答应，果然到时候就把我的小弟弟杀了！"

"老天爷呀！"人群里一个老太婆在喊。

"而且把小衣服，小裤子，都给我们送到家里去！我母亲一见就晕过去了！"

女孩子讲到这里，呜咽不能成声；那女人又吼起来：

"唉哟，日本鬼子呀！唉哟，我的儿子！"

有人在安慰着那女孩子，劝她继续说下去。

"父亲红了眼，去找日本鬼子拼命！"女孩子接着说。"但是也被他们打死了！"说着她又哭起来。

"真可怜！"旁边有人说。

"多亏亲戚把我们救出来！逃到这里，不然也要被鬼子杀掉了！现在母亲已经得了神经病，每天常常这样喊叫的。……"

"唉哟，我的儿子呀！……"

"方才听见你们说到冀东，她的旧病又发作了！"

大家听了都叹息。

"这个姑娘真命苦呵！"一个老太婆的声音。

"打日本鬼子这鬼孙的！"另一个粗声说。

"难道当官的就不管吗？"

"当官的！只配吹鸦片！"

"…………"

在这骚乱中，一个穿黑外套的人跑到台上去了，郭四认识是昨天晚上那个姓陈的。

陈学海站在石墩上扯开嗓子，喊道：

"不要乱！老乡们！我是东北人！我们那里比冀东还厉害，你们没有听见方才那位小姐讲话吗？我们那里死的人更多了！"

"听见了！"底下几个人说。

"现在日本鬼子快要到这个地方来了！大家想想，应该怎么办！"陈学海接着喊道。

"打死他！"底下的声音吼起来。

"和他拼命！"

"谁给老子一枝枪吧！"

"不要乱，不要乱！"陈学海两手挥舞着。"一个人拼命是不中用的，要大家合起力量来！打得过，打死他！打不过，拉到山里当土匪去！"陈学海说完走下去了。

"他说的对！"王三麻子说。

"好！——"赵老四也扯起嗓子来。

这时候，郭四上去了，大家都是一惊，郭四红着脸，心里扑咚扑咚的。

"老乡！"他的声音有点变了，沙沙的。"这位先生说得对！我们这里不许鬼子进来！将来打仗大家都得去，谁不去谁是孙子养的！"几句话累了郭四满头汗，他跳下来了。

"好呵！"底下又在报好。

"先生们，你们当官，我们当兵吧！"有人要求道。

"给我们几枝枪打鬼子去！"

"等着吧。"朱辂感动地说。"到时候，我们会来找你们的。"

队伍唱着歌走下去了。那个女人和女孩子不知什么时候早已溜开了。

又是一阵大乱之后，各人找到了自己的挑担和摊子，互相骂着，又各自做起他们的生意来了。

"这些人到底是干什么的？"有人这样问了。

"我想，他们都是好人，不久还要来的。"郭四这样支吾着，一直没敢讲出那些人的来历。

············

五天以后，这个队伍远远望见清苑城了。

由于重重的打击，使他们增加了更多的世故，他们不敢那样大摇大摆地去闯城门了！他们知道若是那样做，结果应该是什么！在城外，他们预先开了一个会，商量着怎样进城。结果大家都主张三五个做一起地溜进去，然后再到一个定好的地点去集合。清苑城是洪士俊的家乡，他晓得南门里有一个高升栈，房屋宽大，地方又僻静；于是集合的地点就定在那里了。

接着又讨论到进城的工作问题。游行示威或者市民大会自然是做不到了；只好想方法把清苑的学生组织起来，做为根基，然后再求发展。

当天上午十一点钟他们都在高升栈集合了，占了三开间的一个大屋子。吃中饭的时候，朱辂举着一杯茶水立起身来道：

"没有酒，我就用这杯茶水当酒吧！恭祝诸位同志远征成功！"

大家肃然站起来，少停，又都坐下了。

"还是队长应付得好。"洪士俊说。"我们总算告一段落了！"

"这是大家的力量！"朱辂谦虚地说。

"不要客气！"矮子廖希威的下巴抵着桌面子。

"密斯谢的女太太装得真像！"李芳插了一句。

"买来的那件破大褂瘦得很，箍得我动也动不得！谢碧英赧然说。

"我们的经验到底长得多了！"魏玲的态度很冷静，打断了大家的闲谈。

"不错。"朱辂道。"大家都是在长着经验的。"

"路上看来，农民都还好，民族解放是有希望的。"谢碧英也庄重地说。

"那，我们就是民族解放的先锋了！"陈学海补了一句。

"不错，不错。"大家齐声道。"我们真像民族解放的先锋队伍！"

大家的面上洋溢着喜色。

"那末我们就发起组织'民族解放先锋队'吧！"朱辂提议道。

"赞成！"王起喊。

"谁要反对就揍他！"矮子笑着吼起来。

"不要开玩笑！"洪士俊拦着说。"我们暂且组织起来，回去的时候，再扩大组织，请其他的同志们加入，好吗？"

"这样顶好！"大家都赞成了。

"让我先把名字写下来。"蒋士希说着取出纸笔来写道："民族解放先锋队队员——朱辂，洪士俊，魏玲（女），王起，谢碧英（女），陈学海，王秀（女），吴茜（女），李芳（女），高抗，张长万，白文瑞，吴西渭，许果，陆雄，廖希威，蒋士希共十七人。"

临时的负责人也要推出来，于是就有人推朱辂做书记，洪士俊做组织，魏玲做宣传，蒋士希做交际。大家无异议，通过了。

少时，朱辂起来发言了：

"同志们把这个责任加在我们的身上，自己是觉得惭愧的；不过既然这样定了，暂时只好试试看，希望今后大家齐心努力，把民族解放的大业负担起来！现在就请宣誓吧。"

于是朱辂领导着大家宣誓道：

"我自今日加入人民族解放先锋队，愿站在反帝抗日的立场，为民族解放而奋斗，如有违反队章，愿受团体的严厉制裁，谨誓。"

然后商量到队章的问题。洪士俊说："一时也来不及，到了北平再起草吧。"大家都点头了。

接着彼此又庆祝了一番，欢喜的心情把一路的辛苦都冲散了。

下午两点钟，一个勤务兵走进来问：

"你们是不是从北平来的学生？"

"不错。"朱辂承认了。事实上也是不容否认的。"什么事？"

"'新边政委会'的由科长找你们去训话。"

"在什么地方？"

"省政府。"

"我们不去！"大家齐声说。

"不去不成！"勤务兵说。"他在这里等了三天了！"

"我们管不着！"廖希威捶着桌子。

"这样掼！用得着么？"勤务兵好像也发了脾气。"我们这是命令，不去，你们是自找苦吃！"

"你有公事吗？"朱辂问。

"没有。但是这不会假的。"

"你就告诉他，他没有资格训我们！"谢碧英抢上去说。

"办不到。"

"随你吧。"朱辂带着询问的口气说。

"总得有个交代呀！"

"好吧！"朱辂想了想说。"他要谈话，就请过来，我们是不受训的。"

勤务兵也觉得这样僵下去不成话，呆了一阵，走了。

大家乱成了一片。

"这不是好兆头！"王起说。

"他一定是逼着我们回去！"阴云又浮在魏玲的眉头了。

"要镇静，我们谈谈看。先要准备一下，说不定他要使用武力呢！"朱辂这样警戒着。

其实除了大家坚强自己的心，也实在没有什么准备的。沉默压住了这个宽大的屋子，大家都忙在心里。

约莫过了三四十分钟的光景，勤务兵又回来了，说：

"由科长在外面请你们去谈话。"

"请进来吧！"朱辂镇静地说。随着大家把桌椅收拾了一下，放好两把椅子，一把给来客，一把给朱辂。其余的人都远远地坐到屋角去，有的坐在床铺上。

由科长进来了；长大的身材，很年青，穿着长袍马褂，满面春风的。朱辂走上去让了让，他点点头坐在上手了，朱辂就坐在下手陪着。由科长的眼睛不住来回地扫。

洪士俊低声对陈学海说："我认识他，他就是'一·二八'赴京请愿当先卧轨的由遇春！是 FS 学院毕业的。"

"那是我们的同乡呵！"

"不错，现在他拍上了曹兆东，当科长了！这个家伙厉害得很！你想，土匪当了官，对待土匪应该是更要厉害些的！"

"你们这老远来，真是辛苦了！"由科长的眼睛扫了一阵，终于开口了，是道地的东北腔。

"没有什么。"朱辂简单地应了一句。

"其实，你不必瞒着，你们的事情'政委会'早已晓得了。"

"也没什么不可以晓得的。"

"'政委会'很同情你们的爱国热心！"由科长笑着说。

"谢谢！"朱辂也笑了。

"但是，这是得不偿失的！'政委会'为了顾全你们的学业，派我来请你们马上回去上课。"由科长忽然又郑重起来。

"早已放假了，而且我们也不是出来瞎跑，我们是下乡宣传的！"朱辂的口气也有点儿硬。

"这不是你们的事！"由科长的面孔透着微红。

"这事情又没人管！"朱辂的面孔冷冰冰的。

"总之，请你们赶紧回去，就是今天的夜车！"口气是命令的。

"不可能。"朱辂简直抗议了。

"其实，想想便可能了！我也是做过学生的，也闹过；现在才知道那是没有什么好处的。"由科长似乎缓和了。

"由科长既然做过学生，当然有过学生的良心，而且也知道学生的力量的！现在由科长做了官，我们却没有！"

"我是好意。"红着脸的由科长尽力平下气去。"你们不回去，政府会强迫你们回去的！"

"用武力吗？"

"当然！"

"就请便吧！"

"记着，今天的夜车！"由科长临走的时候，指着朱辂说。"不走！明天早晨，会有军队把你们押了回去的！"

由科长和勤务兵都走了，留下了这个喧嚣的屋子。

"老洪认识他，他是由遇春。"王起喊。

"军队来了，我们得守着这个屋子！"许果说。

"王八蛋！"廖希威在骂。

"不要乱喊！"朱辂尽力约束着大家安静下来，商量着怎样应付今夜的事情。结果大家都主张，"不走！而且谁也不许出去，小便也得在屋子里！"

黄昏很快地来到了，没有什么动静。伙计来报告说，夜车八点十五分就要开的。

"滚蛋！"廖希威喊起来。"我们不走，哪个狗才走呢！"

"知道了，知道了！"朱辂连忙拦着说。

"柜房要我来说的。"伙计撅着嘴说。

"你去对柜房说，我们明天走。"洪士俊把伙计推出去。

夜色笼罩了大地，煤油灯已经点起来了。外面什么声音都没有，显得格外地凄清。廖希威瞪着眼在数秒针，不住地喊。"还有一点二十分，……还有五十九分，……还有二十分了，现在是差五分到八点！"

大家的神情紧张起来，心里扑咚扑咚地跳。王秀用一张黑纸把灯罩起来，王起搬来一个大桌子顶上了门，廖希威手底下预备了一个茶壶，陆雄靠着一把椅子，准备着急的时候折了就打！

"八点二十分了！"廖希威单调地喊道。

"快了！"吴西渭说。

大家都提起精神来，等着，等着。

十一点半钟还是毫无消息，大家全都疲倦地笑了。

"妈的，净扯淡！哪里来的兵，鬼兵！"陆雄骂吵吵的。

"那也许是由科长的'下台阶儿'。……"洪士俊说。

"但是也不可大意。"魏玲的态度是慎重的。"我们还得顶着门睡。"

就依她了，照旧布着防线，大家和衣卧在床上了。

约莫到了两点钟，忽然窗外人声嘈杂起来，院子里的狗狂吠着。大家都惊醒，听见无数的脚步声，还有武器的铿锵声。

"来了！"朱辂小声警告着。

白文瑞和吴西渭拼命地去挤着抵门的那张桌子。

有人来推门了！"开门，开门！"擂鼓也似地捶着。

"不能开！不能开！"廖希威喊。白文瑞和吴西渭连吃奶的力气都使出来。

"开门！"墙壁都震动了。

"谁？"朱辂喊。

"开门！"外面一个粗暴声音。"检查！"

"把他们都捉去枪毙！"又一个人喊，夹着指挥刀碰马刺的声音。

大家都不响。陆雄用尽了力气拆不开一把椅子。

谢碧英爬到一个窗孔，向外望去，赶紧又缩回来了。"唉呀！外面架着两挺机关枪！"

有两个女的吓得躲在墙角里掉眼泪。

外面乱了一阵，有人来踹窗子了！"嘭！嘭！"窗子马上坏了一扇。接着有一个脑袋钻进来。

王起抄起来一个痰盂，"嚓！"脑袋退回窗外去了。接着是喊痛的声音。

"不好！"外面喊。"他们竟敢拒捕！"

两个脑袋又钻进来了！王起抄起一把椅子，打下去了。外面的人声更沸腾，许多脚步声都拥到窗口来，远远地有人放了一枪！

不管三七二十一，王起抡开椅子打下去七八个；陆雄也丢开他的椅子上来了，手里抄起一根窗户杆子。

门声响得更紧，老白和老吴简直支持不住了。蒋士希帮着去挤桌子，屋子里的人都疯狂起来了！

"放火吧！"外面有人喊。

"糟了！"廖希威把茶壶摔在地下说。"我的姥姥！我们都得死！"

窗口外当真有人在烧干柴了。不久，院子里红堂堂地亮起来。大家一怔神，窗口上跳进了三个人来。王起一甩椅子，打倒了一个，第二个便把王起拦腰抱住了，于是屋子里一阵大乱，门也打开了，首先是王起被人捆起来，接着朱辂，陈学海，蒋士希，也被捉住了。

"我们被捕了！"朱辂喊。女的都哭起来，在静夜中，真有点像鬼叫。

"同志们，随他们枪毙去吧！"魏玲喊。"不要抵抗了！"

于是十分钟之内，十七个人都成了囚犯。

"还不枪毙我们吗？"朱辂喊。

"等着吧！"一个最后进来的军官说。"有你们的去处。动手吧！弟兄们！"

于是两个人架着一个，另外有几个用手巾包了头的替他们拿了零碎东西，架出了屋子，架出了院子，架进了一辆大卡车。

十七个人像包子馅一般被围裹着；武装的兵荷着枪坐在车沿上。

"我们被捕了，同志们！"朱辂喊。接着有人唱起歌来。

天色大明了，卡车开到火车站。《民族战歌》的声音又起来了！陈学海垂着头，想到松林里的那晚上，不禁滴下泪来。但是他又骂着自己说，"哭什么，懦夫！早晚还免得了这一天吗？"

他偷眼看看魏玲，魏玲正在望着他苦笑。

十二

"你们总算好，全师回来了！"陆飞坐在陈学海床铺对面的藤椅里说，一面看着他那张抑郁的北方农民型的面孔。

"还说呢，"陈学海叹了一口气说，"这简直是失败！简直是起解！我以为也许把我们杀掉，也许至少要把我们关起来！但是……但是下了车，他们又把我们放下！……唉唉，简直是羞辱我们！"

"听说王起受了伤？"陆飞的亮晶晶的眼睛从陈学海的脸上移到天花板。

"那是因为抵抗，"陈学海搔了搔头上的头发，"清苑的那晚上，他打倒了七八个丘八，所以得了这样的结果。"

"可惜我没赶上！"陆飞惋惜地说。"我也得打他七八个，才有趣！他不让我去！该死！瞎跑些无聊的事情！"

"那几队人还好吗？"陈学海关心地问。

"总没有你们那样的幸运吧！"陆飞惨笑一下，露出他那副白牙齿，有点像骷髅。"一出发，两队人便被打散了！其余一队，到了南口，也被人家送回来。唉唉，有两个人是关在牢里了。"

"谁呢？"

"一个是蒋达，你认得的。"陆飞说。"另一个，是豫中的，叫毛知礼。他们也是因为拒捕！"

"其实我们的拒捕算最凶了！"

"这在运气！"陆飞说。"我在大街上闹得还不够凶！他们要捉我，有十个我也捉去了。"

"我看他们简直是拿活人开玩笑！要捉就捉，要放就放！"陈学海狠狠地说，一只手捶着大腿。

"都关起来，他们也得要一笔很大的开支呵！"陆飞又笑了。"但是，无论如何，你们的成绩还算漂亮！"

"漂亮！"陈学海微微低下头。"我看，还远得很呢！我们——不，我自己不过是去找点经验！老实讲，这样下乡，当了真是要不得，农民是不欢迎参观的，标语口号他们也不懂。我觉得，我们和农民的距离远得很呢！……"

"我总觉得这是有意思的事情！却又去不了。你说农民不大欢迎我们，是真的吗？"

"其实，也还算欢迎的，比我们虚心得多，虽然他们并不懂什么叫做虚心！他们待我们很好，把我们尊敬得像官员一样；但是，可怕也就在这里！我们并不是去到农村找享受的呵！男的穿着抽口短衣，女的虽然没穿高跟鞋，但是在他们看来已经是洋娃娃了，我怕，是怕我们中间的隔膜！……"

"你真觉得是这样吗？"陆飞张大了眼睛。

"不错。魏玲也是这样说。"

"呵，魏玲！"陆飞的思想好像转了个弯，然后又笑了。"听说她对你很不坏？"

"这……"陈学海脸色像一块红布。"没有的事。也不过是同志，像你和我一样的。"

"听说她很愿意和你做朋友？"

"谁说？"好像被人发现了秘密一样，陈学海更加不安了。

"算了吧！"陆飞郑重地说。"你不必用尽了力量来否认！有呢，也和陆飞没关系，没有呢，也没关系。不过，魏玲倒不错！听说她不是还有一个爱人吗？"

"大概……好像是郭用。"

"就是那个唯物论者？现在他又去唯心了，大概是物质上得到了满足。……"

"我……"

"听说因为他，魏玲很不高兴？"

"好像说他俩已经'吹'了。"

"所以她就得另找一位朋友了！"陆飞的白牙更显得白了。

"你又来开我的玩笑！"陈学海捏动着自己的手指。

"对不起！"陆飞抱歉说。"一句一句话引起来的。我真是无心；老实讲，我对于女人是没有多大兴趣的！不过，魏玲倒是……"

"你没有兴趣，真的吗？"陈学海仿佛要反攻了。"你很漂亮！而且你还看电影，拉提琴！"

"呵呵，有的，有的！那不是提琴，是'尤可梨梨'！"陆飞痛快地说。"不过那是从前的事了！这两年，我已经放弃了这一套！现在，'尤可梨梨'快要在箱子里烂掉了！"

"你要革命了！"陈学海笑道。

"也没有那样严重！不过我想，要做事，先得把自己的生活弄好，不然都是瞎喊！等到奢侈的生活不能维持了的时候，就不免走入下流了！看见人家堕落的时候，我自己先害怕！"

"这很对！"陈学海诚恳地说。"你这话，我愿意永远记住，跟着你走！"

"不成！"陆飞摇手道。"我没有学问，比你还差得远；我不肯读书，我知道这是不对的，但是没有办法。丢那妈！拿起书本来就头痛！"

"但是你很能干！"

"不敢当！"陆飞谦卑地说。"这是你夸奖我。事情都是从理论上出发的，我的理论就不行！我性急，事情办不完，我就睡不着，这是真的！但是，有什么用处呢？结果容易把事情弄糟！"

"我总觉得你是能干的，心里话！"陈学海重复道。

"其实是'等因奉此'！人家叫我动手，我动手就是了！我需要参谋，现在我都是听刘时的，幸而没有错，他是一个好朋友，能干的人！我从他的身上得到过很多益处。"

"当然我们谁也比不了他！但是他太累了，谁也帮不上他的忙。好像我们的人才太少了！"

陈学海好像十分烦愁似的，站起来在地上来回地走。

"他的病好像也很重——"

"肺病很深了！"陆飞拦着说。"劝他静养，哪里办得到呢？我真怕，说不定什么时候，会失去了这一个能干的朋友！"

"听说那个董小姐还是整天贴着他？"

"唉唉，没法说了！"陆飞也叹息，他的一张黑脸显得更黑了。"这是无法劝说的。小倩也不大知道好歹，那样恋着，会恋死他的！刘时也好像明明知道；但是世界上最难克制的是爱情！那样冷酷的人也没有办法！"

"冷冰里发出火来，那应该是最厉害的火吧？"

"就是！无论朋友怎样好，这件事情是不便干涉的。"陆飞想了想又说。"我害怕得很！我害怕恋爱！一旦拔不出脚来，就算完了！"

"你的身体好，不比刘时。"陈学海在纠正着。

陆飞又站起来，面对着陈学海，毅然地说，"我不是怕身体，怕的是事情，我还要做事呢！——"

陈学海打了一个寒噤，听着他说下去。

"做事情，要拼命；恋了爱，好像有一根绳子拴住你的腿，东走不得，西走不得，结果你除了倒下，没有别的办法！我真怕倒下了就会起不来！"

陈学海不做声。

"但是也有例外。"陆飞注视着陈学海的脸，继续说。"譬如最好的同志，能够共生死的，……"

"那……"

"也未尝不可！"

"所以你还是应该活动一点好，也许机会还没有来到——"

"我是对你讲的！我怕你因为我的话失了望，或者又动摇了。至于我自己呢？没法子更改的！没法子更改的！"

还没等陈学海回答，他又接着说下去。

"你不知道，杨立君教授也向小倩进攻过？"

"不知道。有这等事吗？"问题往旁边一滑，陈学海也精神起来了。

"已经是过去了。小倩不爱他！但是这倒是小事咧！她的交际相当广，我生怕这家伙迟早还要发生出别的变故来呢！"

"你说是甩了他吗？"

"不敢说，也许是这类事！因为她虽然爱刘时，却不能了解刘时！这是致命伤！一旦刘时不能满足她的欲望，呵，那就难说了！"

"我想不致如此——"

"但愿不致如此吧！"陆飞郁然道。自从认识陆飞以来，陈学海是没见他这样抑郁过的。但是他又忽然兴奋起来！"你晓得杨立君被捕了吗？"

"什么？"陈学海跳起来。

"我说——杨立君教授被捕了！"

"怎么能够呢？"陈学海面上的惊疑并未退去。"人家都知道他是粉红色的！"

"还管什么粉红色不粉红色！"陆飞说。"只要造出谣言来，就可以捕人！我们有什么颜色呢？是红色的？也许可能，因为我们有血！"

"什么时候捕的呢？"

"上个星期。"

"在家里吗？"

"在家里。一天早上，随便来了几个人就捕去了。"

"罪名呢？"

"大概还没有。现在捕人是不必要什么罪名的，捕去就完了。"

"几时放出来？"

"天知道！他家里去算卦，说是立夏前后才会放出来呢。"

"又在开玩笑了！"

"真的！"陆飞郑重地说。"到现在，中国人办事还是离不开一部《易经》。你不晓得，中国有些军人都靠着算卦用兵吗？张作霖，张宗昌……不都是随军带着一个算命的瞎子！丢那妈，中国要亡国，就都亡在这些东西的身上！"

"说远了！说远了！"陈学海有点不耐烦。"我们也得想个办法呀！救他出来！"

“恐怕没有。请愿时被捕去的人，到现在还没放完；谷静又进去一个多月了；蒋达第二次进去了；——有什么法子？只好等着监狱养不起这多人的时候，就都出来了。丢那妈！”

“你知道他们回来了吗？”陈学海问。

“他们？”

“郭家本他们！”

“回来了！丢那妈，阔得很！每人都用尾巴摇来一身漂亮的西服！”

“训些什么？”

“谁肯说？还不是一些捣乱我们的方法！”

“我总觉得我们拒绝听训是不对的。”陈学海疑虑似地说。

“怎么？”陆飞瞪着眼睛问道。

“我说我们和政府对立得太尖锐了，也许是错误。”

“不会错的！就是错了，其过也不在我们！”

“我是为国家前途打算。”

“难道大刀的滋味你还没尝够吗？也许你愿意再到首都监狱里参参观吗？老实讲，耗子舔猫鼻子是不会有什么好处的。”

“你们都是这样说。”

“你不信，就自己去试试。”

“我的学问能力，自信都不及你们，我没法子反对。但是我总以为——不过，我完全是好意的。”

“我谅解你。”陆飞诚恳地说。“将来事实会告诉我们的。”

“只好如此。”陈学海说。“但愿你们想的不错。”

陆飞去了，丢下了陈学海和三间空屋子。

陈学海苦闷着，这苦闷已经进行三天了。三天前的夜晚，他们在东车站分手的时候，苦闷便紧紧地抓住了他。临下车的时候，听见那个小军官骄傲地说：“好吧，到地方了，给你们自由了！”他恨不能跳起来给他两个耳光！但是他没有那个力量，他落泪了。他急急地走出车站，像逃跑一样。朱辂在身后追着喊：“不要紧，我们还要干下去！”但是他早已跳上电车了。

不知什么时候，他走进了宿舍；电灯还是亮着，更显出无比的空旷。好久没有人住在这里了，桌子上蒙了一层很厚的尘土。他感到了空虚。但是他想到这次被侮辱的旅行的时候，他哭了！

这三天中，他心里永远是盘算着事情，一层一层地翻着他的问题；但是问题好像一部巨大的书籍，他是翻不完的。他不想出去找朋友，好像惧怕人家讥笑似的。魏玲那里，他一样地也不愿去，好像他要吝惜自己的眼泪，而且更要吝惜魏玲的眼泪。表叔那里他更不愿去，显然他觉得表叔是自己的一个最大的敌人，他就失败在这个敌人的脚下了！

这三天，他的心像被滚油煎着似的。

听说他回来了，陆飞跑来看他。陆飞是不肯随便看人的，他很怪，很傲，这是陈学海最近才知道的。陆飞来了，并且和他谈了很多话。在陈学海想，这个朋友的话是值得尊重的。但是有两点使他没法子解决：第一，是恋爱问题，他本来不想恋爱的，但是魏玲的影子永远在他的心里晃动，像鬼病似的。所以他想：

"陆飞的话是正确的！但，是正确的吗？"他忽然想到陆飞又说过，和女同志做做朋友是无妨的。想到魏玲也不过是要求和他做做朋友，他笑了；他笑自己把事情看得太严重了！

其次就是政治问题，他仍然觉得他们的意见不能使自己完全同意，他们是反对政府的。但是他没有充分理由去驳倒他们，正和没有充分理由去附和他们一样。

他卷入思潮的漩涡里面了！好像一个落了水的人急欲抓到一块木板一样。但木板是没有的，他疲倦了。

忽然仿佛听到了朱辂的声音："不要紧，我们还要干下去！"于是他又好像抓到一件什么东西似的，希望涌起来了！

"是！我们还要干下去！"他想。但是怎样干呢？他又没有主意了。

他抱着这块希望的木板翻腾了一阵，没有结果；他生怕再被思潮卷去，于是决定去找刘时了。

"找他商量商量也许有办法。"他一面想，一面在披大衣。"不错，还得问他，还得问他！"嘴里叨念着，他走出去了。

下午三点钟，他到了干面胡同董家。客厅里非常肃静，刘时坐在安乐椅里看报，魏玲和另外一个陌生的女子在烤火。陈学海走进去的时候，三个人都站起来。

刘时的面色更灰败，在每一个坑坎里面都好像藏着尘土；但是掩在乱发里面的眼睛却还是炯炯的。他首先走上来和陈学海握握手，便指着那个陌生女子说："这是潘菲小姐，C大的同学；"又指了指陈学海说："这是陈学海同学，夺过水龙的。"大家稍稍客气一下，就入座了。

"我还没去看你呢，还好吗？"魏玲说着把两只脚伸到炉边去。

"一直没出来，我闷得很，也没到府上去。"陈学海黯然答道。

"你们还算好！"刘时拢了拢他的头发。"这次下乡，我们又损失了好几个！"

"陆飞方才对我讲过，……"

"他去看你吗？"刘时问。

"是，三个钟头以前他还坐在我那里。"陈学海慢慢地说。"他对我说，蒋达被捕了，杨立君也被捕了。……"

"他没有讲别的话吗？"刘时沉思地说。

"没有。"

"这人近来遇事过于急躁，而且没有事情的时候，他也不大到这里来了。我想，这里面也许有什么文章？"

"没什么。"陈学海道。"大概是关心你的病，也许是不愿来浪费你的精神的。……他做事还尽心吗？"

"还是照常。"

"那就是了。我想不会再有别的原因了。"

"但是他好像不大高兴到这里来，……算了，"刘时的话转了方向，"你问被捕的事情，是真的。"

"我总是不大相信杨立君会被捕的，……却又是事实！"

"这有什么奇怪？"魏玲应声道。"什么人还不能被捕！这年头，一切都是没有保障的！"

"到底犯了什么罪？"陈学海还是斤斤地问。

"我不是说不必犯什么罪么！"魏玲有点急。

"大概是说他和我们有关系。"刘时不动声色地说。"其实，他也不过是好讲话。……黄教授现在也吓得躲起来了。"

"这样弄下去，大家都是不利的！"陈学海批评道。

"对我们也许是有利的。"魏玲冷笑了。

"怎么？……"

"我们的同志也许一天天会加多了。"魏玲像说教似的。"你没看过《水浒》吗，这才真叫做'逼上梁山'！"

"也不尽然。"刘时道。"他们还可以收买，还可以骗人悔过。……"

"那到底是少数。"魏玲抗辩道。"你看，C 大这一班同学，……"

"可是，我倒忘了。"刘时抱歉似地说。"潘小姐怎么不讲话呢？听说你们的坐监很有趣味，可以讲给我们听听吗？"

"可以的。"潘菲的清秀面孔微微地红了一下，两手不住舞弄着一双手套。"我们被捉了去，一共是二十九个人。我们全班一共是三十三个，只逃了四个人。我们不知道是犯了什么罪，更不知道那四个人为什么就幸免了。……"

她讲到这里，拘谨的态度渐渐消逝，露出微笑来。她似乎运足了一口气，又接着往下说。

"进去之后，自然要审问我们的；但是，并没有问什么，只是问问'你们是不是共产党？看过什么书？参加过"一二·九"没有？'很抽象的！等到我们什么都不承认的时候，他拍着桌子说：'不要赖账，有名单！'……"

"什么名单呢？"陈学海忍不住问了一句。魏玲使个眼色止住他。

"男同学的人数多些。"潘菲接着说。"回到监里，发觉了大家所问的都一样，莫名其妙。于是胡猜了一阵，结果问题就落在名单上。什么名单呢？谁也不晓得。其中周子玄说，'等他再审，我一定要问问他！'后来他们用秘密的法子把这消息传到女监去，我们几个也觉得是很奇怪的。……后来，果然该着审问周子玄了，还是那样说，'有名单。'周子玄说：

"'你骗我！什么名单呀？'

"'我们已经搜在这里了。'

"'可以看看吗？'

"法官把名单拿出来，周子玄一看就笑了，原来是我们班里的同学录，是放在自治会办公室里的，被他们搜去了。……"

"哈哈，真混蛋！"刘时笑道。

陈学海像听神话一样，呆住了！

"这还不算奇，"潘菲活泼地说，"同学录的末尾一页被墨汁染了一片黑，恰巧那里就是四个漏网同学的名字！"

"这样愚蠢的官吏，可怎么好！"陈学海叹息说。"后来呢？"

"后来费了很多手续，大家都证明了，他们只好叫我们取保出来了。"

"真是丢丑！"魏玲狠狠地说。

"这样的事情还不知有多少呢！"潘菲好像下了结论道，"但是我们更坚强了！从前我们参加示威，大多数是无所谓的，不过凑凑热闹，也算爱国，危险一来，就都溜了！现在大家渐渐觉悟了！知道和敌人对垒是马虎不得的！以后，不想再干面子事，要脚踏实地认真去做了。……"

"你们看，这还不是'一二·九'的成绩吗？"魏玲高兴地说。"许多读书混日子的，文凭主义者，学究，……都抬起头来了！潘，我应该和你紧紧地握手！"

她紧抓着潘菲的手，不住地摇。潘菲的脸子红了，像兴奋，又像羞怯。

"但是你先不要那样欢喜吧！"刘时的面上没有笑容。"我们还有些同志关在狱里呢！"

"唔……"魏玲松开了潘菲的手，垂下了头。"不错，应该纪念他们！"随着她又抗声说。"他们是种子！不要紧！他们是种子！纵是死了，还有无数新芽，比他们多到百十倍的新芽，马上就会生出来！"

客厅里的空气严肃起来，大家都在静默，煤炉发着咝咝的声音，外面好像起了风，窗棂都震动起来。

沉默了一阵，女仆送茶来了。刘时问道：

"小姐还没回来吗？"

"没有。到西城姑丈家去了，也许又在打牌。"

刘时叹了一口气说："小倩整天倒像没事似的。"

大家都不响。女仆出去了。魏玲抱着热杯子说：

"他们回来了，昨天我在街上看见刘天鹗，西服是崭新的。"

"他们这次到底得了多少钱？"潘菲漠然地问。

"鬼知道，"魏玲鄙夷地说，"反正不少吧！唉唉，未来的斗争长远得很！庄严和涂占鸿近来很活动，想来他们也正在发展同志呢。"

"将来的磨擦更要厉害了！"陈学海叹息说。"我们也得小心些。"

"更该留心的是同志的叛变！"魏玲加了一句。

"这是难免的！"刘时说，"生活就是战斗！你想永远走顺水船，哪里有这样容易事！不过这群人做不了什么，不必太害怕！……唉唉，最要紧的还是农民呀！不过已经有人注意了，暂时也无须说出来。……但是，这还不够用，……"

"我们是失败了，我自己觉得很惭愧！"陈学海想起往事来。

"这是多余的！"刘时说。"那本来也不过是一种号召。真正下乡的人你是看不见的。你知道，在农村里，在矿坑里，早已有人埋伏下了。那不是我们管得了的，一旦爆发了，我们自然会看见。"

这番话对于陈学海显然是深奥的，他用力地思索也不能透彻地明白。他问道：

"这些人是看不见的吗？"

"看不见。他们也是矿工，也是农民，我们虽然看不见，他们工作得却已经很久了。"

"将来我们要怎样才是呢？"

"我想，等到非常时期教育方案有了头绪，便要起草农民识字运动的计划了。我想，远了也许不易办到，城郊附近农民识字班是可以办起来的。譬如西郊的 H 大，Y 大和 A 学院的附近就很合适。”

“第一步就要宣传他们抗日吗？”陈学海问。

“不成，第一步是普通常识，认字，写信，其次是保卫土地，……”刘时想吸烟，但一掏，只剩下空烟盒，顺手便丢到炉子里去了。

“我想那怕远了！”魏玲说。

“但是没有办法，总得慢慢做，急了是不成功的。”

“这事情总可以委托各校自治会去办吧？”陈学海疑问地望着刘时。

“只好这样办。”刘时打了一个呵欠说。“不过我们要插进干部去，现在各校自治会分化得太厉害了！而且一部分同志还没有出狱，这都是足以影响我们原来计划的。譬如这次下乡吧，我们就缺少很多有用的人！”

“自治会还不知要闹到什么地步呢。”魏玲抑郁地说。

“总之是很可怕，”刘时说。“趾高气扬的人们都回来了！郭家本之类近来也跳得很凶；何况背后还有人！”

“背后是警察吗？”陈学海问道。

“警察？那有什么用处？我说是另有一批文化人，拿了钱做他们的后台！”

“这就难！”陈学海说。

“最讨厌的是这些人都不露面，有的还故意地挂着羊头。他们偷偷地用手段，用金钱，挑拨着中立的人转向，打算另外成立听命的自治会。这是很可能的，我想，总有一天会闹出真假包文正来！”

“是。”魏玲道。“昨天遇见 H 大的朱荷簧，他说他们的自治会就开不起大会来。”

“怎么？”潘菲问。

“不足法定人数呵！原先一些参加过的故意不来；大会要是冒然开了，他们又要出头来质问，‘人数不足，为什么开会呢？’就是这样捣乱的！”

“就是。”刘时道。“慢慢地各学校都会来这一手的。所以我们应当注意下层工作呵。”

“‘民先’的事情怎样了？”魏玲问道。

"今早和朱辂谈过了。这个组织很好。我们就统计了一下，说在可以有二百五十人参加，再努力一下，就能过三百。我想，再过两个星期便可以正式成立了。这件事我们和冯健行，周茂……商量的结果，第一届职员还是让原人干去不必更换了，反正大家都有事情做就行了。"

"我觉得应该再充实一下，"魏玲道，"譬如我，就负不起责任来。"

"那是你谦辞，"刘时拦住道，"好在还早，我们慢慢商量吧。"

"谈得很久，我们该走了。"陈学海说。于是三个人都起来告辞。走出门来，潘菲要回家，往北去了，剩下了魏玲和陈学海。陈学海主张坐电车；魏玲说：

"不必了，你送我到北池子，然后你再走回去。"

陈学海自然是毫无问题地答应了。

他们走过金鱼胡同的时候，天色已经黑下来了，马路两旁亮堂堂的，洋货店里几架霓虹灯一闪一闪的变动着。东安市场的大门好似雨前的蚂蚁洞，翻滚着黑色的人头。他们的面孔都是喜洋洋的，带着希望走进去，然后再满足地走出来。马路上摆起很多糖摊子，也是拥满了人；远远传来了爆竹的声音。

"呵，"魏玲后悔似地喊道，"我怎么忘记了！今天祭灶，家里还要我早些回去呢！"

"要你祭吗？"陈学海笑着问。

"瞎说！不过是吃一顿罢了。"

陈学海忽然想起家来，他不做声了。

"陆飞和你谈些什么？"魏玲忽然问了。

"不是说过了吗？"陈学海好像心不在焉的。

"没讲别的吗？"

"唔……他讲过刘时和小倩的事情。"陈学海好像醒过来了。

"他的意见呢？"

"他不满意小倩，因为他怕她害了刘时。……"

"是的，陆飞很爱护刘时，而且小倩是他介绍的，他的同乡。关于这件事，大家都是一样的意见，只是不能说。"

"到底他们是怎样关系呢？"陈学海歪着脑袋问。

"说不清，大概关系很深了。刘时为人很沉默，你知道，他不讲话，谁还能讲话呢？陆飞当然是清楚的，可是他又不肯说。不过最近他连董家也少去了，足见他有不痛快的地方。"

"陆飞这人很奇怪。"陈学海随便说了一句，又带住了。

"他是不赞成恋爱的，是不是？对于女人，他没发什么议论吗？"

"总之，他是不赞成的。"陈学海诚实地答道，"他说，事业要紧，……不过后来他又说，同志做朋友是毫无关系的。……"

"是了，"魏玲道，"他这话是半真半假的，也许晓得了我们的友情，故意要这样说的。他根本不高兴交女朋友，自然是为了事业，却还不免是偏执的见解。……不过，他总算对你好，你知道，没有事情，他是不肯轻易看人的！这要算瞧得起你了！"

"也许等他有了女朋友的时候，……"

"也许吧，"魏玲说，"我看远得很，他已经紧紧地关上了门，他硬得很，据我看，在处世上，他比刘时还要硬些呢？"

"唔……"

"我还忘了和你讲一件有趣味的事情，"魏玲兴奋地看着陈学海，"郭用有信给我了。"

"真的吗？"陈学海几乎吓了一跳。"什么时候？"

"不要慌，"魏玲抚爱似地说，"并不要紧。他的信很早就来了，大概那时我们还没有做俘虏。……他在信里说，他是预备给我回来以后慢慢看的。"

"讲些什么呢？"

"大概也许是后悔，也许是骗我，……总之，是希望我和他复交。他说我是小孩子脾气，不了解他，他还是一成不变的！"

"鬼话！"陈学海道。"他不是一成不变！哼！……你回他了吗？怎样回的？"

"我说你太急躁不是？这样还能成事吗？"魏玲似乎在讪笑着。"我已经回信了，而且写得很和平。我说，'你的教训我敬领了，你既然是一成不变，那很好；假若你愿意，见面的时候，我还可以向你点头打招呼的。'就这样，我已经宣告和他绝交了。"

"好倒是好！但是我终觉得有点可惜，……"

"这不是替我打算！"魏玲的眼睛闪动着。"勉强混下去，他也许害了我。……"

"到底是失去了一个朋友，到底是损失！"

"也不过是拔除了一根莠草！"魏玲尖声说。"留着才是损失呢！而且好人多的很，随时都可以选择做朋友的。可惜现在的女人，一讲到朋友，便好像要她嫁人似的。我从来没有这样想过。他打算牢笼我一辈子，那是妄想！"

陈学海一面听着，一面觉得这个女孩子真可怕。

"不过，小陈；我想，我们也许可以做永久的朋友吧！"魏玲继续说下去。"你很诚实，而且是有希望的。但是你要努力，我们都要努力。说不定什么时候，我们之中有一个人被时代抛掉了！那时候，谁也不准怪谁的！"

"我愿意把你的话永远记在心里！"陈学海浑身都颤栗起来了。他通体被她征服了；他佩服她的果决和大胆，简直不是男子能够及得上的。

转过北池子南口的时候，魏玲说：

"你走小路吧，那里近些。一半天我还要过去谈谈的。

…………

从这天起，魏玲常常去看陈学海，他们的友情已经有了显著的进步。但是到了涉及爱情的时候，两个人都不开口，一个是满不在乎，一个是胆怯。医院里受伤的人也一样地有了进步，过了旧历年，快到元宵节的时候，受伤的人差不多都出院了。黄桐也出来，遇见陈学海和魏玲的时候，他的左腿多少还有点一拐一拐的；他说要回家一趟，因为有点私事。在路上遇到郭用的时候，魏玲果然微微地点点头，也不说什么；郭用只是瞪了陈学海几眼，也就算了。陆飞谈起刘时来，还是郁然，但也不多说。监狱里还留着少数的学生，谷静没出来，杨立君也没出来，听说有几个人已经染了回归热，谷静是其中的一个，大家虽然每日怀着忧郁的心，工作却还不断地进展着。"民先"已经成立了，负责的虽然还是原来的人，却已加添了几个，陈学海被选做组织部副主任，帮着洪士俊办事。他们不久要在天津设支部了。当春天来了的时候，他们的事业好像野地的青草，一天便要长了好多！

有一天，魏玲早和陈学海约好去逛天坛；但是当她走来的时候，面色完全灰白了，这种惨淡的颜色，在魏玲的脸上，陈学海还是第一次见过。

"小谷死了！"魏玲颓然坐在椅子上，像一个石膏像，连连叹着气。

"真的吗？什么时候？"陈学海吃惊地问道。

"就是昨天晚上害回归热死的！……"

两个人都沉默起来，泪水充满了眼睛。

"尸首领出来了？"停了很久，陈学海问道。

"他们已经想法子去了，小谷的父亲也来了，……"

"真是伤天害理！"陈学海忿忿地骂。"我们又损失一个同志了！"

"可怜他的父亲，只有他一个！……明天我们还得商量追悼会的事情呢。"

"无罪的人，随便让他死去；官吏这样不负责任，真是可杀！"

"这还不是常事！"魏玲忽然睁大了眼睛喊道。"谁能保得定我们能够活得多末久！……但是不要紧，这是种子！不要忘记，这是种子！还能生出许多新的来！你看，春风已经动了！……"

临走的时候，魏玲说，今天不能去天坛了，还有事；并且约好陈学海明天去参加会议。

魏玲去了。陈学海像僵尸一样，仰卧在床上，静静地望着天花板。……

1939 年 2 月 4 日，脱稿。

3 月 1 日，三校。

3 月 20 日，四校。

齐同记。（第一部完）

第二部（未完稿）

一　春天

严冬过去，转眼就是春天。

古城的春天是多么可爱呀！太阳注视着宫墙，在无数的殿顶宫墙上面爆起万千金色的小火光。微风挥动它的鞭子，绕着宫墙的河水泛起了波浪。向天伸突的街柳在松软的枝上抽发新芽。在三海，公园，什刹海，……苏生了的群芳重温着新生的美梦，桃花杏花睁开了眼睛，远看仿佛披起粉红色的轻烟，新发的枝条用片片碧纱包笼了他们。风儿轻轻地吹，"海子"上荡起一片涟漪，把描金的画艇送到缥缈的远方，艇中有喁喁的女高音，伴着一声两声的提琴，唱出一个渴暮春天的歌曲。公园游人路上，杂花夹道盛开，红黄的是杜鹃，紫绛的是地丁，偷偷地和满林春杏争妍，娇羞无尽。林梢穿梭着麻雀、梅花雀，歌声间歇而细碎，成群的蜜蜂，嗡嗡然有如伴奏的大钢琴（Grand Piano）。而静立在亭子边刚刚抽芽的玉兰，轻摇着它的笔尖，向天空依稀的涂抹，仿佛在描画这世间无边的韵事。呀，真个是春光如海，春意如潮，到处是光明，是绚烂，是热，是力量！以落虹为笔名的一位青年诗人偶然得到这样的句子：

> 春，
> 这装饰着绚烂衣裳的普罗米修斯，
> 以光明
> 将世界点燃！

大街上，人们可以看见高高的青天，白白的太阳，飕飕的风，风吹弄着春季大减价的桃色的布标，——虽然有一位腐儒把这比做"一个没有完结的葬仪"，却也无伤于它的绚丽，——吹送着"二月里，有美女，……"的广播歌曲，吹动着列树摇摆着身子向行人乱扑，……然后就荡起一阵轻尘，轻尘里夹杂着泥土和污水的气味，仿佛在对人说有甚么已死和将死的东西要离去，而方生和未生的要到来了！

小巷中，积雪早已逝去，家宅的门槛上还留着尚未撕去的春联，喜气中显得几分褴褛。成群的儿童在青砖照壁下面格扔格扔地赌铜板。一旁放着些小贩的担子；花生担子，糖人担子，"糯米人"担子，再不就是"小玩艺儿"，——风车，小鼓，"黑锅底"（蝴蝶风筝）之类。风吹过，风轮哗啦哗啦响起来了，小鼓嘎嘎地敲着，小孩子大哭着要买，……这时突然走来一个磨剪刀的，长喇叭"哇"地一声吹起，他的一串铁简，就呱哒呱哒地响起来……一列电车在巷口缓的溜过去，司机的脚下这样叫着"当当打打……当当打打……当当打打当当打……"在这不可开交的喧哓中，偶然望向天空，有一点两点淡白的影子，若静若动，悠游着，仿佛在冷观，仿佛在忘却。那是风筝。

然而人们却不能那样冷观，而是非常热烈。他们禁不住春之召唤；像惊蛰的昆虫那样，脱掉他们沉重的棉衣，像奔腾的河水那样，奋力掀去重压的冰面。他们浑身轻快，飘然的走出来，追求光明，追求享乐。

有谁久居北平而能忘掉那些游春盛处的么？中山公园的春明馆，北海的濠濮间，五龙亭夜月，七曲径情话，二闸泛舟，陶然亭伤旧。……游到兴尽处，就有名饭馆，大餐厅，茶室，咖啡座，跳舞厅，赌场，……竭诚欢迎他们。酒绿灯红之后，他们在最黑暗的地方各自找到了销金窟，温柔乡，各自罄终生的所有，图一夜的狂欢！唉唉，快乐的生活呵！无耻的生活呵！

然而另一面，北平的人民依然挨着悲苦的日子，春天的力量，不能减除生活的阴惨。春天来时，他从寒冰的压抑里解放了，复苏了，但不久，他们就懂得这不过是新的奴隶生活的开始，不过是又该着多负一年的苦役。由于日本势力的侵入，他们的劳力将更被榨取，生机更见奄奄一息了。这个手工业的都市渐渐陷于贫困；工厂关门，作坊停顿，小贩吃光了本金，奔驰也在马路上的洋车夫一天天更见褴褛了，更见瘦弱了。而亡国的命运像一块无形而又沉重的铅板，当头压了下来！汉奸们则得意地逍遥着。毫无心肝的人们本就无所谓；他们只求做官。中国主子的官？外国主子的官？在他们的天秤上不分上下。

一九三六年的北平的春天就来在这两种生活的交流中，一面是荒淫，一面是悲惨。有谁来留意这些呢？它们仿佛和目前的命运与未来的隐忧一般，被人们遗忘了。所以，诗人又说：

春，
展开绚丽的梦境，
将丑恶的世界掩盖！

诗人说得似乎不差。古城春来的季节，那一个悲壮惨烈的冬天的一切被掩盖了。然而也要记住，还有另外一种不同的人们，在他们的眼底，一切的丑恶，一切的悲惨，任凭春天有多大力量，也是掩盖不住的。

这是些甚么人呢？这也是一些为这古老民族所忘却的人们，或是一时为他们同情，为他们咒骂，为他们烦恼，而终归仍然忘却的人们。在报纸上见不着他们（偶尔有之也是"开天窗"），在广播中听不到他们，在餐桌上谈不起他们，……他们不是投机取巧的政客，不是割据自雄的军阀，不是垄断投机的豪富，不是羊头狗肉的学人，不是纵横捭阖的雄辩者，不是勾心斗角的阴谋家，……。他们是古老民族的肖子，是新中国的主人！论人数，他们还只算是渺小，而精神则是出奇地伟大！他们似乎没人知道，而的的确确存在人们的心里！这是一个小小的人群，一个伟大的力量。这力量是沉默的，但又是持久的。在人类新陈代谢中，自命一世之雄的，自命为骄纵一时的，自命为轰烈一场的，……到底不能免于腐化而归入泥土；而这力量可说是与金石俱存，与天地同寿。他们为人类的幸福生活而生，却不为自己的幸福生活而求生。他们甘愿以自己的血为种子，在方生的人类中苗发新苗，开放幸福的花朵！他们有信仰，他们为了贯彻这个信仰而生活。为了信仰，他们有时驯如牛羊，有时猛如狮虎；有时委曲如溪流，有时屹立如山岳！他们的目的是保全民粹，但这民粹不是古董，而是这古老民族赖以存续于世界的精华。凭着这精华，虽有历代的敌人，冒险家，寄生者，自命不凡的统治者，……继续不断加以奴役，压榨，腐化，吸血，……而这民族仍能永存在世界上，为人类发光！这精华不是一种保守力量，而是一种革命力量。这力量，代代存在于有勇有智的青年人的身上，而做为他们的灵魂！为了民族，他们珍惜这个力量，同时珍惜他们自己。他们把这力量当作最有价值，最神圣的宝贝保存着，卫护着，发扬着，锻炼着，……为了这宝贝，他们去拼命打击敌人，凭着这宝贝，他们打败了敌人！然后珍重地交给下一代！

这就是默默生存在古城中的青年人。他们的周围布满了敌人；狰狞的帝国主义，血手的军阀，贪婪的官僚，诈欺的说教，荒淫的生活，……其手段是压迫，恫吓污蔑，捕捉，收买坐牢，榜掠，欺骗，麻醉，……目的则是要毁灭青年人惟一的宝贝，——赖以延续民族生命的力量！

青年人懂得这力量，如同懂得他们自己。目前虽然在敌视和误解之下，他们不过仍是一道细流，力量仍然孤单；然而他们懂得，金是愈炼愈精；玉是愈琢愈莹；奔流愈受阻则愈澎湃，愈汹涌，等到洪水泛起使大地变成汹涌的海洋时候，一切的泥沙都将失掉它们的存在了！而他们则有如崇高的峰峦耸立着，作为洪流中伟大的纪程碑！

春，这个看不见的、听不着的、捕捉不到的精灵，开始用一枝温暖的鞭子驱策着大地的动脉，大地的血开始奔腾澎湃；应该活的都活起来了，应该动的都动起来了！被积雪压迫着、被严霜困恼着的地下的生机都活起来了，它们联合起不可思议的数目的小原子开始掀起一个无声的地震！遭了一冬天禁锢的深黑色的河水翻翻身毁去坚冰的牢狱，活动起来了，变做碧绿颜色浩浩荡荡地流下去了！留在土里的、忍受饥寒等待天亮的种子们活动起来了，用行动表明了它们出土的力量，骄傲地挺起胸膛、伸出拳头来了！一切的花草，一切的树子都活动起来了！一切的虫子抖开它们的枷锁，呐一声喊，组成四部大合唱，赞美着一个新世界的诞生！一切都活起来了，都动起来了！住居在古城里的人们也活起来了，也动起来了！他们从黑暗的角落里走出来，在花粉一般可爱颜色的光明中，追求古城的春天！

在不久以前的严冬中，他们曾用几次伟大行动作为迎接春天的献礼。他们流血了，被捕了，牺牲了；同时他们也受到了教训，得到了成功！这成功不在于冲毁大刀队的防线，不在于夺水龙，不在于下乡宣传，——在这上他们认为都是可耻的失败，——而在于同志的增加和力量的增长。

春天来了，仿佛要将一切黑暗从地面连根拔起。但政治的阴霾益见低沉，隐隐地侵蚀着古城的春色！三月来了，追踪的警犬依然出没，无辜的青年人仍然不能回到学校去。学校开学了，有课表，上课下课的钟声丧魂失魄地敲着，上课下课是为了教授的"差事"，而不是为了青年人的学业。

面对着这如花如锦的春光，他们黯然失色，无心享受。他们都是青年人，活泼，好动，进取。他们懂得欢喜，懂得爱情，正如懂得悲愤，懂得战斗一样；然而民族的危机煎熬着他们，自身的凶险袭击着他们，同志的苦难烦恼着他们，虽然有全国的响应支撑着他们，有热心的爱国人士鼓舞着他们，有古城的市民同情着他们，他们还是忍不住，受不过！他们的胸中包藏着一团愤怒的火，奔突着，激荡着，恨不得找到一个罅隙，忽然迸发出来！

终于一个噩耗传来，——谷静死了。唉唉，可悲的死，可咒诅的死，一个冤枉的死呀！谷静的死是渺小的，对于团体则是伟大的。好像在一个伟大的集体上遭遇一个局部的伤害，全体马上痉挛起来，紧张起来，准备着一个反击；满腔怒火，又得到一次迸发的机会了！

中春的时候，他们筹备着这个逝去的生命丧仪，销声地，审慎地，含泪地，悲愤地，……虽然不过是一个小小的灵魂，影响却着实不小。虽然已往不定就是同志，但是他像一个同志一样遭遇了牺牲，像同志一样完成了任务，他自然就得算是一个同志，一个出色的同志。谷静是渺小的，但这死，使他成为伟大！

谷静不过是一颗小小的流星，却发射了强烈的殒光。

二　小小的流星

十五年前，北平东城十二条住着一双青年夫妇。男的是当时一位有名的记者，笔名叫做伴茗。（那时鸳鸯蝴蝶派虽然已告衰歇，这些零零星星的残渣，到处还能看见。）他以职业的关系，不久就结识了当时号称十大皇后之一的一位女学生，很快就结婚，不到一年生下一个儿子；又不久，妻子忽然失踪，留下一封信说是到远方去了。甚么都没拿走之外，还给他留下一个未满周岁的待哺的婴儿。其中的原由仿佛只有伴茗一人晓得。他有时很寥寞，有时很悲愤，有时仰天长嘘，有时纵声大笑；然而他不讲话，别人无从知道。

他不久辞去了记者的职务，自己抚养儿子。人劝他续弦，他摇头不应。他认真地担当起母亲的任务，让女工专管厨下的事情；伴茗这名字，从此不见，他已变成妈妈了。儿子毕竟不会辜负他，渐渐长大起来。四年之后，为了生活，他在离家不远的一个小学里做了教员，这时人才晓得他的真名叫做谷默轩。儿子长得很可爱，人说他很像母亲，常常跟着父亲到学校来玩，跑跑跳跳，非常活泼精神。父亲说是他太好动，这才取名叫"静"；却也有人说，是为了纪念那位失踪的妻子的。

谷静满了六岁，该是入学的时候了，可是忽然害了一场很重的"猩红热"。父亲整天整夜的看护着，几乎辞去了职务，直到谷静终于获救的时候。

这疾病带走了他的健康的血色和活泼的性格。他显然是孱弱而且安静。纵使父亲用尽了一切可能的金钱和精力，无法挽回。他虽然还不过是七岁的孩子，已经懂事。母亲在他的心里虽然不过是一个淡淡不成形的影子，但是他知道他到底还有母亲。这就在他的性格上添加了冥想的质素。由于父亲的提携将护，他爱清洁，爱美，爱音乐，爱文雅，惧怕粗暴。同时因为没有母亲，不期然他往往容易胆怯，红脸，⋯⋯而偏偏，母亲又预先给了他一个爱好自由的性格。

仗着聪明和父亲的教诲，他越了两次级，他的年龄也渐渐大了。他感觉自己和父亲的意见暗暗抵牾起来。"母亲是怎样走的？"父亲始终不肯说明。"母亲是否和我的性格一样呢？"⋯⋯然而他佩服父亲的刚强正直，但又过于实际，把生活当做公式那样计算，⋯⋯这就暗暗和他合不来。对于女人他还在无所动于中的时候，父亲已经对他讲女人如何可恶了，而且老早就不要他做一个文学家！"你要做一个工程师或一个医生！你不要读文学或哲学，因为知道愈多，你的遭际就愈苦！"

谷静听了似懂非懂，总觉有些别扭。然而他非常爱他父亲，正如他父亲非常爱他。走进初中时候，他才发觉父子的意见实在是大相径庭，虽然父子之爱很重，但有些意见他简直感觉有些可憎了！他背着父亲的面，向另外的一个世界，投射惊奇的眼光，他渐渐看见海洋的风景，男女的情爱，英雄的侠骨，儿女的柔情，销魂的肉味，醉人的酒香，⋯⋯总而言之，在他的灵魂里，青春的欲望已经在向他召唤了。他时常偷看一些"课外书籍"，——同学们借给他，而为他父亲所深恶痛绝的—— 好看电影，有时也独自向壁出神，⋯⋯然而功课还能应付过去；而且他已长成翩翩少年，加以整洁成性，父亲又舍得钱去装饰他，无论走到哪里，人都啧啧称赞，不愧是一个摩登少年。

一九三五年，他已过了十五周岁。升入高中二年级，而且搬到学校里住了。这时候，他开始和几个女学生做了朋友，同时他不断涉猎一些纯文学作品，他感受着一些错综的甜苦交融的新的情绪。他羡慕海上的渔夫，同情农奴和囚徒的命运，为受遗弃的善心的女子抱不平，暴力的革命有时竟会吓得他发抖。早已出版的"子夜"他不能完全看懂，阿Q的行径也只能令他发笑。但《雷雨》这剧本确曾感动了他，他亲自对人说，他曾为这剧本落过几次泪！"为什么竟有这样残酷的命运呢？——把所有的人类各自引进了悲惨的路，终至毁去了他们的生命！难道世界上都是这样的么？"他想把这部书撕成粉碎，却又连连不住地吻着它！然而不久他就忘记，和他的女朋友们坐在电影院里，看"爱斯基摩"，或"人猿泰山"，憧憬着异域的奇景，他陶醉了！

他开始上课时候，国文教员就讲了一篇战争的寓言。他不喜欢战争，把一本《茶花女》摊在膝上偷偷地看着。他恍兮惚兮听先生讲世界上有两种人，一种是红人，另一种是黑人。黑人常常压迫红人，把多数的就人逼做奴隶，为他服役。最后红人发动了一场反抗的战争，把黑人打垮，……"黑人是不应该压迫红人的，"他茫然地想。"但战事到底是残酷的呀！"

他反对暴力；但人压迫人的事情，他也难于忍受。他有一个理想，——和平与自由。他渴慕一个世界，美丽而遥远。他晓得幸福可能用流血去争取，但他懦怯无力；他恐惧战斗的残酷，他又无时不在好奇。于是他努力为自己构制许多梦，许多不必通过流血就能获得的梦；这些梦，他把来比做爱情，用爱、用眼泪就能妙手抠得！

另一面，他父亲是一个实际主义者，太实际了结果就酿成虚无的心情。对于儿子，他不住的爱，也不断的教训，如大猫之与乳猫，如禽鸟之与幼雏。他自称革过命，而且已经洞彻了这面假招牌。他用种种往日经验证明千万革不得，甚至把革命比做"为他人蹈火取栗"！而且"父子相依为命"，倘若有甚意外，他的生命也将随之毁灭，因为半生蹭蹬为伤心和劳力折磨的他，虽然仅仅年逾不惑，已届油尽灯枯的时候了。这一番劝告，深深印入了谷静的心，助长了他的懦怯心理。但对女人如何如何的老生常谈，却丝毫无所动于中；因为，到现在他还无从得到证明，自然难免格格不入了。

这年冬天，北平局面紧张，他父亲首先害怕起来，命他马上搬回家里；但他不肯，推说已经交过膳宿费，不能退还，而且K中学校规很严，绝无意外，他父亲这才勉强打消前议。

"一二·九"前夜，谷静的父亲特意赶到学校里，喊他回家，而且第二天整日陪着他，不令他出去。十号早晨去上课，才晓得K中昨天根本没有出去游行。同学们不由盘问他，甚至拿他打趣，他的脸红红地，推说有事，马虎过了，暗暗恨着父亲真是多此一举！过后不久，就有人把"一二·九"许多事迹带到学校里来，大家热烈地传说着，有的还添些枝叶，故意讲得如火如荼。他也听得出神了！"下次也想法看看去！"他心里这样悆悆着。当天他就抽空回家，埋怨着他的父亲，把心里的真意瞒过了。

　　"一二·一六"的经验给予这旁观者一种极大的恐怖！他不敢回家告诉父亲，回到宿舍，把书架清理一番，看看没有甚么违禁的书籍，悄然睡了。第二天平静无事，下午他陪着女朋友看过电影，吃罢晚饭，悠哉游哉地走进学校的大门，电灯已经发光了。走进宿舍的院落，听见室内有乱哄哄的人声，他缩住步子，但是身后传来一个凶横的声音：

　　"哪里去？"

　　"第四斋。"转过身来，他看见一个穿青色便装的人。他从颈后到腰际苏苏地凉了一下。

　　"进去吧，"青衣人说，"等着检查。"

　　青衣人语气较为和缓，使他略略放心；而且对于"检查"，他实在是有所恃而无恐的。

　　他坦然走进了第四斋。他发现除了憧憧来去着和外面那人一样装束的三五个之外，一个同学都不见，七八只床凌乱着，架上的书散满了一地。这时其中一个人问他：

　　"哪一个是你的床？"

　　他指指东南角的一个。

　　"这些书都是你的么？"

　　他发现他的二十几本书都已理好在桌上。他走过去。

　　他心里突然一跳，应一声："是。"

　　"都是甚么书？"

　　"教科书。"

"教科书？"便衣人提高了他的声音。"这三本也是教科书吗？这一本？"把一本厚厚的书摔在他的面前。

他望望是《爱情进行曲》，他说：

"《爱情进行曲》。"

"这个呢？"

"《红百合》。"

"对啦！是你的？"

"是。"

"你这小小年纪，还真是个硬汉！"

"这书也不犯法呀！"谷静尽力抑止他声音的发抖。

"赤化的书还敢说是不……"

"没有工夫和他聊，"另一个拦住，"马二哥，带着走吧！"

"拿着证物，别忘了。"另一个瘦子一面用绳子捆着谷静的胳膊一面说。

三　死刑

十二月十七日的深夜，谷静被送入北平公安局的拘留所。有如一个无知的赤子失足落井，一个旷野奔驰的幼兽忽然遇伏，厄运的来到是十分意外而且突然的。

身后锵的一声铁门键，接着是"嚓"——铁锁挂上去的声音。

"我真个被抛进另一世界里来了！"他的头脑里感到一阵空虚。喉咙觉紧，仿佛嗽也嗽不出声音来；口干，舌头上有一点苦味。微光自墙壁上撒下来，他看见那是小小一盏油灯，高高地嵌在深厚的壁洞里面。火焰上结着一朵很大的灯花。

借着这微弱的光明，他不久判明这是一间空寂的小屋，四壁黝然，湿气扑人。对着门，是一面低窗，狭小而高，窗纸大半破碎，"冬至"的风虎虎地吹进来，立刻给了他几个寒噤。他紧了紧颈上的围巾，把外套领子抖起来。灯花忽然一落，使他看清靠墙有张短榻，凌乱放了些草荐，榻的一端，仿佛有两个人影，缩卧一团，身上盖的也是草荐。他镇静一下，四外瞧科一转，确信今夜没有走出这屋子的希望了！湿寒之气透过他的皮鞋底穿入脚掌向全身袭来；他不得已，摸索着那张木榻，爬上去。

"一场不幸的误会！"他乐观地想。袋子里取出手绢，铺在凌乱的草席上，他箕踞地坐下来。

一坐下来，他首先想到怎样应付明天的事情。"他们一定要过堂。但是有甚么可怕呢？一本《红百合》，解释解释就会完事的。——那些狗，不分皂白，竟会连辩解也不许，真混蛋！"他相信承审官不会这样糊涂，一个无罪的人关他有甚么用处呢？他既非党派，也无组织；平时既非言论过激，也不谈"理论"；游行虽然去过一次，但始终未列入队伍，充其量不过是个旁观者；"搜查呢？……"这意念在脑里仔细兜了一大转，从衣物到书架，甚至屋子里的每一张纸，……过细地检查一道。他认为足以触犯法律甚至思想法律的东西，点滴皆无。而且，……而且依法律，他还是一个未成丁的少年！

这问题算是得到了暂时的结局。他有些疲倦，亟欲休息。他重新四外望了一下，哪里是可以休息的地方呢？夜深风紧，窗纸不住地悉索，有一块大的纸片在窗格间忽内忽外地扇动着，竟如一片吞吐的舌头！

"呛——呛——呛呛！——（打的的，打的的，打的的打）呛——呛——呛呛！——"四更锣已是打下来了。他悲怆地想到了父亲。那张未老先衰的可怜的面孔，那忧郁的眉间，那凄然的口角，不住憧憧地闪现，忽而凝合，忽而飘散，……十多年来他为那弃之而去的妻子守节，把一切希望寄托在幼小的儿子身上！现在他也许正在安然熟睡，想不到儿子已经被一个突然而来的命运糊里糊涂丢入这个地狱的门限上！……

"现在他还不会晓得，"谷静朦胧地想，"但是明天呢？唉，唉，可怕的明天呀！可怜的父亲呀！"

泪水沿着两颊流下来，谷静不由低低地啜泣着。"能怨我么？"他天真地想，"除了女人之外，我事事都听父亲的话；就说这次被捕，也不是为游行；就说搜查，也没有证据呀！……"

想着想着，他又觉得有些气壮。但是他太疲倦，头里轰轰响着，眼皮沉重，喉咙似为灰尘填满，窒息，想嗽，但又嗽不出声音来。无可奈何，平了平身下的破席，他胡乱地躺下来。

躺下来，他感到浑身松弛，瘫软，仿佛再也不能起来了。然而他闭不上眼睛！瞪眼看，屋子好像越来越小，四壁渐渐向中间挤来，天棚当头压下，胸前好像压上一块沉重的木头，烦闷，作呕，不能呼吸，但感觉已经被装进一个棺材里。他害怕，闷得要死，不到五分钟，实在忍不下了，只好用绝大的力量坐了起来！

坐起来，浑身不由自己，瓦解般地又要倒下，有一个恐怖的力量支持了它！

他尽力用忘却的手抹掉父亲的影像；但这手却如一只画笔，把他愈描愈清楚。他悲哀着，受这影像的煎熬，落泪的力量似乎也没有了！幸而不久又有女孩子的影子替代了他，一个，两个，三个，……在她们的包围之中，他渐渐忘记一切，睡去了，然而身子还是那么坐着。

不知甚么声音惊醒了他，睁开眼，破窗口上漏进来白光，灯已烬了，屋内还是暗黝黝。略一转动，他立觉全身酸痛，肩胛和腰椎的关节仿佛碎裂了一般。他忍着痛，四肢屈伸了一下，随着就下了床。冷气从各方逼上来，他全身颤栗，头脑里虚飘飘，喉咙干哑，眼前发暗，双足无力，站也站不住了。幸好他想起学校的晨操来，他无声地作了几节，唉唉，多么可爱的晨操呀！向着东方，向着光明，伴着清晨的号角，发出纵情的呼喊！而现在，……他作了几节之后，身上倒活软好多，也不觉冷了，只是口渴。地下寒湿，他仍然上床坐下，等待天明，父亲的影子又在开始出没了，在黑影中，在窗口上，……他偷偷拭着泪。窗外渐渐亮了，听见远近的门键声，铁锁声，铐镣声，行人声，叱骂声，……远处有起床号吹起来了。

天色渐白；木榻另一端睡着的两个人转侧了，而且不久就慢慢爬起来。两人原是背对背睡着，靠墙那面的一个先起来，喘嘘嘘地哼咳着，半侧着面，躲在黑影里，看不清楚；这边的一颗头颅从褴褛的衣襟里钻出来，使他大吃一惊！这似乎不是一个活人的头颅；乱羊毛一般的头发遮蔽了一双惶惑的眼睛；口唇毫无血色，口角下垂着，两道饿纹弯弯地向颔下延展着。惨灰的面皮绷在峻嶒的骷髅上，双颊后一些肥肥的泥垢把这奇怪的脸谱夸大起来。望望谷静，他很是错愕，似乎丝毫不晓得如何一夜酣眠，竟会多添了这样一位漂亮的新同伴！望着望着，他长长打了一个呵欠，仿佛已经明白是怎回事，咕噜着，似乎想开口而又觉自卑，于是就变成干嗽，然后哼着，起来了。这时面墙的一个已经下了床，比前一个年轻些，虽然也是贫血，但较年青，像貌也不那样可怕，面皮惨白，但无浮肿，时时嗽着，连连擤着鼻涕，身上是一件褪色的蓝布夹袄，足以蔽体，动作也有些斯文气。

这个年青的用搜索的眼光打量着谷静，一面说："对不起您哪，我们真个睡得这般死呀！"又连连嗽起来。床上的那个接着叹息："唉唉，昨儿晚上真冷得邪星！动也不敢动呀！"随着就缩到墙边，哼哼着，"幸亏咱们二位，要是自个儿，那才……"

铁锁咔哧一声打断了他的话，他立刻连滚带爬地下来。谷静分明望见他那双红肿流脓的脚。

门开了，带黑帽子的监狱员吼道：

"快！快！整天聊，聊不够！……尿桶哪？孙子（哉）！"然后又向谷静，"你也倒去呀！放封啦！"

谷静不自禁地下了床，跟着他们出去，经过一个狭长黝黑的夹道，风无声地吹着，晨寒透骨，空气中有二氧化碳气味。肿脚的跛行在前，一摇一摆地蹒跚着，提着尿桶；着长衣的拖着破鞋，双手插进袖口里，缩着脖子。后面一个吼声追着："快！快！"

到了地头，谷静去小便，头脑里似乎有一个小小的旋风在转，心焦，口干，胃里好像有一团火在烧着。眼前一黑，身子一幌，忽听方才那吼声骂道：

"不要脸的忘八蛋！倒是快呀！谁要你慢条斯理地耍骨头！老子是为你一个孙子长大的呀？……泄不出？泄不出，不好缠在手上揪出来吗？你当老子专为你们长大的吗？"……

走回牢里，监狱员又向那两个人骂道：

"别不要脸！我对你说，人家可是过路的，不能常在这儿！不要敲竹杠！"

谷静跟着就要求，——第一是快过堂；第二是要父亲来接见。

"是啦！您别忙！您等着！"

这就是他的回答，面色冷冰冰的。然后又交过一个泥巴碗，并且说，"给您用的。"

不得要领，态度可是不软不硬，他茫然望着那个光明的窗洞，渴望着有甚么喜信从那里伴着光明漏进来！他已经渐渐镇定，不相信前途等待他的只有绝望，外面还有父亲，公安局里也有他的一位远亲。想着想着，仿佛已经有了靠山，随着自尊的心理也苏醒了！他自认为不是一个平常犯人，智识分子总该优待的。同屋的两个，由监狱员的口里，已经说明他们都是下等人，那褴褛的臂上还留着腐乱的针眼，年青的自然是个瘾士，毫无疑问！想到这里，他不由摆起架子来，爬上床去，昂昂地坐起来，对那两个人，看都不看一眼！

他慢慢地乐观起来。"这是一个冤狱！"他想。这一定是捕错了人。《红百合》能算证物吗？现在，法官一定很为难，也许正在叱责那些便衣队，甚至大骂，打他们的耳光！……最后是法官喊了他去，很客气，不，也许捏个理由，训话一番，然后交保释放了。

他真个是做了一场好梦！

这梦境被狱员送饭给打破了。一律平等待遇，每人都是两个又冷又硬的"窝头"，此外甚么都没有。他望望那两人，望望自己的"窝头"，他实在无法下咽，胃里好像有一道岩浆，时时想要喷出来。他赌气把窝头送给那两个人。他们贪婪地吃了，而且还谢过。

自尊心消失了，代之而兴的是愤怒！"为甚么逮捕无辜呢？难道天底下就没有好人？"他自然冤枉，而且渐渐感到是受连累，"他们虽然混蛋，但是要没有学生运动呢？"他对同类也怀着仇恨，倘使没有他们，何至有搜查，倘无搜查呢？……于是他深深恨着学生，甚至恨着时时讽刺他的陈学

210

海！他终于把自己的受苦，父亲的悲哀，女朋友的烦恼，通通都归罪在学生们的身上！他竟发誓再不见他们，再不同他们在一起。

"都是他们闯的祸，而且他们一直在'挤兑'我，目的是利用我！"

两个囚犯怯生生望着他时喜时怒的面色，不敢问他。他也想向他们问讯，又不好意思出口。终于，他怀着悲愤，闭上眼睛，让满腔控诉的泪，向内心流下。

两个囚犯借个机会把谷静的情形报告了管狱员。

当日下午谷静被解到一个新地方。屋子并不比那个好，人却已经有了五个。三个学生，一个扎吗啡的，一个带着镣子的强盗。因为是白昼，他进门之后，受到了热情的接待，他宽松了好些。尤其是那三个学生简直把他待做亲兄弟，不知从哪里弄到的白面馒头和咸菜，强着他吃，那强盗有一只钉着锯子的茶壶，里面盛着冷开水，也送过来，他觉得真比果子露都香甜百倍。

然而他一时无法减除自尊心。他觉得在他们中间尚有一道目所不能见的壁障，把他们严格划开：他们是有罪的，最低限度也是究有应得；而他自己则是无辜的，阴错阳差。

学生中间有一个红脸肿秃着头的人，用对待弟兄的态度对他说："你不认识我，我倒认识你咧。"他叫蒋达，T 大，街上捉来的。"你不是陈学海的小朋友么？我们俩同班不同系。"他把另外两个同学介绍给他：周子玄，C 大；李洪基，F.S. 学院[1]。

"我们的人一共占了二十几号房，不要怕，我们的力量大着呢！"蒋达用两只手掌在左面土墙上断续敲击了一阵，右面的也照样做了，然后向他笑一笑。说："这是我们的电报。我已经替你注册了。"

"向哪个注册？"

"自然是向坐牢的同学们。甚么人进来，出去，都有报告。"

"有出去的么？"谷静微微兴奋。

蒋达告诉他直到今天还是"只见进来"。

---

[1]　原文为 F.S. 学院，与前文所提 FS 学院不同。——编者注

"问过口供之后呢？"

"直到如今还没问过，"周子玄道，"也许永远不会问的。"

"抓进来不问做甚么？"

"鬼才晓得做甚么！"蒋达唾了一口。"既来之，则安之，反正相信他们不敢杀掉我们！"

"有时也问，"李洪基道，"但都是些令人发颠的问题；再不然便是风马牛不相及，令人难以回答。"他生着一双"悠然见南山"的眼睛，讲话时，益发惹人笑了。

谷静却并不笑，心里却固执着：

"他们哪能不问？而且问过了，无罪，也该释放的。"

那位强盗在一旁识得了这幼稚的童心，笑道：

"先休息休息再说吧。这玩艺儿着不得急。惯了比甚么都舒服。何地不养爷呵。"

"这位是我们的'号长'，有甚要的，向他说，他能想法子。"周子玄道。

"我能做甚么呢？"那大汉眯了一下眼睛。

自从来到这个牢房以后，谷静总算得到了暂时的慰安，同学们爱护他，把他当做一个小弟弟。被管狱员喊做张五爷的强盗已经在这里住过五年了，除了没有太太，其余的一切什物，应有尽有，几乎足供一个贫穷人的家庭；破布、针、线、牛骨磨成的针和小刀、吸烟用的火石、白面做的骰子和牌九，……他还有一种技术，一根火柴可以分成八条！五年住下来，他真算入了化境，生活得随随便便。在他的牢狱生活中，似乎已经没有了忧郁和痛苦这样东西；然而他还是常常说：

"再有一年！再有一年！老子还得干一场！"

他对谷静这群青年人特别关注，总是设法使他们快活。白天大家在一起玩耍，闲谈，放风之后，天要入夜的时候，他还给他们讲些奇奇怪怪的故事，有的是他的经历，有的是他的编造，有趣而又颇为可笑的编造。

白面贩子陈小七，是他们的总听差，扫地、倒尿桶，都是他一个人的事情。

起初几天，谷静焦急着，彻夜失眠。他不断请求审讯，请求和父亲见面，请求保释，"随传随到"，……没有丝毫反响。日里他还能挣扎着，黑夜一来，他往往是偷偷地流泪。

　　这事实如何瞒得了别人！蒋达就劝解：

　　"只好听其自然。大家不都是一样的么？"

　　"谁个和你们一样！？"谷静心里叫道。他仍然坚持不能和他们同日而语。这沉默激恼了他的伙伴，蒋达半劝半讽——态度仍然和善——地说：

　　"小谷，不要以为我们之中有甚么不同！谁是有罪的呢？谁是无罪的呢？都是鬼晓得！法官明明晓得而不说；孙之明和曹兆东晓得而不忏悔；我们向哪个去找证明呢？我想，只能将来去问老百姓了！现在，谁能救我们出狱呢？我相信你父亲救不了，在公安局做小职员的你那位亲戚也救不了。援救我们的是一个力量，这力量，一面在大众，一面也在我们自己！做一个勇敢的人吧！做一个能战斗的人吧！老天让能战斗的人活着，而非怯懦的人！他们绝对不敢弄死我们，早晚我们会出狱的。但我们之间却是不可分割；同心合意才能战胜胆怯，战胜失望，战胜可怕的死亡。"

　　不久，从墙上传来的声音上，知道有些人出狱了，也知道又进来一些新的。周子玄被审两次了，毫无结论，仅仅带些笑料回来。学生下乡的消息传到狱里来，不久又是一片寂然。

　　旧年将暮的时候，周子玄又被传了去，从此一去不回。管狱员悄悄对张五爷说，"出去了。"大家自然高兴，然而谷静不高兴。他渴望着他的父亲，渴望着自由！可是要"过堂"才能自由呵！然而总是不过堂！

　　旧年过去了，依然渺无消息。不久，春来日永，牢狱生活更是难耐，谷静的希望一天天地破灭，身体一天天弱下去了。

　　二月末，灯节将将过去，牢里新来一个造假钱的犯人，进来不久，就病了，而且病得很沉重，一个星期以后，传染了李洪基，没过三天，谷静也快快地倒下了。蒋达三番五次要求将病人送入疗养室。但是这杀人的监狱，哪里还有疗养室呢？蒋达无可奈何，日夜服侍着病人，过了几天，假钱犯死去了，李洪基却渐渐好起来。谷静身体积弱，加之每日悲哀愁苦，疾病之来，不能抗拒，于是一发而不可收拾了。危险期间，发着高热，不住谵语，爸爸、爸爸地喊着，还听到有这么一句：

"你说得对呀！……能战斗的才能活着呀！"

四 "让战斗的活着"

在谷静追悼会上，出狱还不过三天的蒋达报告这可怜的少年羁狱的状况和临终时的言语，群众无声的听着；脆弱的，拭着泪，鲁莽的，握起拳头。

"可怜！……然而太迟了！"

"不迟！"一个女子的嘘声，"他不是为死者说的，而是为生者！"

会场这样地静，一枚针落到地下也能听得见。这两句简单的对话纵是声音极低，却如一条细细长长的钢针倏地穿场一周，刺中了每一颗悲愤的心！

正面是灵堂，当空是宽大的横幅，白布墨书大字"国殇"旁垂两道挽联，做成帏幔，祭案上供着花圈，后面透出一具小小的棺材头，没有香烛，没有纸钱，……春风从窗外吹进来，划起破窗纸，像在絮语，像在悲泣，像在召唤，……风止，室内一片肃穆，有如坟场。几十名警察，沿壁散开，直立着，凭着目力不断四处搜索，警戒着。室外的人群更多。他们进不来，挤在门道上，叠罗汉式地爬上窗子。学生纠察队星星散散立着，手里提着柳条棍，半截藏入衣袖里。

灵堂前面站着的是新出狱的蒋达，他讲述谷静的受难无异讲述他自己。他讲出监狱的惨无人道，囚犯不仅被剥夺了自由，也被剥夺了人格，甚至生命！没有证明有罪何以要禁闭呢？没有经过审讯怎能证明有罪呢？他指出现代的中国法律就是抢掠人民的自由，甚至生命！

笔立的警察望着这个发了野性的人，相互以目示意，仿佛在说：

"看这蛮牛！不怕死的样儿！一百天的监牢还压不倒他！……今天不准捉学生的命令，敢怕他早已知道了，这鬼孙！"

"瞧他把处长和局长骂成个甚么样儿！"

"他们是垃圾！"这蛮牛挥着拳头表示肯定。"同学们，我要把他们清

214

出去！”

一阵掌声过后，他开始给谷静做结论。

他说谷静的死不能仅仅说是冤枉。在这样社会里何处不是冤枉？要搜集所有的冤枉事件，纵编一部《冤枉史》也用不完。

“这是一个教训，——自然为生者——这是一个警惕！”他加重说。“正如谷同学觉悟的那样，——懦怯的死去，战斗的活着！”

谷默轩上来讲话的时候，大家的心情都是低沉的。这个中年突然丧去唯一儿子的父亲，像貌较之他的年纪为老，头发有些花白，眼睛黯去了光闪！过度的悲哀重压了他，凄伤之情，浮于颜面。倘使儿子忽然生还，一定会看见一别三月的父亲已经老去了十年！他曾是多末悲哀过呀！明明是他的儿子，他能够母亲一般地抚养他，爱护他，教育他，提心吊胆地防护他，……一旦遭了厄运，陷身在囹圄里，他全力抢救他；日夜的奔波，托无数人情，递无数呈状，伤心，饮泣，悲哀，昏绝，……到底，他不能从一开即阖的死门内抢救他的儿子的生命，甚至连生见一面都不可得！那铁石心肠的死神竟忍心望着他昏倒在儿子尸身的旁边，然后再痛苦地复苏过来！……

“这是甚么？这是无情的命运么？”

他自己回答：

“这是制度。”

现在，让他的希望欺骗够了，让他的辛苦折磨够了，让他的悲哀宣泄过了，……他倒觉得很悠闲。他如同释去了一个沉重的担子，——一个希望的担子，也是一个失望的担子！他甚么都没有了，除了一些磨不掉的伤疤。现在他承认儿子不是他个人的，也不该是他个人的。他个人的血养活不了他的儿子，要社会的血才能够。他承认他的个人主义终归失败，因为这个个人主义已经使他的儿子贫血，看似早熟其实是萎瘁，终至送掉了性命！“是我杀死了自己的儿子，”他说，“因为我养了他，但没有给他勇气！”

儿子的死亡，不但教训了死者，也教训了他的父亲。

现在他已是清清楚楚。他的希望破灭，他的梦可也醒了！他不再怪学生和咒骂学生了，像去年那样，像既往那样。

"而且我同情你们，我爱你们！"他说得十分严肃，十分有力。"但是我怕；你们是不是会因为我孩子的死亡，而丧失了勇气？"

"不会，不会！"

"绝对不会！"

低沉的声音。有的严肃，有的笑脸。

这位中年的父亲面上发光了；然而也很凄苦。他说：

"你们救了我的儿子。"

五　奇怪的出丧

送丧的行列从 K 中学大礼堂冲出来，群众中有人喊：

"校长哪？找校长！"

"他也是罪犯。这混蛋！喊他来打灵幡，还算便宜他咧！"

警察们忽如大梦初醒，局长早晨的命令在他们耳里吼着：

"打散他们，——这群捣乱鬼！他们又要游行，一定是，一定是！你们要小心警戒！不许冲过马莱松大街！记住！打散他们！不许用刺刀！注意！只许赶散！……不逮捕。"

这可不是游行，而是送葬。

行列出发，纠察队手里的柳木棍霎时都变成了旗帜，群众有些零乱，骚动着。挽联用粗木棍撑起来，围拢着灵柩，灵柩在队伍前面，这可和一般的殡仪不同了。打工照例敲起一阵梆声，然后喊：

"东家赏钱一百块——"

"谢呀！——"全体扛工应合着。

梆声零落地响着；灵柩慢慢移动；警察们被动地跟着。

"瞧大殡呀！——妈——瞧大殡呀！瞧公安局长的大殡呀！——"几个小孩子飞似地跟着跑，一面泼辣地喊着。

一个警察照准跑在后面的那个一掌打去："× 你妈！小鳖羔子！"随着又听路旁的人评论说：

216

"您瞧，可多怪！出殡会没有纸扎人儿，没有灵幡儿。"

"也没有吹鼓手。"另一个拦着。

另一个卖烧饼的似乎耐不过，连连抢着说：

"可有'清音子弟班'？可有提炉的童儿？可有金爪斧钺？可有洒纸钱的？……瞧，怎么一个披麻带孝的也没有呀？"

"可没有见过这么多送殡的！"第一个说，"我说这死鬼要不是个和尚，也是个……"

一阵梆子响。

"东家赏钱……"

"谷静精神不死！——"

"我们要替他报仇！——"

"那话儿来了！"警察小队长吃一惊。"我不能让他走这东华门！"于是喊：

"弟兄们，准备呀！不许通过东华门呀！"

自然娄，每一个警察都晓得，每一个群众也晓得：冲过东华门大街就是金鱼胡同，再打右手，就到了马莱松。

行列中飞出来无数"纸钱"一样的东西，形状却是方的，大得多而且印着字。这是传单，谁也晓得，哪里来的这多传单呀？

"欢迎'仪仗队'！欢迎军警参加！"

小队长精神一紧，听他们唱起歌儿来：

"谁不是'人生父母养'；

　　为甚么偏要逞刚强？

替谁杀人，替谁造孽呀？

　　为了仅有四块钱的口粮！

（口号）喂，老乡！中国人不打中国人呀！"

小队长听得心里怪难过！他想："哪个孙子才说不是！中国人本来不该

217

自相残害嘛！……"

然而想到命令，他把心一横，口笛吹起：

"滴滴——"

一阵大乱，立刻折断几根旗帜。

行列依然不乱，笔直前进，像一条扭紧的锁链。

又是声紧急的口笛。

"解散！解散！"

迎面冲来一部自动车，队形打开了。远远望去，旗帜和木棍挥舞着，纠结着，人声喝骂着，……

队伍中有十几个受了伤。二十几枝木棍拥护着棺材，抗拒着来袭的敌人；王起和白文瑞在队伍的前头苦撑着；有些抵抗不住的，退进胡同去，有的扶持着裹伤的人，胆子小的偷偷地溜开了。队伍奋斗着，直冲到马莱松大街的北口，已经筋疲力尽了，还是困兽一般地吼着！

"还不到时候吗？还要多久呀？"王起像似一个苦斗的巨人，他已经负了几处轻伤，但是仍然应战。

"是啦！是啦！"一个广东口音连忙应着。接着大喊："同学们！使用秘密武器呀！"

抬扛的人丢下了他们的负担，棺盖打开了！

"报仇吧！管他是谁！"

他们打开棺材，分送着石灰弹。

一阵石灰弹，雨雹一般打退了警察，自动车也逃走了。因为他们奉了令，不准开枪。

谷静的遗体，两天以前早经埋掉了。

落虹有一首《马莱松大街朗诵诗》，正好道着这件事。

是谁

巧夺天工，

让五尺桐棺

变成大炮？

仇恨，
像火焰的种子，
燎烧着
马莱松大街！

有一日，
他们会相抱痛哭，然后
并肩作战。

衔恨的
将不再衔恨；
饶恕人的
将终被饶恕。

他们记起这历史，
而后
忘掉这历史。

他们中间，
再没有
一个假想的
敌人。

这新诗在青年群中风行一时，但看法却未必尽同。有人说是铿锵而且有力。又有人说是主观主义。还有人苛薄他，说是——
"诗人的句子好像把一条鱼切成断断，然后摆布在盘子里。……"

六　消极的虫子

作为"一二·九"运动的余波的"三·三一抬棺游行"，给北平的司法制度竖起一个丑陋而耻辱的碑碣，用仇恨的心肠把一个人间的血腥故事着实地夸饰一番；但以这运动的整体而论，的确是有一个消极的虫子潜悄地爬进来了！

除了表现一次复仇的姿态，这游行没有揭示出一个伟大而具体的题目；行动莽壮而失于雄厚，使人想到这个"一二·九"的肢体难以代表其全身；尤其是谷静的生命无论如何也救不回来了。

"为生者"，魏玲虽然一时驳倒了陈学海；但她心里却为了并无坚强的论据，暗暗感到惶惑了。课业未能恢复，中间份子逐渐冷淡，……这火一般的力量，在这暮春的三月天，发扬姑不论，能否保持其永生不息呢？席东璧教授的愤慨锋锐地袭击着革命青年们的心：

"多可怕，消极的虫子呀！"

中国青年在变形的奴隶制度之下，残存了几千年，自然经济给他们以保守的习惯，君权政治给他们以遵命的性格，家族制度桎梏着他们，礼教社会羁勒着他们，因袭而来的腐败传统如一架近视眼镜，架在他们的眼前，使他们愈看愈近，……终于天地愈来愈小，生活愈来愈单纯，欲望愈来愈低微，空气愈来愈腐臭，……年复一年，他们对于蜗牛壳里的生活渐成习惯，甚至以为"天下之美为尽在己"。受尽了鞭笞而不自知，失尽了自由而不自觉！他们原是有血气、有力量的人类，但是他们麻木了。

这样过了许久许久，忽然来了帝国主义的战舰和大炮，冲破了中国国境的壁垒，击碎了中华民族的主权；但同时也震撼了中国人民的生活桎梏，使他们恢复了感觉和味觉。于是在先觉的智识份子领导之下，他们开始了一个觉醒的运动和战斗的生活。这觉醒，虽然较之欧洲迟了五百年，较之美洲迟了三百年，然而他们觉醒了！

但不久，他们就敏感着一种空虚，他们通过了欢喜、怀疑，终于感伤起来。这是智识份子的赐与！以社会领导自任的智识份子，用民主科学唤醒了当代青年。但当青年人起来跟从他们的时候，他们又马上告诉他们怀疑和感伤！他们没有信心！把三百年的名词依次冠以"新"字，玩弄一会之后，忽然感到原是一块灼红的炭火，他们就向青年人发泄着悲叹与感伤。他们说，这是温情。他们空洞地吹着大气；告诉年青人，一切都不好，都不可救药，而大家正是生活在这不可救药的年头的不可救药的社会里，简直就是没有路！到底如何呢？岂非竟是无路可走么？这类智识份子在欧洲早已成了一个轻蔑的名词，而在我们中间是一个觉醒的标志！唉唉，还有甚么可说呢？

他们告诉青年人怀疑，青年人也就用这法术对付他们。他们相信世界上必有一条路，而这路一定不是回到祖先那里去的，而是向前，一直向前！路上有血腥，有黑暗，……但他们决不肯就此歇脚不走，他们相信通过这些，一定能到达一个很好的地方，那里有光明，有自由，有爱！几十年来，虽然怀着这种思想的青年并非绝对多数，却也并非少数，而在人生的路上，不断持续着进化的法则，堕落的被淘汰，精华则永远发光！因之，仇恨中也还有爱；悲凉中也还有热情；奴役中也还有战斗！

然而他们还是有苦闷！

青年人的心中都存在着一个辽阔而伟大的远景！他们有一种必须达到的热诚；虽然不敢断定何时才能达到，但知必须达到！于是知识的武器就成为必要。在这半封建半殖民地的天地里，有谁能满足他的需要呢？他们多半出自破落的农村，或衰歇的世家，……愤慨于父子两代思想的不同，他们负担着许多悲剧的责任走出家庭，走入学校。畸形的、仓皇移植的教育无法满足他们！当代的中国学校教育一面使他们做中国的孔孟，或西洋的卢梭或伏尔泰；而他们则想做现代中国人。他们好似一个试验室的样品：学校要把他们注射、分割，甚至把他们塞入一个模型里面，看他们能否依着一个"Laborafory Man"的意思，长成一个新的标本！看哪！有多苦？有多悲惨呀？然而他们仍不灰心。他们懂得复在岩石底下的幼芽也能委曲的生长，生在没有太阳地方的草花也能发香。他们仇恨着制度，原谅着人，……有了学校籍之后，他们就城里城外的乱钻，不计那所谓"最高学府"或不甚知名的学校，寻求那渴想得到的知识，究竟得到多少，他们似乎也不去计较。他们给学校造成一个奇怪的现象，有的讲堂满坑满谷，有的却人去楼空任凭燕雀落寞地飞来飞去了。二十世纪二十年代以来的北平大学教育，宛如一个自由得奇怪，人们可以自由选择他们的教室、他们的教师，……唉唉，多么快活的人们啊！多么悲惨的人们啊！

都市生活的另一面，——酝酿着腐渍污浊的毒虫之家啊！——向他们张开诱惑的和阴谋的大口，时时准备着吞噬他们，毁灭他们！带着山野清新气息和刚健躯体的乳虎一般的青年，——浑金璞玉一般的可爱的人们啊！——一旦坦率的走入都市，时时有被吞没的危险！他往往带着耻辱回家，或漂泊四方，终身隐痛！

"都市的罪恶！"这答案是多么抽象，多么逍遥啊！希望催使他们走入都市，接待他们的却是失望，他们所要的是学问，而恐吓着他们的却是职业、门阀和帮派。而一般自命前进的学人，往往又是剽窃起家，他们的学识宝库不过是一本陈陈相因的讲稿；摆起架子却又宛如一匹雄鹅！但他们却有纵横家的气派和诡辩家的口才，惯用灿烂的名词装饰自己，过分的恶名污蔑人家！……在这样一个矛盾冲激的旋风中，青年人不能不失去信心，仓皇四顾，而地狱在他们的脚下，渐渐裂开，用傍徨歧路的大口吞噬了他们！唉唉，都市的罪恶，罪恶的都市呀！

幸而这还并非这古都生活的全部！沙砾之中还有发着光闪的金，坯铁之中还有做为灵魂的钢；黑暗之中还有荧荧的灯火！青年人中还有不甘做奴隶的人们；他们是人类的光，文明的火种，民族的 cream，……他们有思辨的头脑，火热的心肠，坚决的勇气，战斗的精神。他们接受过或正在接受着世界最前进的革命思想的陶冶；他们有明确的政治认识，直接或间接接受着中国最前进的政党的影响与指挥；他们同时是暴风雨前的海燕，暴风雨中的试风旗，暴风消歇时的冲出云氛的太阳！他们不仅出于自愿，却也是依从人类进步的力量，社会变革的需要！"五四"以来，他们建立了这个优良传统，直到今日，在风雨如晦的季节中，它永远是不断地闪烁着光辉。纵使群体中不断执行着新陈代谢，这力量从无衰歇。新陈代谢的意思就是新生，卸除灰烬，添加新柴！从"五四"到"一二·九"，无日不在斗争，无时不在进步；但这并非指人，而是指着力量。"一二·九"新的力量正在成长的时间，"五四"轰烈一时的老人物，已随时间化去或腐朽；代表新时代的新青年正在把他们当作一种耻辱的象征，进行反对、仇视和清算。

"一二·九"这革命青年一手造成的果实不仅震撼了世界各国青年，也震撼了它的创造者。果实的伟大呀！

"我们在创造。"魏玲曾经这样骄傲地说过；但还不如刘时说得更彻底："我们也在被创造。"一点不错，他们被创造着，被教育着，被锻炼着，……这运动启示他们：世界上最伟大的力量就是人民的力量，这力量的形成须有正确的目标，钢铁的意志，和集体的行动，……它也告诉他们革命事业中存在着一个反动的力量，正如太阳里的黑子，水面上的波纹，虽然有时也具着美丽的外形，其实却是污点。伟大的运动具有一种伟大的光，烛照现实远过于世界的天才创作家，在其间，人们能够看见真正人类性格。从这里，他们认识了英勇、壮烈、奋斗、牺牲，……种种善行，也洞彻了懦怯、卑鄙、畏避、退缩……种种恶德。他们遭遇了困难，在困难中学习，准备迎接即将来到新的困难。民族解放的大事业一定成功，——他们有此信念。但是还有一段路程必须战斗地走过，他们也有此认识，而且他们十分清楚，决定这功业的力量，不在旁人，而在他们本身。经过检讨之后，他们承认了成功，也承认了失败，但这路并未走错，一时的迷失，无非是遭遇正路中的歧支而已，结果还是"条条大路通罗马"。

海棠初开的时候，席东璧教授所谓"消极的虫子"惊蛰了，革命运动来到了低潮，学校恢复了课业。首鼠两端的北平当局，由于全国青年人的坚决反对，为了保持这过渡局面，暗暗和学生们妥协了。曹兆东离开了北平，大批的学生离开监狱，……古城中正在酝酿着一片恼人的春色。只有杨立君教授仍在保释中。

下乡归来的学生，却并未消沉，积极地扩展他们的"民先"；北平城郊，正在推行着汉字拉丁化。

活动在春天里的魏玲，她的心里正在酝酿着一种新的变化，她是乐观的，新鲜的，创造的。

"我在创造！"一个兴奋的声音，在她的心里呐喊着。

七　友谊

春天来时，郊原的野草，蓬然深了几许；魏玲和陈学海的友谊滋长着。

都市的新女性有谁不交男朋友呢？反之，或因初出茅庐，羞懦的性格未退，正在取着以逸待劳的姿态；或因战败情场，恨恼之余，不得不做反噬的报复；情操何尝熄灭呢？所谓独身主义，倘非拒绝结婚的一个便当名词，便是明白告人说："我还是孤身一个呀"而已。

"五四"时代的哲人告诉她们男子底蠢陋的利己主义，和她们本身底残废的奴役生活。结果她们和他们都做了无辜的牺牲。带着不寒而栗的心情离开仍在悲惨中挣扎着的同类，走进都市，争取学问和文凭。以达到和男子平等的地位。在二十世纪的中国，这诚然是一个奇迹！

然而在这"成功"的路上，有两种力量袭击着她们，就是恋爱和革命。恋爱可能使她们走入一个美满的家庭；革命却拉着她们离开。在这之间，魏玲就站在这二者的边缘上。

三年前，她离开外县来到这文化都市，立刻对这都市发生一种新奇的爱情。对于都市的装饰和风情，她漫不经意；却倾倒着古老面貌之下的青春的精神。不久她就反复读着《爱情三部曲》，为它烦扰着，却不能做个批判；然而在少女羞怯底心情中，她望见一个富有魅力的冒险的远景。她和郭用做了朋友，懂得了革命，而且试着去实践；但不久，就发现了他的败德，终于离弃了他。这离弃原是由于一种爱国的激情，并非私人恩怨；她认为动机纯正，所以也就没有悲哀。

这时，她已认识了陈学海，而且偶然地把他引上了革命的道路。这个像貌平庸的青年人，并无使人一见倾心之处：扁扁的头颅，平平的面孔，黑黑的一道浓眉，掩盖了一双思索的眼睛，宽宽的鼻子下压顽强的口唇，少有笑容；一双钢琴家般的大手，倒显得很有力量，虽然，这也不配称为一件摩登青年的财产。他很少交游，见人唯唯诺诺，初见的人很少看得起他。但相处一久，就看出他这人表面木讷，内质纯净；遇事少发意见，心地坚决；对人虚心，择善而从，做事负责，必求贯彻，百折不回。……过去时常取笑他的魏玲，一旦在工作中发现了这个没有光华的天才，她很快地引他做了同志；她怀着奇异的心情教育他，——她自己确是这样想——批判他，鼓舞他，……她耽心着他是否能和她的理想不谋而合，……不久，她就感到了一种理想的应得的酬报，她安慰了。

"我在创造。"对着镜子，她听到内心的吼叫，她感到一种烦躁，在玻璃世界里，她看了爱情的火焰。

陈学海用理智在内心做成一道堤防，把她当做英雄崇拜着，当做教师敬畏着，仿佛一个战兢于崖边的游客，时时恐惧着堕入无底深壑，遗恨千古！他不知这堤防何时就会突然溃决，也不敢想到这溃决的后果。他惶乱着，因为他已觉得水的力量一天天地大了。

这惶乱每每发生在和她独处的时候。过去的甜蜜或懊恼的追忆，使他们紧紧结在一起，彼此同情着，安慰着，暂时离开了革命，走入一个罗曼谛克境地。有一个力量从隐秘的地方伸出手来，抚摩着他们的心，使他们的跳动多少失却了常度，喉咙底下有一种异样的感觉。他们并未完全迷醉，吃惊地加着小心，沉默着，彼此都似乎听见对方的并不均匀的呼吸声，而为之提心吊胆？……过了许久，——他或她往往用桌上的日影计算时间——她用半嘶哑的声音说："不要讲过去；讲将来吧！"于是他们重新回到了革命。但在谈论中，他们往往不能找到一个适当的词句。有时，他们故意不去彼此对看，免得对方因为难堪而局窘，他们彼此偷偷地爱护着。有时他们私下感到了惊疑，他们已经相识了二年多，何以现在反而不如从前的随便？但是谁也不肯首先提出来这个问题。

时日一久，他们渐渐恢复本来，把理智勉强留驻在现在，把感情竭力送向遥远的未来。他们不知能够这样支持多久；但魏玲似乎未能忘情试验工作，而陈学海则恐惧着"时代的筛子"。

然而亲密的友谊并未因此而衰减，偷偷地增进着。见面虽多，两人的闲谈却渐少；但是世界上的最宝贵的无声的语言，有谁能听得见呢？他们不谈爱情，体味着对方的思想、意见、爱憎、癖性、……忽视（大半如此）那些缺点，把优点当做婴儿般地珍护着！留神对方的言谈、习惯、作风，……遮遮掩掩地学习着，惟恐对方识得。对方一言一笑，一颦一蹙，……都能意通神会，无待明说。因此，小至日常琐事，大至救亡问题，在他和她之间，不待详细讨论，意见自趋一致了。然而却也并非一方决定，一方恭顺，实则有如乘风行船，帆和桨都有力量。魏玲的果决，却也有待于陈学海的慎虑，魏玲并不是一个绝对创造主啊！

　　春天的魅力把他们吸引到外面来。课余的时候，陈学海经常陪她散步，从西直门到新街口，然后折向南行，一直送到西单，然后看她走上电车，这才回校。一路上，他们并肩走着，讲着各人这一日的经验，纵是琐细，也无遗漏；有时他们的手不期然接触在一起了，他们却又突然故意分开，好像不相干的行人，但不久，又被一个新的话题自然地合拢起来。轻尘起处，一列列的街树发着清新的香气，人家墙头有一枝两枝杏花伸出，好似幽居的少女在招引行人。有时她不愿坐电车，便由西四转向西华门大街，步行回家。他陪着她，一直往东，经过北平图书馆，在金鳌玉蝀桥上凭眺，两边是碧波千顷，琼岛和瀛台遥遥在望，阴森的色调，触发他们思古的幽情。头上是淡蓝的天色，一抹斜辉映在她的脸上，腾发一种美丽的光彩，这种光彩是圣洁的，使他马上严肃起来，失去日常的局促，感觉到一种质朴的亲密。她也觉到了，微微一笑，霎时间，他们的纯真的情感，融合在一起，无邪地，和平地。……他懂得了她；而她，也是一样。他们走过神武门，宫墙里泛滥百花香气。高高的城头上一支旗竿指着遥远的世界，使他憧憬着一个神圣的将来。……她不期然地握住他的长大的手，紧紧地，仿佛在暗示一件未曾懂得的事情；但是他已懂得了。

　　利用着假日和工作的闲暇，他们常常出去探寻名胜和古迹。他们并非要研究甚么，而是为了情绪的奋发。他们按期游览清故宫和三殿。他们不大会欣赏艺术，却能由骄恣和奢侈的遗迹中，看见帝国的复灭和人民的苦难。在

226

瀛台，他们想见一个败德无知的女王的影子。在雍和宫，他们听见一个阴狡的皇帝的故事。他们攀登小白塔，指点着宫墙御柳；心里想着数百年的暴政和奴隶生活。然而陈学海不去濠濮间，魏玲不去陶然亭，来今雨轩的阶前，春明馆外的柏林路上，北海的漪澜堂，五龙亭……却见他们的游踪。于是任可中故意对陈学海打趣道："你们太神秘。人多的地方总是找不见的。"陈学海懂得他的意思，笑一笑，也不辩解；他不要求任何人懂得他们。

北方的春假，迟到四月中旬，他们有一个星期的闲暇。利用这个时光，他们到城外去。除了参观 H 村和 K 村的农民识字班；其余都是自己的时间。他们先在颐和园和圆明园废墟一带作了一次草草的巡礼，然后就向西出发了。

经过连绵的爱情的春雨，魏玲的风神更加开朗了！留长了的童式发复掩着前额和两鬓；玲珑的一双眸子闪烁着无可掩饰的魔力；结实窈窕的身段略显颀长些，她已走入了少女的成熟期；健壮的两腿，她最欢喜走路。……于是，从灵光寺到碧云寺再到卧佛寺都有他们的游踪；翠微山，宝珠洞，风雨门，鬼见愁，……都是他们登险之所。他们立在这嵯峨的山峰上向东望去：西山袒开它底胸怀化为平原，碧绿的田禾包绕了屋罗棋布的人家。农人在田里，缓缓地挥动着锄头，在铲除莠草。杏花老了，远望只是一片片的白，早发的老榆之下，一条小牛在吃乳，半裸的儿童来往跑着跳着。……呀，多么美！多么幸福而和平呀！"谷雨"的风带来朵朵的乌云，田间浮起斑斓的阴影，蚀去幸福与和平，大地忧郁了！

"幸福的日子还能有多久呢？"他们交换了目光，但不开口，各自把忧郁吞下肚里，深深埋藏着。

背转身，眼前现出起伏的山岭，千层万层，愈廓愈远，愈远愈淡，织成了云天的花边。他们晓得那是伟大的西北，有光明和自由的新生的西北啊！到西北去有多艰难，有多辛苦呀！然而只有这一条路！"不会多久，也许就在这起伏的山峦中建立我们的家园。"他们意识着，彼此微笑了。

他们的游兴未尽，又随着 Y 大旅行团乘火车向南口出发。一路经过青龙桥、鸣琴峡，到达南口，凭吊战场，登八达岭，作古长城远眺，……然后转赴十三陵，巡礼"北明"遗迹，在风中驰骤着驴阵，大有出塞的感觉！

经过这番旅行，他们的胸襟开阔多了！他们知道世界之外还有世界，生活之外还有生活。他们为将来蕴蓄了新的计划；他们都显得年长了些，但是他们的信念更坚强，战斗的力量也更充沛了。

长期旅行增加了他们中间亲密的情愫，几乎使他和她达到了完全互相占有的地步！她不断地恐惧着，戒慎着，……有时她故意和他离得老远，斥责他的殷勤多事，留神他的言语失当，……她时常怀着一种少女的娇羞向自己发问："我还是我么？"有时她竟不敢相信自己的肯定的回答！为了前途的事业，她固执地相信必保持"本来"，否则一切都会毁灭！对于女同志们浪漫式的恋爱风格，她既不愿反对，也不想效法。她既无室家思想，也无性欲的要求；然而她不能离开他，离开，就觉得好像失掉了身体的一部份。她是个刚强的女子，但是常常怀着惊惧。这心理异常陌生，她从未经验过。她和郭用的爱是被动的，那时她好像还是个小孩子，而且郭用有时是一本正经，有时是油腔滑调；她往往感到是一个义务，而非爱情。现在呢，陈学海是这样一个方正的人，有时竟会令人看不出他正在恋爱；对于她，他竟是学童一般的虔敬，却不知是从哪里来了这样一种力量，日夜打扰着她的心灵！中夜，她吃惊地从梦中醒来，低声喊出：

"我怕！——"

醒觉的母亲连忙问：

"你怕甚么？孩子！"

她不觉好笑；连忙说："妈，没甚么。"不久听见了嬷嬷的鼾声，她还是睁眼望着黑暗。

终于她再也忍不住，把这经历掩藏了一半，对陈学海暗示了一些。他呆了一阵，然后吞吐地说：

"不能让它烦扰我们；我们没做的事情还多着呢。"

于是她又怪他太忍心。但是她不能不承认他是对的，他没有一件事情违反过她的意思。然而这又怪谁呢？有一天中夜，她到底作了决定：

"我必须离开他！至少，暂时离开他！"

八　两地

四月末的一个下午，魏玲搭车到天津去，陈学海亲自送她到东车站。

魏玲这次被派到天津组织民先分队，在公在私，陈学海给与她诚恳的支持和热情的鼓舞。握别的时候，魏玲毅然说："不要盼信吧！为了工作，还是少写为妙。"但是第二天下午，魏玲的情操就展现在他的眼前了。

"我的好友：—— 她写道——今天傍晚六点钟，我平安走出了天津东站，过了'法国桥'，很快就找到了萧艾的家。你早已知道，这次来，对外我算是萧艾小姐的一个远房表妹凌菲小姐，来到天津准备暑期考学校的；而她的家人却晓得我是她的高中同学。萧艾有一所很典丽的宅院，走了十几分钟才到最后头。她把我安置在太湖石背面的一座小阁里；这是她的书房兼卧室，现在正空着，要待假期，她才能回家。她陪我用过晚饭，匆匆回到 N 大去了；N 校管理很严，平时虽然请假，九点钟以前也必须返校。我本想立刻到 H 院找石瑚，但是时间不允许呀！只好等到明天再说。

"现在我一个人留在小阁里；周围都是花木，（甚么花木将来再告诉你，现在天已深夜看不清楚）没有风，也没有星，远方有青蛙在开始一个大规模的交响乐，惊蛰未久的虫声宛似一只提琴的弓爬搔着 G 弦！我搬一把椅子到屋檐下面，轻轻坐下，静静听着；它令我想到很远，很远，……不知过了多少时候。我忘记了身在何处，忘记了将要做些甚么！忽地，乐器全收，漆黑的寂寞从四面压上身来，我听到所有树叶底喘息声音了！……我悄悄回到屋里来，带着一点可笑的惊慌，上床想睡；但灯光又把我引到案头来！啊啊，宝贵的灯光啊！

"白天，在车站，我们的话似乎已经说完，所以我请求你答应我不必多写信。别离不会太久，（少则两星期，多则二十天。）这里的组织成立，我马上就可以回去。但是车轮一动，心情便不同了！城墙，月台，房屋，田野，……不可挽回地倒退着，电杆倒了又起来，然后再倒下，大地缓缓地回旋着。我好像被一个古怪的力量抛出来，漫无目的地向前飞奔；却又留下一个记忆的索子，时时牵我回去。我感到一种陌生的空虚，正好像一个落水的人，拼命想抓任何东西，却又抓不住。那条索子紧紧地牵着我，我想起留在北平的我的妈妈，许多师友，（其中尤其是你！）还有我们的事业，……然而，我却必须拼命向前跑！车下轮轴响得勇猛而积极，相信正在为我呐喊！它们在和你们（尤其是你！）一样鼓励我呢！想到这里，我害怕起来，'我能做得好么？'——事业这样伟大，关系着我们国家，关系着我们这一代！（甚至下一代！）而我的能力是如此渺小，好似一个蚂蚁去完成一座丘山！……望着茫茫的平原，数着移动的树子，我默默地宣誓：'尽我所能！'……

"但是，我多悲哀呀！我失去了团体，失去了你！这霎那，我正如一只离群的孤岛，张皇望着黄昏的林木！一声汽笛，使我明白过来。我想起前途有一个新的婴儿就要诞生，我又马上振奋了！

"这里的情形，我还没有和他们详细谈过。我所有的还是石瑚信里所讲的那些，萧艾并没有提供出来新的材料。我打算明天早晨去访石瑚。

"我离开团体，更想念团体，为团体担心。近来华北政治环境虽然好转：××军中虽然不乏爱国的人，然而到底还存在着摇摆不定的因素。他们仅求目前无事，一直是敷衍妥协，哪里提得起'抗日民主'！而且杨立君教授已经四个多月了，还没有释放。刚才从萧艾这里听到一点消息：××军请求发给武器，扩充部队，准备及时应变；但回电却是：武库空虚，望能就地筹划，一派官腔，大大碰了一个软钉子。这就说明中央和这特殊地方之间一个深刻矛盾的开始，我们应该特别注意。我想低潮过去，不久高潮也许就会到来，——在这样一个复杂多变的中日关系之下，最难说！——我们需要应变。所以刘时同志的病，必须赶快养好，为个人，为团体，都该如此。昨天，他对我讲了许多宝贵的话，令我感谢。我劝他到西山去睡六个月，他虽然口头不允，心里倒有些动摇。再劝劝他，好不好？同时也请你劝劝陆飞那蛮牛，他不要再管小倩的事情。她要演剧，随她好了；我觉得总比连剧也不演的好。她是颓废，还谈不到堕落；我们应该鼓励，而不该打击！这是一个帮助同志的最好的办法！刘天鹗惯于替我们造谣，由他去吧！我们心地清白，还怕小鬼做甚么？倒是郭用，要时时加他的小心；他和别人不一样！他近来言论最左倾，甚至表示瞧不起'民先'，民先不够左；但我相信，他已经另有来头，这是毫无疑问的。而且他近来和张乃淦也有来往，张乃淦至今还没有放弃演剧工作，他是个阴谋家！

"到我家里去的次数，请不要太多。我妈很能干，她不必常常靠人照料。你读书的时间太少，还是应该设法增加才好。我书架第二格里有一本雅各武莱夫的《十月》，和一本《静静的顿河》，你去的时候，可以捡出来送还给潘菲，——我走得太忙，忘记还她。书桌上放着的原文《表》，你拿去读一读，试试可能读得通，另一本《英俄字典》你也带去。

"不料一写就写了这样多，我多荒唐呀！我自己违背诺言了。我多可笑！但是感情支配我，有甚么法子呢？你可许我下次再悔改么？（最后两句涂得稀烂，但还是能够看出来。）呀！法国桥上远远起了柝声，三更了。这声音好像在催人睡去，又像在催人醒来！明天我还有许多事情要做，我必须睡了。

祝福你！

玲"

"我完全尊重你的意见，——陈学海在回信里这样开头——我最敬爱的朋友，请你放心！我懂得，倘使人民还没有脱去赤贫的生活和奴隶的地位，整个民族没有得到自由解放，我们却逃避责任，经营私人荒唐的幸福生活，是非常之可耻的！其实，我们——至少是我——现在已经是幸福的了！我时常为此而荣幸，但也为此而惭愧！

"我曾不止一次对你说，倘没有你，就没有现在的我。屈指算来，还不到一年以前，我本是一个糊里糊涂的书呆子，守本分，自私，胆怯，……不但不懂得天下国家，甚至不懂得真正的自己！是你，是你用一个伟大的运动启示了我，是你给了我新思想，使我做了新人。我不知应该怎样感谢你！我虽然努力，还是做得很不好！我常常惭愧，常常恐惧。

"如今，我还有甚么非分的要求呢？我能和你做一个休戚相共的朋友，并肩作战的同志，已经是十分满足的了！请你放心，我的朋友！我永远给你保留一颗纯洁的心，等待你的检讨和批判。

　　"还有一事要请你记住：到天津去的凌菲小姐应该时时留神她的环境。她并不是无缘无故到那里去的，应该珍爱自己，随时注意多变的气候，时令仍然是不甚正常呀！

　　"快些完成，快些回来！

　　"这里的朋友们，无须过于惦记。我敢说，现在这不是你应该忧虑的事，应该留意的倒是你那边。刘时总不会错，我总这样想，今天遇到陆飞，我还对他提起过，他的一切，他会自有主张的。养病的事情，最近一定送他到西山去，我想他不会不肯。

　　"昨天我从车站回来，在电车上遇见郭用。'好久不见，到我那里坐坐呀！'他说。他的态度似乎很诚恳，我不好推却。我们在西单下车，一面走着，他说，'我买了很多新书。'他批评郭家本太右；'民先'虽然前进，但还不够左，还不够革命，'你们不讲阶级，不彻底。'我一路听着，不觉就到了那个老地方。他换了房子，这回是南向的房子，楼上，而且由一间变成两间了，家俱一新，阔气多了。他先引我到卧房里坐了，我看见他有一架收音机，这时尚早还没有节目。他又请我到书房里坐，向我展览他的书籍。唉呀，几个月——应该是三个多月吧——不见，他扩充到三个书架了。他添了许多新书；除了可以瞒得的之外，还有一些坊间看不见的书，《莫斯科新闻》，《国际文学》，《真理报》，《消息报》，他应有尽有，还有《×× 选集》，《×××选集》，《内战史》，……哪里弄到这许多书啊？我不禁大吃一惊。他好似对我夸耀家私，几乎每本都指给我看了，然后诚心诚意地说：'随便拿几本去看看吧。里面有最高的革命指导理论，难得呀，要看，可以随时来取。'他微笑了，是窥伺的微笑，然后就打火吸烟，和我谈些演剧和看电影的事情。我向他借一本《内战史》，并且答应今天去取，就回来了。我今天不打算去，他这人太神秘，太可怕！

　　"今日一天都是恍恍惚惚过去的，——也许是昨日尽是一些奇怪遭遇的缘故。——心身上好似缺少了甚么，仿佛必须填补才能完满似的。但是我仍然很安静，昨夜照例读两页俄文，也许就在你给我写信的时候；你这一去，我的俄文一定很难进步，我必须挣扎前进，纵然无可奈何。

"我一切听从你的意思。我很安静。我很理智。祝你快乐！

学海"

这封信寄出后，过了五天还没有得到回信。这一边连续发生一些事情，不得空闲。第六天头上，陈学海实在耐不过，要写信去问，她的回信刚刚来到了。

"真正急死人！——她劈头喊道，——我唯一的好友，请你恕我。这几天，我不但没有时间写信，你的来信，还是刚刚才把它详细读完！今天我回到这幽静的阁子里，甭提多么爱它了！这五天，我没有固定宿处，常常坐在电车里吃中饭，从河北路到八里塘，从八里塘到英租界，……天津这地方真大呀！同时，这里也太散漫了！我和各校负责人接头，参加他们的小组会，（自然还不免偷偷摸摸，你晓得这里的市长是哪一个？）听他们的辩论，批评，他们很有热情，至于健全，该是他们差些。但是他们多可爱！尤其是那些女孩子们，她们讲话有一种动人感情的声音。Y女中几乎都是些有钱人家的女儿，她们多苦闷，多可怜呀！H院则阔家小姐很少，有的在读书时已经结了婚；但她们是多勇敢呀！N大女生不多；男同学里能干的很多，他们常常起着领导作用。我在Y中住了三晚，那是一个比较安全的地方，但是校规非常之严，我是隔天才睡一次的。石瑚的侄女是初中三的学生，我就睡在她的床上。第一晚，她就偷偷问我：

'民先是不是——党？'

'不是。'我说。

'那么，魏姑，我们为什么不当——党？'

没等我讲明理由，她又说：

'现在这个党让我们太厌烦了！'

'怎么？'

'他们不抗日，而且逼着我们读经！'

'这就是你要入党的理由么？'

'也许是，魏姑，我不会讲，我讲不明白我的意思，……但是我要抗日，要读白话文。'

'这是全中国人民的要求，'我说，'并不限定哪党哪派。要求这两件事情也是民先的总目标。你讲的党也是我们的战友。'

'你是不是一个党？'说完了，她忽然畏惧起来，红着脸嗫嚅着，'我不该这样问你，魏姑，我太冒昧，我还是一个小孩子。'

沉默一下，她又说：

'对别人，我绝不乱讲话！你是姑姑的好朋友，是不是？去年冬天她被关起来，回到家里的时候，满身都是虱子，她还唱歌儿呢！她真快活，我想，受苦的时候，还是一样快活！她甚么都不讲，但是我明白她是个甚么人！'……

后来在一起的时候，她总是这样说：'我知道，你是姑姑的好朋友。'这孩子有多可怕呀！

"这里的当局又开始患着他们的神经病了！广田三原则提出之后，他们秘密戒严了。'便衣儿'到处逡巡，公开的集会无形停止了。同时，却给我们一个团结的好题目，小组很快地组织起来了。

"这是一个分割华北的毒针，你们方面怎么办呢？一个星期以后，我要回去了，虽然我不一定想快回去。在我回去之前，我愿意知道你们那里的情形。降雨已两日，我用一种盼望天晴的心情盼望你的来信！我诚恳地接受你的意见，而且赞美你！

玲"

九 "我性躁，等不及啊！"

北平各报宣布"三原则"的那天，华北学联为了表示抗议，在几个有名的电影院，散发一次传单。

恰巧第二天早晨，陈学海听到杨立君教授出狱的消息，当天下午就约了蒋达和周子玄一同去看他。

"恭喜你们又表演了一个艺术创作！"

他从口里拔下烟斗，虎虎地笑起来。他清瘦许多，气色阴沉，胡须仿佛刚刚剃过，带着几分惊异的眼光，时时向外界窥视，仿佛一只沉睡已久的动物刚刚从睡梦中醒觉一般。他接着问道：

"但是，目的何在呢？"

随着自己就回答：

"自然娄，表、示、抗、议。——可是么？"

他底疑问的眼光从陈学海的面上停一停，移向蒋达，移向周子玄，然后冷冷地接下去：

"依我看，不过是安慰自己而已。"

"也许可以说你们的工作做得很艺术，"他继续说，"你们经过奇妙的构思，周密的布置，利用电影即将终场的一瞬把那些锋利的句子翻到空中去，跟着灯光大明，它们恰好纷纷落下来，各自找到了它的主人！"

他又笑起来。却渐渐放低了声音：

"要论效果，纵不能说是丝毫没有；但我以为还不如老实认真地开一二次座谈会，把这事件弄个清白，会更切实些。"

"是开过一次座谈会的。"陈学海说。

杨教授似乎并未听见，忽然提起气来喊道：

"这个宣传对象是甚么呢？不过是城市里的小市民，知识份子！我敢说真正吃苦的人，谁还会到电影院来？在都市，来看电影的人原是为了寻求麻醉；你们却要他们警醒，自然是扑了空，枉费气力的！"……

"你们也许不相信，"少停，他擦一枝火柴点燃烟斗，继续说，"但是，除了学生，不外是公教人员，他们都是在饥寒线上的忍苦听命的份子。他们也许正在经营着一个爱情，然后用它把自己的远大志愿束缚起来，桎梏他们继以往的生命。有些已经有了孩子，听凭自己在家庭的负担（也许就是爱）中颓废下去。他们固执着这种生活，为它受苦，也为它快乐，好像一悭吝人对他的财宝那样。这般人能做甚么？想想看！我敢说，他们不能做，也不想做。他们在生活中遇到悲惨，不敢正视，只想回避。他们愤懑，只能躲在屋里嘘气。他们懂得革命，但无兴趣。他认识恶人，却不能不避免和他们冲突，还要维持彼此的交谊，甚至帮他们的忙，替他们掩饰，当别人讲他们的坏话时，还要掉转头，装做没有听见的样子！待到实在不能避免发言的时候，只好说，'大致还不差呀！'或'是么？我还没有十分留意呀！'终于，'人有优点，也有缺点，到底也是个人呀！'……之类。唉唉，他们甚么不明白；我敢说，他们过于明白了！"

壁上的钟声打断他的谈话；他好奇地听着，直到余音灭去，才又接着说：

"他们根本没有宗教的虔诚，失去了冒险精神；在他们的思想中失去彼岸的存在，至于古希腊火神的那种高瞻远瞩的精神，在他们的梦中都不会存在的！传单对他们有甚么用处，只好给他们的孩子擦屁股。"

他沉思了。烟斗里一闪一闪地发着光。一团团灰色的烟旋从火光中腾起，一个追着一个飘闪去，好似一列小帆船，载着他的思想到一个神秘的远方。许久，他喷出大口的烟汽，抹杀这群美丽的影子，他清醒过来。

"去年吧，"他低声道，"听到你们下乡的消息，我十分高兴，我是多么热情等待你们胜利回来呀！但是到现在，——我在狱里又住了百来天，你们还只能在电影院里散传单啊！"

"我们在四郊成立了十几个农民识字班。"蒋达似乎在辩解并不是甚么都没有作。

"请不要误解我的意思！"杨立君连忙解释。"我并不是瞧不起你们，也不是凭着甚么向你们要求代价！我性躁，等不及啊！这些人并非有用的宣传对象！靠赖他们，两个世纪也革不成一次命；倘使日本人突然打来的时候，牺牲的是你们，继续战斗的是你们，而他们呢，除了少数的逃走，大多数都会做顺民！不信就看吧，大概也不远了。"

他吸了两口烟，又说道：

"你们哪里晓得！我真是感伤无限！在狱里，有一个判了七年徒刑的强盗问我道：

'先生，甚么时候才能打鬼子呢？'

这问题来得太突然，于是我问：

'怎么？'

'我一定去！先生，就算带罪立功，我也愿意。我原是安善良民，都是因为鬼子闹的，我才做了强盗。他们来到冀东就占了我的房子，开设海洛因制造所，要我们一家替他们贩毒，不肯，就报告官方，说我们是"窝主"，我们不得不扔掉祖传产业逃走，把家小送到定兴县，我就做了强盗，专抢鬼子。'

'结果被捉了。'我说。

'但是我在冀东一带，一个月抢了七家鬼子，总算够本了！可是我还要利钱！现在不是都嚷嚷要打日本吗？你要怎样呢？'

我感到奇窘！'你要怎样？'我无法回答他。但是我却也有了一点点不成形的计划：必要时，我就回C县，我们杨庄族人就有几百家，××军倘使支持不住，我们就发动联庄会，再不行，那就是太行山再见了。这个计划我可没有告诉他。我怎能告诉他呢？……他见我不答，就半讽刺地说道：'还是没办法！不是么？外面闹学生，也是白闹，能当得了事吗？'接着就叹息，'唉唉，壮志不得伸哪！'几分钟之后，他就歇斯迭里地唱起来：'叹英雄失志——遭罗网啊啊——'在啼笑皆非的心情中，我为不能满足他的欲求而深深内愧了。"

说到这里，他叹息了很久，然后去掉斗里的灰烬，重新装上烟丝，擦了火柴，用力强吸不已，时而喷出团团的烟，看着它们散向远处，这才仿佛感到满意，放下心来。

"我说你们应该有个根本打算。"他的声音低沉。"据我想，不出两年，……靠军队么？武器不足，派系复杂，……光靠军队，结果一定失败，将来最后还是靠赖人民的力量才能打胜仗！"

大家谈起狱中生活，他说：

"甘苦都相差不多，也许你们的待遇比较差些，而我的日子却较长些。

我并无愁苦,想借着这个磨炼磨炼我的生活,看看吃不吃得苦?思想左倾生活右倾绝熬不住大风浪,而我就是这样的。我应当改造一下了!"

他哈哈大笑起来,恢复了以往的豪放风度,然而他的观察却缜密多了。

"这群糊涂官很危险!休提抗日,连好人坏人也辨不清!他们做事只是孤魂野鬼样地敷衍岁月,除了老婆孩子甚么都不打算。但看他们不置产业只买黄金就会明白大半了,还想他们见危受命与城共存亡么?所以我说,早做打算,确是时候了。"

"同学们打算在士兵方面下点功夫,……"陈学海道。

他连忙接口:

"这或者……已经开始了么?"

"还没有。"

"怕要来不及了。虽说根本,但是慢工夫啊!要找门路,该快!"

"所以,我们近来凡事都怕刺激他们的感情。"蒋达插言道。

"这……是的……"

声音含糊,他似乎避免讨论这个问题。

当晚陈学海在干面胡同董宅看见陆飞帮着刘时整理书箱。远远的一角,小倩背身面着窗子,频频用手巾揩着眼睛。

"走么?"陈学海愕然立在地当中。

"走。"刘时并未抬头。

"明天么?"

"明天早晨。"

小倩起身,头也不回就出去了。刘时把事情的经过,讲给他听。

十　董小倩

优游在古城学府里的漂亮女性,她们的生活往往是神秘而多变的;然而却有一个隐隐约约的轨迹,那就是恋爱,恋爱,恋爱!从黑暗牢笼里走出来的女性是应该为己身的幸福而快活的,同时也珍视这幸福,甚至尽量利用这幸福的机缘，追求快乐的生活！在这上，好莱坞的影响远远超越了英国的斐得（Pater）和外尔得（Wilde）。不到最后意兴阑珊的时候，绝不结婚，正如海边的浴客不到身手疲倦的时候，便不会卧到沙岸上晒太阳。对于她们，丈夫就是供应休息的沙。无论怎样顶刮刮的女性，纵然连任几次皇后或校花的也罢，来到这沙上就不得不放下武器，得大休息，一切都听命于沙了！有些虽然勉力挣扎，再回到海，也难免筋疲力弱，结果还是重返于沙，忍受那永久的休息或埋葬。这类人往往是以独身为恋爱的资本，而以结婚为恋爱的坟墓的。

董小倩却不属于这一类。她生就一副令男子倾倒的标准容姿，有一个美丽的侧影，大而黑的眸子蕴蓄着一种幽渺难测的光闪，口角常常挂着似怀疑又似迷醉的一种微笑，轻悄的步态，缥缈的丰神。论年纪不过二十岁，家里有钱，使她能够适应时代风尚、斟酌自意打扮起来。虽然她不喜浓艳，但那典雅之外别有超远的风致，足使她成为一枝幽谷的兰花，早已成为都市青年群趋奔走的对象了。然而回报他们的却是轻蔑和冷眼！小倩不喜欢这祥的男子，她有另外的理想，虽然是已经褪了色的，但仍不失为一个瑰奇的理想！当人们都在大路上赛跑，她却独自步入一个幽寐的小径，在这里，她认为有一个美丽的梦境，她必须寻求，必然寻得，而且她竟然寻得了！

童年时候，她羡慕 John of Arc，羡慕 Nightingale，……但等她长成一个温淑的少女时，她才发现她的天赋和环境把她造成另外一种女性了。在她的闺房里，悬挂着一张 Josephine 的画像；她不知是由于爱或妒，时常凝神向她张望。她并不爱这具有波谲云诡的命运的女人；但她的确不时在挖掘她底幻想的宝库，给予她一种不可抗拒的挑拨和冲击！她心里明明白白：今日已经没有一个拿破仑的世界，世界该归无名英雄掌握了！然而她一忆及这个女人和拿破仑并肩前进的时候，她实在是替她骄傲万分！

"这暴君，这失去了时代的暴君！"她有时故意咒诅着。然而，新世界也需要新英雄呀！"有谁来帮助这新的英雄呢？"她马上觉得面颊发烧，吃惊地躲避着镜子，双手急忙把它掩护起来。同时，她愈加憎恶一般翻翻年少，把他们看作风干了的橙柚，一文不值。

在大学课堂上，杨立君启示她革命底理论。他是她哥哥董重的好友，一位年近不惑而有青年心情的教授；三五年来，他的课堂中经常座满，青年人大抵都很佩服他的精确和热情。他的讲话往往超越事实，使人感觉他是前进的，又失之于架空。然而，"他讲的好！"所以还有人追随他。小倩就是其中一个。

在董宅的客厅里，小倩留意静听着杨立君的革命理论，她非常向往，甚至把他当做英雄一般的崇拜；而他，虽然自觉年华老大，却也因为这少女屡屡叩着他的情关，而时时烦扰着。他情不自禁地爱着她，但不敢赤裸地表现出来；虽然他仍在有意无意之间，刺戟着她的情感，鼓励她的向上心，去参加学生自治会和学联。他们的来往一天天亲密起来，她常常独自去访问他，很久很久才回家。然而这情愫中间仍然有着不易摧毁的障碍：中国女子没有法国女子那样随随便便，浪掷爱情；在她们的灵魂中时时闪烁着一个爱如瑰宝的贞操；纵使她们的心里沸如滚汤，外面也能摆出一副冷冰冰的面貌。而且，董重一日问她道：

"你看杨立君可够得上一位英雄么？"

小倩正在茫然不得其解的时候，做哥哥的又道：

"也许是吧；但离着你要的英雄怕还远呢。"

她羞红了脸，一面用沉默向他抗议。他不管这些，继续说下去：

"第一，你要晓得，他有一件封建婚姻问题，直到如今还留在乡下；第二，论年龄他整整比你大一倍，而且，你以为他是个事业中人么？不，他永远是个学问中人！"

知妹莫若兄，尤其最后一句不啻给小倩内心深处沉重的一击，好似明白地告诉她：

"他并非为人类建立功业，而是在培养空想底细菌。"

她幽幽地哭了。

正在进退维谷当中，她发现了刘时，年青，有作为，有魄力，……生成一双不怒自威的眼睛，最是动人！在事件中，他往往用这双仁慈的眼睛团结同志，击败敌人！同乡陆飞替她介绍了，而且祝他们做个好朋友；不久，刘时接受了她的爱情，她也接受了他的。

中国女子不懂浪掷爱情；但爱情的水闸一经冲开，大浪立时涌起，淹没了一切！

英雄也遭淹没吗？一点也不差，刘时也遭淹没了！相爱不久，在一个初夏的傍晚，他们拾得一个偶然的时机和偶然的地方，彼此用火炽的口唇燎烧起全身的热力，沉醉着，颤抖着，疯狂地相互交出彼此底肉体，相互占有了。

一道新鲜的血液经流她的全身；在这些欢快的日子里，她犹如晨阳之下一朵含露的鲜花，丰彩更加照人了。她那微微有些落胖的身体增加了她的爱娇；懒慵慵的眸子时常泄露一种满足的欢快和无厌的企求。她时常倦怠地微笑，好像在笑自己，又像在笑人家，她偷偷地想：

"他给了我生命。"

她开始感到已往的她仅仅是半个，唯有他的闯入才得补成一个整体。从今她的生活才是真正的有所为。于是她发生一种更典雅、更动人的迫切要求，她更矜持更讲究起来了。

瞧见了几分的哥哥，带着幽默的微笑，向她打趣：

"我恭贺你，和这人做了朋友。"

识得哥哥已经同意，他们的过从更密切而且更公开了。她毫不羞赧地伴着他走在路上，迈着娴雅的步子，眼前憧憬着一个遥遥的远景，昔年的回忆连连发闪，她的心情一如径行凯旋门！她不断地发挥着女性的爱娇，尽量利用着香和色，一日之间她几次更换着她的服装，好似在夸耀自己，又似在为刘时夸耀。

从情爱的酩酊中醒来的刘时，过细地检讨这场奇异的遭遇。她好似一片洪流淹浸了他，好似一团烈火熔炼了他，好似一阵飓风旋绞了他，……终于还给他一个洗炼过的身子，重新来到这清醒的世界上。他自觉没有损失，反而倒有增加。这场火辣辣的风暴过去，留给他的是甜蜜的记忆，性爱的餍足，一种新力量的注入；他把这个遇合当做一面镜，照见自己的男性力量的成长，以迈进的姿态和必胜的信心瞻望着光明的前途。同时在小倩底美丽的表面之下，他窥见了她的弱点：虚浮，自私，纵欲，贪婪，……虽然他认为她还有一个革命的灵魂！这灵魂就是她自己。于是他尽力促她从沉醉与狂欢中醒来，鼓励她积极于革命事业；在她的懒惰生活中注入振起的兴奋剂；……小倩不得不暂时离开那正在恋眷的生活，拖起惝惝的身子，亲炙革命的修养和实践；她一面意味着一种骄傲，一面憧憬着一种不可摆脱的甜蜜的回味，在多样情绪的纠结中，她有时想笑，有时想哭，甚至竟不能理智地克制自己，她振作着，掩盖她的狼狈！

刘时意识到这种光景，就借着别的论题暗示她：革命与爱情本不冲突，革命者的真快乐，在于能够放大爱情的领域。小倩并不反对这个理论，也看得见伟大人类的远景；但是她的性格限制了她，她珍重着自己的年华，惝惝于一种牺牲的恐惧。到底还是刘时克服了她：

"水结冰、气成水，是那样容易的事么？那必须损失许多热力。革命没有当量的牺牲，新的世界就能来到么？"

"一二•九"来了，他用坚决的手腕指挥这个伟大的运动。它成了功；他却吐了血。小倩为这事很是懊恼！惶急中，得到哥哥的同意，把他迁到家里来，亲自调护。疾病拖着缓慢的步子纠缠着他，事业无情地拉着他和时光前进，他吃力地挣扎着。

小倩无法抑制她的感情，情爱也一样。她苦恼着，叹息和流泪，咒骂着革命，……用浑身的柔情浸渍着他，同时也吸取他的。这情爱一时竟战胜了理智，等他醒来时，这才发觉自己的疲劳，医生的报警，朋友和同志的烦言，自我灵魂的斥责，……他深深地痛悔着。

小倩恨极这般人，虽然是藏在心里；尤其陆飞，这个亲手把幸福交给她马上又要夺去的人！对于他的友谊的忠告，她不能接受，而且用沉默固执地反抗着！刘时和她已经成了一个不可分离的整体，谁要夺去了他，就等于割取她的生命的一部份。直到医生最后通知她的病人必须独身去西山疗养的时候，她才痛切地承认自己的过失！这一次，朋友们却不愿再讲什么，他们好像得应该如何原谅一个忏悔了的人。然而她却又有了新的建议：

"我不能陪他去养病么？"

"不能。"陆飞不忍正视她。

"怎么？"

"医生这样说……"

他不肯把话说到底，仅仅用一种不自然的眼光瞭她一下，她就似乎甚么都明白了。泪珠从两颐悠悠地滚下来，她痛悔地想：

"是我害了他！"

背转身，用手绢复住眼睛，她沉默地哭着。

陆飞有些失措，他不知如何解释才能止住她的哭泣，只是说：

"医生是好意，……必须这样，病才会好。"

怕触到她的灵魂的创伤，他又加添：

"绝无危险！……只消六个月。……"

陆飞去后，小倩的隐痛未消。她先是悔恨自己害了刘时，她不该用狂烈的火种点燃了他的情愫，给他的呼吸器官中的细菌一个猖獗的机会。

"是不是就会这样杀了他！"

恐怖的阴影当头罩下，心头一紧，她几乎哭出声来。她强自抑住蓄势待发的感情，走进邻室，刘时正在睡着，——他近来听从朋友的劝告，已经改变了工作习惯，睡眠加多了。——面色苍白，颊上隐约着两点红晕；她想这便是由她注入的那个培养细菌的血液，如今用最高的忏悔也不能收回来。照往日的习惯，她应该用口唇抚慰他的面颊，使他醒来；今天她却不能，仿佛自己蒙了一种不洁或罪愆，深怕玷污了他一般。

他终于醒来。她把陆飞的话对他说了，他想了很久，还不愿作最后决定。

"等等看，"他镇定地说道，"工作怎样办呢？目前的问题谁来负责呢？"……

次日陆飞来到，他把这问题提出来。

陆飞的鼻子向前突了一下，急躁地说：

"难道不要命么？……老实讲，若赶快到山上去，那就……"

小倩无言地垂着泪。

"而且现在行动正在低潮，我们的工作，不过是发展组织、保全实力，一时还不致有大的行动，老刘，这是你的假期呀！"

　　忙着准备散传单的工作，陆飞匆匆去了，约定明天再来。

　　刘时不再固执，他已为友情的力量所屈服。疾病底可畏，他何尝不知；无非因为时局的严重和事业的伟大，他只好抱着"春蚕到死"的精神，鞠躬尽瘁地拖下去而已。晚间在小倩的书房里，他对她说道：

　　"不要挂念我；要挂念工作！"

　　小倩不开口。

　　"我也知道这部机器必须修理了。"刘时轻轻拿起桌上的闹钟，又放下，然后继续说，"我相信，六个月之后，我将还是一部健全的机器，走得准确，走得有力！"

　　小倩仍不做声。刘时向前移了移，挽住她的手，他感到了她的颤栗，这是一种沸腾的血的声音。他故做镇静道：

　　"倩，你以为我就不爱你了么？"

　　小倩倏地撤回手去，落下泪来。刘时并不像往日那样温存，他的心情为一种不可抗拒的凄冷之情所充蛮；然而他仍然矜持，望着她的面孔，似乎在等候她的回答。

　　"我不能陪你去么？"许久，小倩道，声音沉痛。"我为甚么不能陪你去？我不能离开你，因为你是我的一部份。我为甚么不能去呢？……而且我也不能常常去陪你！"

　　"不要怪陆飞，你该晓得他不是一个促狭，而是一个好朋友。你该为事业着想，不光为我。"

　　"我活不下去！"小倩悲痛地说。"你就是我的性命！没有你，我还要甚么事业！而且我如何放心得下？我一定要去！"

　　最后一句话刚刚说完，她全身颤栗一下！这句话好似并非出自本心，声音很渺远，而且带着恐吓性的。她明明晓得去了之后，也许将会有一个难测的后果；然而又不能丢开不管他。两种力在扭绞着她的寡断的心，她既不肯满口答应，也不能坚持到底；却听刘时道：

244

"你应该坚强起来，倩！我个人有甚重要！工作要紧！我从不顾虑我的健康，但是这次我却不能不……"

"我并未拦住你不放走呀！"她的声音里藏着幽怨。"不过……"

"怎么？"

"不过……我很闷！"

"参加工作吧，倩，那会使你忘却一切苦恼，甚至忘记我。"

"我不能。"

"我是说演剧，"刘时打断她，"你不是欢喜演剧么？……"然后又温和地说："你能这样做，比陪我养病要强过一百倍了。"

小倩不快活。直到第三天早晨，陆、陈两人送刘时去西山之后，她还如同害了慢性病那样，恹恹地提不起精神来。一个巨大的问号绕紧了她的思想中枢：

"是我害了他呢，还是他害了我？"

十一　少校

"伤脑筋，伤脑筋！搞了这些日子还是一无所得么？"

"少校焦急地问着。两颗金星在他的颏下闪着火花，他暴躁着。对面一只紫得像猪肝似的沙发上坐着的郭用，在那样好像驾了云一般的沙发上，他一点都不能感到舒适。水泡般的克鲁克斯眼镜下面，他的鼻子更拉长了，一道黑影罩住他的眼睛，把他的鼻子和前额分开，小小的汗颗从鬓角上缓缓渗出来，他的心里和少校一样暴躁，表面上却吃力地用一种必恭必敬的风度掩护着它。

"应该要的你都要了，"少校严肃地继续着，"应该做的你却没有做！到底是哪个主持，主要的地点在哪里呢？"

"郭家本说……"郭用望了望窗外的黑暗。

"不要说郭家本啦！"少校命令似地拦住他，电灯光透射他的粉红色的耳朵，好似一块糖糕。"不要再提他！那是毫无用处！李小凤也罢，王兰也罢，……根本不起作用！而且，而且，……"

摸了摸他的油渍渍的下巴，他加重语气说：

"人家把他们完全认了个透，把他们当做猩红热那样躲避着，当做癞虾蟆那样躲避着，当做大便那样厌弃着！他们蠢得像石头那样了。"

少校身子拔得柳直，两眼直视郭用，用他的铅笔急急打着他的拍纸簿。

"她不是你的女朋友么？那个鬼精灵的女孩子！"少校好似一只灵活的鸟从一棵树上的这一枝跳到那一枝。"我说，那个姓魏的。"

"是的，不错。"郭用躲开少校的双瞳，嗫嗫吃吃地说。"但是，早已，她早已离开了我。"

"到哪里去了呢？"

"还在 T 大吧。"

"有人说她已不在 P 城了。但是到哪里去了呢？老实讲，你必须找出她的踪迹来！这个女子太可怕，太可恨，每次闹事情都有她，而且狡猾得像狐狸似的。你应当想法打听她的所在，想法追踪她！"

"我干不了！"郭用想着这句话，口里却回答："我试试看。"

"试试看，试试看，到底甚么时候才认真去做呢？你永远是试试看！"

少校大声喊起来。连窗外的黑暗也像抖颤了一下。大门虽然临着马路，院落却深深缩到里面来，间隔着一道长长的巷子。不用说大喊，就是在屋里开枪打死人，外面也不会听见的。郭用得到了金钱，却失掉了辩才，而且永远不会有足够的金钱赎它回来的。他感到一种懊丧，同时又感到一种依恋，他像旋风一样，用不住的打转支持着暂时的屹立，他晓得不知甚么时候，就会被甚么吸得一干二净，但是他只要能支持一天，也还能装做独立而屹立在光天化日之下的；他羡慕这屹立，而且依恋着她。在这间客厅里，少校声色俱厉，他晓得少校已经不是他自己，而是墙上悬着的那张尺二像片的代表，一切出了轨的言论，他都得顺受；但在闲谈时候，少校仍然口口声声喊他做同志，而且出去的时候，少校也要送到垂花门外，拍的一个立正右手在他的一只粉红色耳朵上一横，刺马针铮然一声响出老远，就仿佛一支悦耳的音叉一般。这个愉悦和傲慢的回忆提起他的勇气，仿佛出自当仁不让的正义感似

246

的。他立刻肯定：

"马上去作，毫无问题。"

"线索呢？"少校的眼睛怀疑地向上翻转一下，夺目的电灯光使他马上低下头来。

郭用迟缓地说：

"陈学海。"

少校沉思一下，"陈学海……不错，我们有他的情报，他是曹市长的外甥呀！是吗？"

"不是。表侄。"

"对啦，是表侄。"

"他重要吗？他不怎么重要吧。"

"一二·九他参加的，而且也下过乡。"郭用说。"不过他不一定晓得甚么。"

"那就何苦来，……"

"但是有一件事他会晓得的，那就是魏玲的行踪。"

"也对，也对。"少校满意地微笑了，他似乎想把椅子向前拉一拉，但可惜这是一只皮沙发，他拉不动。但是他未烦躁，接着说："你只是打听那女孩子的下落，巧妙地，——我说是技术一点的，不要惊了他，现在我们还得替曹某人留点面子，不能逮捕他。"

庭树上忽地一声叫起来，少校下意识地吃一惊，连忙跑到窗前，外面仍然是测不透的黑暗，好像一个巨大的墓穴。他忽然明白了，转身走回来，口里骂着不清楚的句子，皮鞋咯支咯支咬着地板，刺马针铮铮响着。

"猫头鹰吗？"没等他坐下，郭用便问。

少校好似失去一切趣味似的点点头。

"可是您要逮捕吗？"

"逮捕谁？"

"自然是……"

"指挥的人，我说是。"少校把一只手摊得老远。

郭用忽然兴高彩烈，水泡似的眼里面突然射出光辉来。

"我知道！我知道！"他连忙道，一只手插进口袋仿佛要取出打火机，……忽而又空手抽出来，放低了声音："他是冯健行，M学院的。"

"你怎么知道的？"少校很镇静。

"知道他的人多得很。"郭用肯定。"一二·九和一二·一六都是他指挥的，谁都看见，他是骑着脚踏车走在头里的。"

"算啦，算啦！"少校烦躁地打断他。"我的不是游行指挥，而是躲在幕后指挥一切的人呀！操纵一切的人呀！我们相信是有这样的人，阴谋家！"

郭用再回到他的消沉，掏出手巾擤他的鼻子，听少校继续说：

"走在头里指挥一个运动的人物，我们不怕。五四以来，指挥一个运动的人物多得数不清，你知道，历来都有指挥的人，结果呢，我们都想法子让他死掉，——自然，这样的微乎其微，——多半都是让他去做官的。但是最可怕还是那样一种人，他永远不露真面目，他极顽强，极神秘，他代表着一个力量，一个反对政府的力量，一个永远不易克服而又必须克服的力量！我们要寻找的正是这样的人，你认识这样的人么？你知道他的踪迹么？这要比我们要从她身上寻求线索的你那位从前的爱人重要多少倍！你能找到这样人么？必须找到这样一个人，你才算是一个忠实的同志！"